謎の館へようこそ　黒

新本格30周年記念アンソロジー

はやみねかおる　恩田 陸　高田崇史
綾崎 隼　白井智之　井上真偽
文芸第三出版部・編

講談社
タイガ

イラスト　植田たてり
デザイン　坂野公一（welle design）

謎の館へようこそ　黒

新本格30周年記念アンソロジー

目次　CONTENTS

はやみねかおる

『思い出の館のショウシツ』

はやみねかおる

三重県生まれ。『怪盗道化師《ピエロ》』で第三〇回講談社児童文学新人賞に入選し、同作品でデビュー。他の作品に「名探偵夢水清志郎」シリーズ、「怪盗クイーン」シリーズ、『ディリュージョン社の提供でお送りします』などがある。

「木の葉を隠すには？」

手塚《てづか》さんからの質問に、わたしは鋭く答える。

「集めて火をつけます。その中にサツマイモを放り込むのは、基本ですね」

わたしのナイスな答えに、ハリセンが飛んでくる。

「答えは、『森に隠す』だ」

「…………」

わたしは、叩《たた》かれた頭をさすりながら、恨みのこもった目で手塚さんを睨《にら》む。

「次の問題。死体を隠すには？」

「これは簡単です。そんなことをしてはいけません。ちゃんと、死体は埋葬しましょう。でないと、死体遺棄《いき》罪に問われたりします」

手塚さんのハリセンが飛んでくる。しかし、その動きを予想していたわたしは、華麗な動きで攻撃を避けた。

なのに――。

ハリセンは空中で向きを変えると、わたしの頭を正確に叩く。

この技は、ツバメ返し！

一介のライターでしかない手塚さんが、いつの間に、こんな高度なテクニックを……。

感心してるわたしに冷たい目を向け、手塚さんが言う。

「おれがわたした課題本、ちゃんと読んできたのか？」

「…………」

言葉の代わりに、微笑《ほほえ》みを返す。

何も言わなくても、わたしが本を読まないことは、社内に知れ渡っている。

手塚さんが、溜《た》め息《いき》とともに訊《き》いてくる。

「今、おれが何を考えてるかわかるか？」

黙って首を横に振る。

「おまえのような本を読まない奴《やつ》を、ディリュージョン社が採用しないよう、人事権を掌握《しょうあく》できるぐらい出世してやろうと思ってる」

わたしは、亀《かめ》のように首を引っ込める。社会人になってから、首の付け根が柔らかくなったような気がする。

「では、次の問題。犯人が創造的な芸術家だとすると、探偵は何者だと言える？」

「……ストーカー？」

恐る恐る答えると、またハリセンが飛んできた。

「謝れ！　これまでに書かれた偉大なミステリーたちに、心の底から頭を下げろ！」

乱れ飛んでくるハリセンの攻撃に、わたしの意識は薄れかかる。

ここは、ディリュージョン社の第六会議室。まさか、拷問部屋のような使われ方があるとは……。


わたしの意識が飛んでいる間に、自己紹介や状況説明をしておこう。

わたしの名前は、森永美月《もりながみつき》。今年の春、ディリュージョン社に入ったばかりの新人エディター。所属は、9類局13部M0課。

ディリュージョン社のキャッチコピーは、『あなたの枕元《まくらもと》に赤い夢をお届けします』。書籍の舞台を〝メタブック〟として現実世界に作り上げ、顧客《リーダー》に本の世界を体験してもらうのが仕事だ。

ディリュージョン社のメタブックに外れは無いと、業界内での評判は高い。この評判を守るため、それはもう、わたしのような新入社員では想像もできない取り組みが行われているそうだ。

ちなみに、今年上半期のベストセラーは『シンデレラ』。舞踏会のシーンだけを体験できるプチリーディングが、若い世代に大受けしたのだ。あと、根強い人気作が『銀河鉄道の夜』。鉄道会社と提携し、本格的な銀河鉄道の旅が体験できるので、鉄道ファンの顧客《リーダー》を中心に読者が多い。

これで、ディリュージョン社について理解できただろうか？

わかりにくかったら、ものすごくリアルなヴァーチャルリアリティゲームを提供していると思ってもらえばいい。

わたしが所属するＭ０課は、推理小説の中でも、特に本格ミステリーを扱う部署だ。

推理小説だから、殺人事件が起こる。いくら現実世界に書籍の世界を作り上げると言っても、実際に人を殺すわけにはいかない。その点は、ドラマや映画と同じだ。

殺人こそ具現化しないものの、違法寸前——というか、限りなく違法に近いことは、平気でやる。会社の上の方が政財界に通じていて、いろいろ大人の話し合いをするそうだ。

そして、わたしたちディリュージョン社の人間が一番気をつけているのは、顧客《リーダー》がメタブックを楽しんでいる間、絶対に現実世界を感じさせてはいけないということだ。

もし、これが守れなかったら、多額の違約金が発生する。それはもう、一生かかっても返せないぐらいの金額だそうだ。

（詳しくは、『ディリュージョン社の提供でお送りします』を読んでください）

で、こんな会社に就職しようというのはどういう人間か？

本が好きで、読書の楽しさを伝えたい——そんな熱い思いを胸に秘めた人たちだ。

そんなところに、わたしのような、本が嫌いで活字を読めば眠ってしまう人間が入ったらどうなるか？

浮く！

見事に、周りの社員から浮いてしまう。それはもう、ヘリウムガスが詰まった風船のように──。

学校なら、「本を読まないのも個性の一つ」と認めてくれるだろうが、営利目的の企業としては、そうも言ってられない。

というわけで、わたしは特訓を受けている。鬼コーチとして、難問をぶつけてくるのは、ライターの手塚和志《かずし》さん。どんなジャンルのストーリーでも書ける天才ライターだ。人間の性格を見抜く鋭い観察力を持っていて、彼の書くメタブックは現実化するとも言われている。

有名な物語をメタブックにするのは簡単だ。今までのノウハウも舞台のセットも用意されている。

でも、顧客《リーダー》の中には、独自の物語をメタブックにしてほしいという人もいる。そんなときにストーリーを書くのが手塚さんたちの仕事だ。

ストーリーを書き上げたら、大道具や小道具を用意する匠《たくみ》班と打ち合わせをし、物語の舞台となる建物や場所を用意しなければならない。

もちろん、エディターも、顧客《リーダー》の願いを叶《かな》えるために走り回る。言うなれば、エディターとライターは、メタブックという車の両輪。片方だけでは、前に進まない。

MO課に配属されて以降、わたしは手塚さんとペアで仕事をしている。

手塚さんは、わたしというタイヤが気に入らないのか、会社の上層部にタイヤ交換を何度も申請した。——聞いてもらえなかった。

仕方ないので、手塚さんは、わたしをアップグレードすることにした。

人権を無視したような特訓で、ミステリーの基礎知識を注入しようとしてるんだけど……。

向上したのは、手塚さんのハリセンを振る技術。あと、わたしの首関節が柔らかくなったこと。それだけだ。


意識が戻ると、ハリセンを持った手塚さんが、頭を抱《かか》えていた。そして、うなされたように呟《つぶや》く。

「謎《なぞ》だ……。どうして、おまえほど本を読んでこなかった奴が社会人になれたんだ？　いや、それ以前に、どうして今まで生きてこられたんだ？」

ひどい言われようだ。

わたしは、手塚さんの肩をポンと叩き、優しい声で言った。

「たくさん本を読んでる手塚さんが、そんな簡単なこともわからないんですか？　わたしが生きてこられたのは、人一倍生命力が強いからです」

「…………」

「そんなに心配することありませんよ。わたしだって、時間をかければ一冊ぐらいは読めるようになりますって」

「そんな呑気《のんき》なこと、言ってられないだろ」

神妙な面持《おもも》ちの手塚さん。

「森永は忘れたのか？　川村涼太朗《かわむらりょうたろう》さんの退職イベントは、二週間後なんだぞ。おれとおまえは、メタブックを用意して涼太朗さんに楽しんでもらうのが絶対使命だ！」

「もちろん、覚えてますよ。忘れるわけないじゃないですか」

川村涼太朗さん――〝博多者《はかたもん》の帝王〟の異名を持つ、伝説のエディター。ディリュージョン社が創立されたときからの社員だ。

大学を卒業してからは小学校の教師をしていたのだが、たくさんの人に本のおもしろさを知ってほしくなって、転職したと聞いている。

入社してからは、ずっとM0課にいて、十数年前に4類局9部に異動された。

生活臭を感じさせない、仕事一筋の人だ。

手塚さんが、拳《こぶし》を握りしめて語る。

「おれは、涼太朗さんを尊敬してるんだ。確かに、仕事だけの人生なんて、寂《さび》しいものだ。でも、一途《いちず》に打ち込める仕事に出会えるなんて、とても幸せなんじゃないかな」

わたしは、大きく頷《うなず》く。できるなら、わたしも出会いたいものだ。いや、贅沢《ぜいたく》は言わない。せめて、ハリセンを持った先輩のいない仕事に就《つ》きたい。

考え込んでるわたしを、怪訝《けげん》そうに見る手塚さん。一つ咳払《せきばら》いして続ける。

「とにかく、尊敬する涼太朗さんの退職を、最高のメタブックで祝いたいんだ。なのに、おまえは……」

ここで、不思議そうに首をひねる。

「そういや森永は、退職イベントの世話役に立候補したよな。あのときのやる気は、どこへ行ったんだ？」

「フフフ……」

突然、含み笑いを始めたわたしに、手塚さんがビクッとする。

わたしは、きちんとファイリングされた書類ケースを取り出す。

「わたしのやる気は、全て、この書類ケースに詰め込みました！」

得意顔のわたしから書類ケースを受け取り、読み始める手塚さん。しばらく読んでから、言った。

「で？」

そうか……。手塚さんは、本はたくさん読んでるけど、こういう仕事上の書類には慣れてないんだ。

わたしは、一つ咳払いして話し始める。

「『博多の魅力を余さず楽しむ』という題名の通り、博多の観光スポットを、『グルメ』『ショッピング』『酒』など、五つの項目に分けて調査しました。お望みなら、別冊付録の『夜の街』編もあります」

「…………」

「わたしは、いつでも出張できるよう、荷物はまとめてあります！」

会議室の隅《すみ》に置いた、大型のスーツケースを手で示す。

すると、手塚さんは、これ以上はないというぐらいの作り笑顔で言った。

「どうして、博多へ行かなきゃいけないんだ？」

「だって、川村涼太朗さんは、『博多者《はかたもん》の帝王』なんでしょ。メタブックを用意するわたしたちも、博多の魅力を知っておく必要があると思うんです」

「………」

うんうんと、笑顔で聞いてる手塚さん。ハリセンを持ってる手が、ぎりぎりと背中に回っていくのが見える。

「わたし、頑張ります！　少しでも、博多者の帝王に近づけるよう、努力を惜《お》しみません！」

次の瞬間、疾風の速度でハリセンが飛んできた。

「〝博多者《はかたもん》〟じゃなく、〝館《やかた》もの〟だ！」

気を失う直前、手塚さんの声が聞こえた。

「――で、〝館ものミステリー〟ってなんですか？」

意識を取り戻したわたしの質問に、手塚さんが溜め息をつく。英会話を教えようとしたら、アルファベットの読み方から訊かれたような顔だ。

「簡単に言えば、館を舞台にしたミステリーのことだ」

なんだ、そんな単純なことだったのか。もっと専門的な話かと思ったのに、身構えて損をした。

わたしの顔を見て、手塚さんの目が鋭くなる。

「勘違いするなよ。もちろん、そんな簡単な話では終わらない。館ものミステリーこそが本格の王道だと、おれは思ってる」

拳を握る手塚さん。ああ、暑苦しい。

「館というのは、建物だけの話じゃないんだ。それは、現実から隔離された世界の象徴！まさに、ミステリーを楽しむための舞台だ」

「…………」

「そのため、出てくる館が、どれだけ現実離れしていても読者は受け入れることができる。というか、現実離れしてればしてるほど、うれしいんだよ。館が斜めに傾いてたり、迷路だったり——」

手塚さんのボルテージが、どんどん上がっていく。

「名前だって、普通じゃないぞ。『暗鬼館』とか『人狼城《じんろう》』とか——。もし不動産屋が、そんな名前の物件を出したら、確実に事故物件だと思われるようなネーミングばかりだ」

「…………」

「だが、そこがいい！」

わたしを、ビシッと指さす手塚さん。わたしは、手を伸ばして指の向きを変える。

「つまり、館ものミステリーというのは、事故物件で起こる殺人事件を扱った推理小説ということですね」

「……全然違うが、もうそれでいい」

あきらめ声の手塚さん。

「しかし、なぁ、森永……」

手塚さんの口調が、「今、勉強しておくと、将来いいことあるわよ」というお母さんの口調になる。

「奇妙な館に集められた、様々な因縁《いんねん》のある人たち。その中で起こる連続殺人事件。密室に見立て、人間消失。それはもう、普通の舞台じゃ『あるわけねぇだろ！』って感じで、死体がゴロゴロ出てくるんだ。そして、犯人は、必ず館の中にいる。その緊迫感！——ワクワクしないか？」

チラリと、わたしを見る手塚さん。わたしは、その前に『博多の魅力を余さず楽しむ』を突き出す。

「話を戻しますが、博多出張しませんか？」

「…………」

とても大きな溜め息が聞こえた。

「さっきも言ったが、おれは最高のメタブックで、涼太朗さんを祝福したい。おまえも

——勘違いとはいえ——世話役に立候補した以上、積極的に協力しろ」

「了解しました」

わたしは、手帳を出してメモを取る準備をする。

「それで、どんなメタブックを用意するつもりなんですか？」

「そこなんだよな……」

今までの勢いが消えたように、声のトーンが落ちる。

「館もので書かないといけないのは、確かだ。やはり、ここは密室ぐらい用意しないとダメだろうな」

「密室って……それだと、館ものではなく、密室ものというジャンルになるんじゃないですか？」

「…………」

わたしの真っ当な質問は、無視された。

「事件はともかく、舞台は、大嵐《おおあらし》で孤立した館にしようとは思ってる」

「それだと、館ものではなく、孤島ものになりますね」

「…………」

手塚さんが、殺人者の目で、わたしを睨む。

わたしは、提案する。

「事件や状況より、先に館の名前を決めましょう。奇妙な名前をつけたら、奇妙な事件も思いつきますよ」

「なにか、いい名前があるのか？」

「『手塚館』ってどうですか？　ハリセンを持った殺人鬼を出すんです。館に来た人たちは、理由もなく殺されていくっていう展開です」

「それだと、本格ミステリーじゃなく、パニックホラーだろ！」

手塚さんのハリセンが飛んでくる。

ネーミングではなく、物語の展開に文句をつける手塚さん。わたしは、彼のプロ魂に感動する。

頭を押さえながら、わたしは言う。

「でも、館での奇妙な事件なんて、そんなに魅力的なんですか？」

「ものすごく根本的な質問をしてきたな」

「だって、常識的に考えたら、奇妙な館より楽しい博多ですよ。それに、妙な館での妙な経験なら、わたしにもあります」

「えっ？」

驚く手塚さん。ヒマワリのような笑顔を見せる。

「本当に、奇妙な事件なのか？」

「ええ。わたしが子供の頃なんですけど……」

わたしは、話をした方がいいのかどうか、迷う。でも、笑顔の手塚さんを見ると、話すしかない雰囲気だ。

「殺人のあった館が焼失して消失しました」

「……それのどこが奇妙なんだ？　火事に遭った館が、消えてしまったってだけだろ」

しぼむヒマワリ。

「まず、出火の原因がわからないんです」

「ふむ、謎の出火か……。イタリアのシシリーで、原因不明の火事が相次いだ記録があるが、それと似ているな」

少しだけ、ヒマワリがほころぶ。

「それだけじゃないんですよ。火事の後、住んでいた人が消失しました」

「それは、消失じゃなく引っ越しなんじゃないか？」

「そうかもしれません。でも同時に、周りの人の記憶からも、館や住人のことが消えていたんです」

「どういうことだ？」

「わたしが、『ここに、館が建ってたよね』とか『住んでた人、どこにいったのかな？』と言っても、みんな不思議そうな顔をするんです。そして、『館なんか無かったよ』って——。覚えてたのは、わたしだけでした」

ヒマワリが、全開になる。

「つっ、つまり、誰も館のことも火事のことも覚えてないってことか！」

言葉に詰まりながら、頭をガシガシ搔《か》く手塚さん。フケが飛び散らないのを残念そうに確認してから、胸を張る。

「なかなかおもしろそうじゃないか。聞いてやるから、話してみろ」

遥《はる》か高みからの願い事だが、かつて、こんなにも、わたしの話を聞きたがったことがあっただろうか？　いや、断じてない！

黙っててやろうかとも思ったけど、ビー玉みたいに目を輝かせている手塚さんを見ると、意地悪するのもかわいそうだ。

わたしは、一つだけ条件をつける。

「メモします？」

「……………」

手塚さんが、引きつった笑顔でメモ帳を出す。

よし、なかなか素直じゃないか。

わたしは、遠い目をすると、話し始める。

「あれは、小学校一年生の夏休みでした」

小学生になって、初めての夏休み。保育園の時は、夏休みっていっても短かったでしょ。それが、一ヵ月以上も休めるんですよ！

もう、うれしくてうれしくて、ワクワクしましたよね。

プールに虫捕りに花火大会！　カレンダーに、覚えたばかりの平仮名でイベントを書き込みました。

でも、忘れていたことがありました。わたしは、はしゃぎすぎて遠足前日に熱を出すタイプなんです。

夏休み初日から三日間、熱を出して寝込みました。

「夏風邪はバカがひく」なんて、言わないでくださいよ。これまでの人生で、何百回も言われてきたんですから。

とにかく、わたしの夏休みは、少し遅れて始まりました。

熱が下がった朝、まだ大人しくしてろという声に耳をふさぎ、わたしは家を出ました。朝のラジオ体操に参加するためです。

首から提げた出席カードは、まだ一つもスタンプが押されてません。

えっ？　〝朝のラジオ体操〟って、なんだって――？

手塚さん……夏休みに、朝のラジオ体操なかったんですか？　毎日、家の近くの広場に集まって、小学生が体操するやつ。今は、やらなかったり、期間を短縮しているところが多いみたいですけど――。

……イギリスには、そういう習慣が無かった。ああ、そうですか。手塚さんは、帰国子女なんですね。

話を続けます。

鳥の鳴き声が響き渡る夏の早朝、広場に行くと、近所の子たちが集まっていました。六年生がラジオを持ってきて、みんなを並ばせたりするのも、六年生の役です。基本的に、大人はいません。

でも――。

見たことのないおじさんがいました。

四十歳は超えてると思います。五十歳近かったんじゃないでしょうか。痩《や》せてるのに大きな声で、足下はスニーカーなのに、きちんと背広を着ていました。

「あの人、誰?」

わたしは、同じクラスの響子《きょうこ》ちゃんに聞きました。

「ミラーさんのこと? 最初の日から来てるんだけど、わたしも知らない」

首を横に振る響子ちゃんに、さらに訊く。

「なんなの、〝ミラーさん〟って?」

「名前わからないから、みんなで、そう呼ぶことにしたの」

「………」

どうしてそんなあだ名にしたのかは、ラジオ体操が始まって、すぐにわかりました。

背の高いミラーさんは、列の一番後ろ。体を捻《ひね》ったり回したりするときに、ミラーさんの体操が見えるんだけど、手足の動きが逆なんです。

わたしたちが左に捻るときに、ミラーさんは右に捻る。左足を出すときに、右足を出している。まるで、鏡に映したようでした。

わたしたちの中からもれるクスクス笑いに気づいてないのか、ミラーさんは「一、二、三、四――」と号令をかけながら、きれいな体操をしていました。

「みんな、また明日！」

ミラーさんは、出席カードにスタンプを押してもらってるわたしたちに元気な声で言うと、駆け足でどこかへ行ってしまいました。

ラジオ体操の後は広場付近の掃除をしたりするんですが、それには参加しないミラーさんは、なかなかチャッカリしてると思いました。

散乱するタバコの吸い殻や、アイスの棒、花火のカスなどを拾いながら、わたしは響子ちゃんに言いました。

「今日、なにする？」

「川へ行こうよ。わたしも、まだ一回しか行ってないの」

見上げると、梅雨《つゆ》が明けた空で、太陽が容赦なくギラギラしてます。

「なんで、ラジオ体操やら掃除の話を聞かされるんだ？」

イライラしている、手塚さんの声。

「せっかちですね、手塚さんは――。朝のラジオ体操ってのは、スマホを持ってない一年生には、友達と一日の予定を立てる意味でも大事なんです」

「いつになったら、館の話になるんだ？」

「このあと、朝ご飯のキュウリの糠漬《ぬかづ》けのおいしさを語ってから、宿題をやったふりをして、こっそり家を抜け出す話になります。昨日まで風邪で寝てたから、川へ行くなんて許されませんからね。家を抜け出す苦労話は、二十分ほどで終わると思います」

「そうか……。森永は、おれがメモを取りながら話を聞いてるのが、うれしいんだな」

笑顔の手塚さんに、

「実はそうなんです」

笑顔で答える。

剛速球投手のフォームで投げられたメモ帳が、わたしの額《ひたい》を直撃した。

「要点だけを話せ」

「……………」

「命は、惜しいよな？」

本職顔負けの凄《すご》みをきかせ、手塚さんが言った。

わたしには、頷く以外の選択肢は無かった。


川へ行くには、林の中を突っ切る秘密の道がありました。わたしと響子ちゃんぐらいしか使わない、秘密の道路です。

いつもなら、川に出るまでに二十分かかるんですけど、その日はとてもスムーズに歩けました。

河原に出る直前、カーブした道を左に曲がると、大きな広場があるんですが、そこに館が建っていました。

煉瓦《れんが》塀の向こうに、洋館の二階部分が見えます。屋根には、風力発電に使うのか、三つの風車が並んでいます。

蔦《つた》に覆《おお》われた壁や屋根。本の挿絵でしか見たことの無い洋館が突然現れたので、わたしはびっくりしました。

でも、わたし以上に驚いていたのは、響子ちゃんでした。

「なんなの……？　三日前には、無かったのに……」

煉瓦塀に沿って歩くと、鉄柵《てっさく》の門扉《もんぴ》。門柱には『冥宮館《めいきゅうかん》』と書かれたプレートが掲げられていました。

当時のわたしに、その漢字が読めたわけではありません。でも、なんだか妖《あや》しい感じのする文字だと思いました。

わたしと響子ちゃんは、門扉の隙間《すきま》から中を見ました。

門から館の玄関までは石畳が続き、それ以外の場所は、芝生が敷かれてました。

門扉を押すと、音も立てずに開きました。

わたしと響子ちゃんは、顔を見合わせ、頷きました。

ここで引き返すほど、わたしたちは大人しい子じゃありませんでした。

門を入ると、館の全体がよく見えました。

建物の四隅には、離れのように部屋がついています。六角柱の平屋建ての部屋です。

蔦に覆われた館が、なんだかロケットみたいな感じがしたのを覚えてます。

石畳だと足音がしそうなので、芝生の上を歩いて館に近づきました。

建物に沿って裏側に行くと、窓から館の中を覗《のぞ》き込んでる男の人がいました。

ミラーさんです！

どうして、ミラーさんがいるのか？　——そんなことを考えてる余裕はありませんでした。

わたしたちに気づいたミラーさんが、ものすごい形相で、睨んできたんです。そして、突進してきました。

逃げろ！

考えるより先に、体が動いてました。

わたしたちは、回れ右すると全力で走りました。おそらく、オリンピックに出られるぐらいのスピードだったと思います。

でも突然、わたしたちは、ひっくり返りました。目の前に立ってる人に、ぶつかったんです。

「大丈夫、お嬢ちゃんたち？」

おじいさんぐらいの年齢なのに、岩のように、がっしりした人です。真四角な顔の中で、優しそうな眼《め》が、尻餅《しりもち》をついたわたしたちを見下ろしてます。

「あ……平気です」

そう言ったとき、男の人の後ろから、数人の人の声がしました。

「どうしたんだ、若松《わかまつ》？」

途端に、男の人——若松さんの表情が変わりました。優しかった眼が厳しくなり、わたしと響子ちゃんの襟首《えりくび》を持って、猫のようにつまみ上げます。

そして、声のした方へ向けて言いました。

「旦那《だん な》様。子供たちが入り込んでいました」

目の前にいたのは、雪だるまのように、丸っこい人でした。

「若松、放してあげなさい」

言葉と同時に、わたしと響子ちゃんは、地面に落ちてました。

雪だるまが、わたしたちに言います。

「ようこそ、子猫ちゃんたち。名探偵が謎解きをする場面にやってくるとは、きみたちは運がいい」

この言葉に、雪だるまの後ろにいた人たちが、驚くのがわかりました。

「まさか！　……まさか、これからの謎解きを、この子たちにも聞かせるんですか！」

「たくさん人がいる方が、名探偵としては盛り上がるからね」

「なんだ、名探偵って！」

吠《ほ》える手塚さんを、まぁまぁと手で制す。

「館の話をしてるんですよ。名探偵が出てきても当然じゃないですか。ミステリーをたくさん読んでる手塚さんなら、普通に受け入れられるでしょ？」

「当然なのか……？　ここは、当然でもいいのか？」

ブツブツ呟く手塚さん。

わたしは、説明する。

「自分のことを名探偵っていう雪だるまみたいな人は、冥宮館の主人で、能代《のしろ》さん。若松さんは、使用人。能代さんの後ろにいるのは、事件の関係者でした」

「それで、森永と友達は、冥宮館の中へ入ったのか？」

「ええ。川遊びも魅力的だったんですが、ジュースが冷えてるって言われて……」

「森永は、『おかしをあげるからついておいで』と言われると、すぐに誘拐されるタイプだな。人が死んでる場所に入るの、怖くなかったのか？」

「テレビでは、毎日、ゴロゴロ死んでますから——」

「いや、自分の食欲に忠実なだけだろ」

軽蔑《けいべつ》した目を向けてくる手塚さん。わたしは、負けない。

「主人の能代さんの話では、昨夜は冥宮館完成のパーティがあって、みんなが集まったそうです。その中の一人が、朝になったら殺されていたんです。館の周りに設置された防犯カメラには、外部から侵入した人は写ってないと言ってました。つまり、犯人は、その場にいた人たちの中にいるわけです」

「ずいぶん慌《あわ》ただしい話だな。三日前には建っていなかった冥宮館で、すぐに殺人が起きるなんて……。それと、ミラーさんは、どうなったんだ？」

「まぁ、その件は脇《わき》に置いて――」

わたしは、先輩の話を、両手で脇へどける。

「名探偵の謎解きシーンを聞いてください。もっと不思議な話が聞けますから。ひょっとすると、今度のメタブックの参考になるかもしれませんよ」


わたしと響子ちゃんが案内されたのは、館のホールでした。椅子《いす》やソファーが無造作に置かれ、冷房が効いています。

使用人の若松さんが、わたしたちを部屋の隅のテーブルに着かせました。前には、ジュースが置かれます。口にこそしませんでしたが、「静かにしてるんだよ」と言いたいのだとわかりました。

能代さんが、みんなを見回してから、わたしと響子ちゃんに目をとめました。

「謎解きをする前に、可愛《かわい》いお客様に、ここにいる方々を紹介しよう」

芝居がかった感じで言う能代さん。ホールにいる人の中で、彼だけが上機嫌という感じがします。

立っている能代さんの横――ソファーに座ってるおばさん。能代さんの奥さんです。その隣には、ジャージのズボンにTシャツとジレの組み合わせの若者。館の落ち着いた雰囲気に合っていません。大学生で、名前は中田《なかた》さん。

窓際の壁にもたれてるのは、若者と対照的に、館のインテリアに溶け込んだような男性。四十歳ぐらいでしょうか。この暑いのに、きちんと背広にネクタイを締めています。冥宮館を設計した刈谷《かりや》さん。

ホールの中で、一番おどおどしているのが、ドア近くの椅子に座った女性。アイドル雑誌に出てきそうな可愛い人だと思ったら、本当にアイドルでした。名前は、百井美玲《ももいみれい》さん。無地のサマーワンピースが、とっても涼しげです。

その隣で、番犬のように目を光らせているのが青年。百井さんのマネージャーをしている糸《いと》川《かわ》さん。彼も背広を着てるんだけど、着方がだらしないなと思いました。

あとは、老人が一人。白髪《しらが》に黒縁眼鏡《くろぶちめがね》。白シャツにズボン。とっても地味な姿なんだけど、目に知性の輝きがあります。経済学者の筒井《つつい》さんです。

「そして、わたしが冥宮館の主人にして、名探偵の能代省吾《しょうご》です」

恭《うやうや》しく一礼する能代さん。わたしと響子ちゃんは、なんだか拍手しないといけないように感じて、パチパチ手を叩きました。

「あと一名いたんですが、その方――黒井《くろい》さんは、客室で寝ています。もっとも、もう起きることは無いでしょうけどね」

わたしたちが何も言えずにいると、

「昨夜、殺されたんです」

そして、わたしたちの反応を楽しむように、ニヤリと笑いました。

能代さんが手を広げ、踊るように、ホールの中央に立ちます。

「しかも、密室状況で！」


「……密室」

目を輝かせると思ってたら、手塚さんは、納豆入りのジャムを食べさせられたような顔をする。

「なんですか？　なにか、不満でもあるんですか？　——喜んでくれると思ったのに」

わたしが言うと、肩をすくめる手塚さん。

「『密室は死んだ』って、何度も言ってきただろ。今時、密室をありがたがるなんて、よっぽどの物好きだぞ」

「……じゃあ、もう話すのやめます」

わたしが言うと、手塚さんが慌てる。

「まぁ、そう言うな。森永のミステリー能力を高めるためにも、こういう話をするのは役に立つ。聞いてやるから、続けろ」

なんという上から目線だ。

「メモを取るのなら、続きを話してもいいですよ」

わたしが言うと、手塚さんの目に殺意が宿った。しかし、話を聞きたいという欲望が勝ったのだろう。引きつった笑顔でメモ帳を手にする。

「……これでいいか？」

わたしは、鷹揚《おうよう》に頷く。


わたしたちは、能代さんのあとについて、黒井さんの部屋に向かいました。

途中、能代さんが、状況を説明してくれました。

今朝、黒井さんが朝食の時間になっても起きてきません。心配になり、全員で部屋の前まで行くと、ドアには鍵《かぎ》がかかっていました。ノックをしても、応答がありません。

「わたしは、マスターキーを使って開けようとした。それでも、開かない。ドアを壊してわかったのだが、中から落とし錠《じょう》がかかっていたんだ」

能代さんが、わたしと響子ちゃんに説明します。他の人たちは、知ってることなので黙って聞いていました。

「部屋の中央に、黒井さんが倒れていた。背中には、ナイフが刺さっていた。自分では、とても刺せない位置。明らかに他殺だ」

また、能代さんがニヤリと笑いました。

「そして、窓にも内側から鍵がかかっていた。さぁ、犯人は、どうやって逃げたのだろうか？」

能代さんは、明らかに楽しそうでした。

黒井さんが殺されたこととか、少しも気にしていません。密室という謎に、酔っています。

わたしは、部屋を見回しました。

六角柱の形をした、変わった部屋です。天井部分は削った鉛筆の、芯《しん》の下あたりで水平に切った形をしています。

館の四隅に、突き出すように付いている部屋の一つです。

「さぁ、お嬢ちゃんたち。どうやって、この密室ができたのか、推理してごらん」

能代さんが、先生のような口調で言いました。

わたしと響子ちゃんは、部屋を調べます。

ドアのある壁を背にすると、正面に窓のある壁。窓の下には、ベッドがあります。

壁には、天井《てんじょう》まで届く本棚が作られています。棚には、まだ、本がまばらにしか入っていません。どの本も、子供のわたしたちには知らないものばかりでした。

白い天井を見た響子ちゃんが呟きました。

「どうして、シャンデリアが無いのかしら？　館にはシャンデリアがついてないと、おかしいよね」

響子ちゃんに言われて、わたしも頷きました。

この部屋は、天井が、そのまま屋根になっています。そして彼女の言葉通り、白い天井には何もついていません。のっぺりした、一枚の板です。

この部屋、夜になったら暗くて不便だ。——そう思って周りを見たら、六個の照明器具が、本棚の上の方に付いていました。

能代さんが、響子ちゃんに語りかけます。

「なかなかいいところに気がつくね。きみは、名探偵の才能があるよ」

響子ちゃんが、そんなものいらないというように、曖昧《あいまい》に微笑みました。

「そういえば、今朝、門の前を掃除してるとき——」

使用人の若松さんが、口を挟みます。

「ジョギングをしてる中学生が、話しかけてきました。深夜、彼は塀の外を走ってたそうなのですが、そのときに、館の方で光の柱が立ったと言ってました」

その報告を、うれしそうに聞く能代さん。

「ありがとう、若松。これで、わたしの推理に確証が持てたよ」

そして、若松さんに耳打ちをします。神妙な面持ちで聞いた若松さんが、一つ頷くと、部屋を出て行きました。

話を聞いていた手塚さんが、メモ帳を放り出す。

「……ひょっとして、密室の謎が解けたんですか？」

おそるおそる訊くと、鼻で笑われた。

「MO課に来て、おれはミステリーの猛勉強をしたんだよ。誰かさんと違ってな」

〝誰かさん〟は、そっぽを向く。

わたしは、話を続けるかどうか迷う。確かに、手塚さんなら、これぐらいの密室トリックは解いてしまうだろう。しかし、本当に気になるのは、話の最後に出てくる謎。もし解いてくれるのなら、それを解き明かしてほしい。


「この六角部屋は、ドアも窓も内側から鍵がかかり、密室になっていました。そして、鍵がかかっている部屋に、人は入れません。――しかし、本当にそうでしょうか？」

驚くようなことを言い始める能代さん。

「たとえば、このドアです」

壊れたドアを、コンコンと叩く。

「量子力学の世界では、何度もドアに体をぶつければ、通り抜けることができます」

正直、頭がおかしくなったんじゃないかと思いました。

でも、他の人は平気な顔をしています。

「そんなことが起きるんですか？」

百井美玲さんが訊きました。

「トンネル効果をご存知ですか？」

誰も知らないだろうという感じで、能代さんが、みんなを見回しました。当然、誰も頷きません。

能代さんが、勝手に続きを話し始めます。

「素粒子《そりゅうし》というものは、低い確率ですが、壁を通り抜けることがあります。人間の体も、素粒子が集まってできています。つまり、極めて極めて低い確率ですが、人間を構成している素粒子が全て壁を通り抜けることができれば、理論上、人間は壁を通り抜けるんです」

中田さんが質問する。

「極めて低い確率って、どれぐらいなんですか?」

「そうですね……。この宇宙ができてから、まだ一度も起きてないぐらいの確率です。つまり、人が壁を通り抜けるなどというのは、あくまでも理論上の話で、現実に起こることはありません」

わたしは、その言葉にホッとしました。

同時に、名探偵は謎解きをするときに、余計なことを話すんだと学びました。

「ドアも窓も駄目、壁を通り抜けることはできない。では、どうやって犯人は密室から出たのです?」

筒井さんの質問を待っていたというように、能代さんが腕時計を見ました。

そして、大きく頷くと、天井を指さします。

「ここから、出入りしたんですよ」

能代さんが言うと同時に、天井がズズズと動きました。

わたしたちは、驚いて言葉が出ません。

ペダルを踏むと、蓋《ふた》が持ち上がるゴミ箱があります。そんな感じで、ゆっくり天井が持ち上がっていきます。

天井と壁の間に一メートル近い隙間ができました。しばらくして、その隙間から若松さんが顔を出しました。こじ入れるように体を部屋の中に入れると、本棚を梯子《はしご》代わりにして壁を降りてきます。

「旦那様、これでよかったでしょうか？」

能代さんの前に立つと、若松さんが訊きました。

「上出来だよ！　きみのおかげで、密室の開け方が証明できた」

能代さんは、上機嫌です。

「いったい、これは……」

驚いてるわたしたちに、説明します。

「簡単な話です。この部屋の天井は、壁に固定されていなかったのです。いずれ、ほとぼりが冷めてから、固定するつもりだったのでしょう。建ってから、そんなにも時間が経過していない冥宮館だからこそ、可能なトリックです」

「いくら壁と天井を固定しても、動かすための機械仕掛けが残っていたら、すぐにバレる

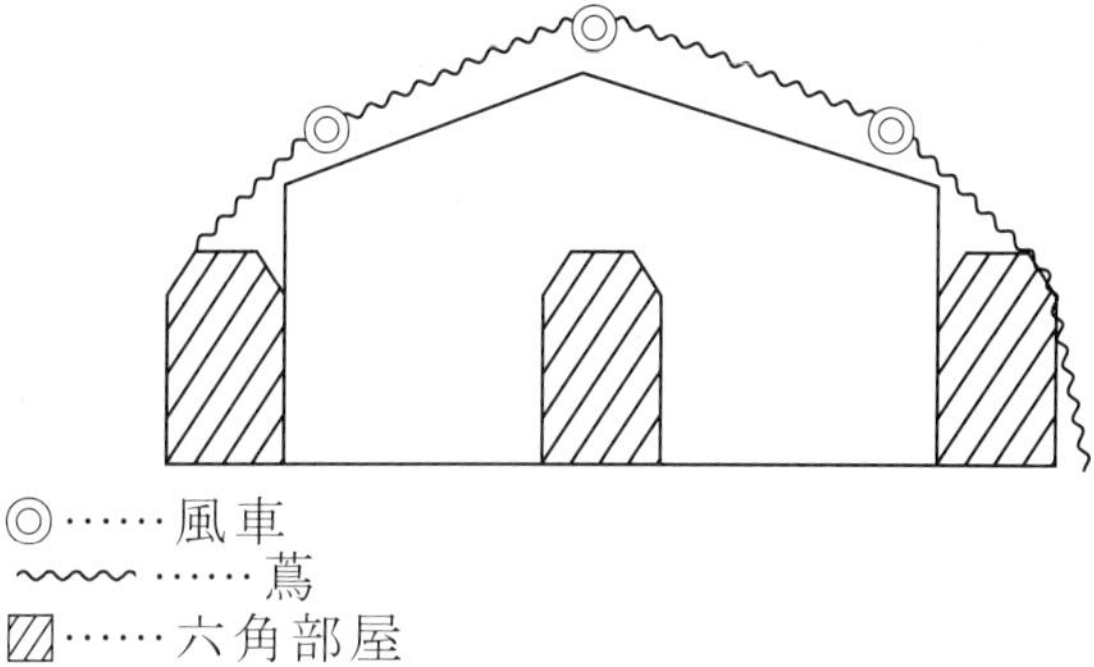

（館を横から見た図）

んじゃないですか?」

「機械仕掛け? そんなもの必要ありません。現に、若松は自分の力で天井を動かしました」

わたしと響子ちゃんは、驚きました。人間の力で天井を動かすなんて、不可能だと思ったのです。

「口で説明するより、実際に見てもらった方が早いですね」

能代さんが、わたしたちを庭に出します。

「手塚さんは、このトリックもわかってるんですか?」

「当然だ」

バカにするなという口調の手塚さん。

「答えは、館を覆う蔦と、天井にある風車だろ」

正解だ。

「滑車《かっしゃ》の両端に、同じ重さの物を吊《つ》ってバランスを取る。そうすれば、重い物でも少しの力で動かすことができる」

　手塚さんが、メモ帳に図を画《えが》く。

「殺人のあった部屋の天井と、対角線上にある部屋の天井を、蔦で結ぶ。蔦は、風車の軸に通す。つまり、風車を滑車として使うわけだ。これなら、片方の天井の蔦を引っ張れば、殺人のあった部屋の天井が開くだろ」

　わたしは、頷く。

「『光の柱が立った』という、中学生の証言があったな。部屋の天井が開いたときに、その隙間から光が漏れたのを見たんだろうな」

　手塚さんが、メモ帳の隅に『Q.E.D.』と書いた。

「でも、すごいですね。わたしの話を聞くだけで、真相を見抜くなんて」

　尊敬の眼差《まなざ》しを向けると、手塚さんがすかさず言った。

「ここで問題。現地に行って捜査すること無く、話を聞くだけで事件を解決する探偵のことを、なんていうんだ?」

「えーっと……」

　わたしは、必死で記憶を探る。確か、座ることに関係してたような……。

　思い出したわたしは、ポンと手を打つと、得意げに言った。

「腰掛け探偵!」

「安楽椅子《あんらくいす》探偵だ！」

手塚さんのハリセンが、わたしの頭を直撃した。

頭を抱えるわたしに、手塚さんが言う。

「館もののトリックを解くには、コツがあるんだ。冥宮館みたいに、風車があったり蔦で覆われてるなんていう変わった特徴があったら、必ずトリックに使われる。もし使われてなかったら、おれは怒る」

「よくできました」

「冥宮館が蔦で覆われているのは、館を囲む六角柱の部屋の天井と天井を結んでいる一本の蔦を隠すためだったんですね。つまり、『蔦を隠すには蔦の中』というやつですね」

手塚さんが、わたしの頭をなでてくれた。

おお、久しぶりに褒められたぞ！

「さぁ、仕事に戻るぞ」

話を切り上げようとする手塚さんに、わたしは言う。

「でも、話はまだ終わってないんです。最大の謎が残ってます。これは、いくら手塚さんが腰掛け探偵でも、解けないいんじゃないでしょうか」

「安楽椅子探偵だ！」

また、ハリセンが飛んできた。

天井を動かすトリックの説明が終わりました。能代さんが、演技を終えた役者のように、一礼します。

「じゃあ、犯人は――」

中田さんが呟きました。

能代さんが、指を一本伸ばします。

「冥宮館を、蔦で覆うように設計した人間。天井を固定しないように指示ができる人間。そして何より、対角線上の部屋に泊まった人間」

能代さんの指が、一人の人物を指さしました。

「刈谷さん、あなたが犯人です」

指摘された刈谷さんは、否定も肯定もせず、普通に立っています。背広の内ポケットからタバコを出し、一本くわえました。

「なるほど……。確かに、わたしが犯人ですね」

煙と一緒に、言葉を吐《は》き出しました。

そして同時に、百井さんの背後に回ると、タバコの箱と一緒に出していたポケットナイフを、彼女の首筋に当てました。

「動かないでください。これ以上、誰も殺したくないんです」

「何をするんだ！」

糸川さんが叫び、百井さんを助けようとしたとき、

「動かないで！」

百井さんの腕を締め上げたまま、刈谷さんが糸川さんにナイフを向けます。

誰も何もできません。

そんな中で、

「これは、いけませんね」

呟いた筒井さんの体が、ゆらりと動きました。無造作に、刈谷さんの方へ足を進めます。

「なっ、なんなんだ！」

刈谷さんがナイフで牽制《けんせい》しても、筒井さんは止まりません。武道の達人がナイフを持った暴漢を倒す——テレビでよく見るシーンが再現されるのではと期待したとき、

「おーい、みんな逃げろ！」

館の裏から、走ってくる人がいました。

ミラーさんです！


「どうして、ここでミラーさんが出てきたんだ？」

手塚さんが、驚いた声を出す。

「森永の言うとおり、この謎は深いな……」

「いえ、本当の謎は、そこじゃないんです」

わたしは、話を続ける。

ミラーさんのあとから、わやわやと大人が現れます。全部で二十人ぐらいいたでしょうか。年齢も性別も様々です。

「早く、門の外へ逃げろ！　火が出たぞ！」

見上げると、冥宮館の屋根から煙が出ています。

ミラーさんは、わたしと響子ちゃんを両脇に抱えると、走り出しました。

刈谷さんが百井さんを解放します。筒井さんも、門の外へ走ります。他の人たちも、みんな門の外へ避難しました。

ミラーさんは、わたしと響子ちゃんに動かないように言うと、川の方へ走っていきました。

彼だけではありません。わたしと響子ちゃん以外、みんな川の方へ走ると、ホースを引っ張ってきて戻ってきました。

川の水をポンプで汲《く》んで、消火するつもりなのでしょう。

しかし冥宮館は、あっという間に火に包まれ、数本のホースでは消せないぐらいの勢いです。

夏の日差しと火事の熱で、肌がジリジリします。煙を吸わないよう、わたしと響子ちゃんは、シャツを引っ張り上げて鼻と口を覆いました。

館が燃え尽きるまで、十五分ぐらいだったでしょうか。

「ずいぶん早く燃え尽きたな」

「そんなことは、どうでもいいんです」

不思議がる手塚さんに、わたしは言う。

「火が消えたあと、みんなは集まって話し合いをしていました。もっとも、その中に能代さんたちはいません。いるのは、ミラーさんと、あとから出てきた人たちだけです」

「能代さんたちは？」

「わかりません。そのときは、警察に行ったと思ったんですが――」

わたしは、ここで話を変える。

「焼け跡に残った人たちは、どうして火事が起きたのか、真剣な表情で話し合っていました。どれだけ考えても原因がわからず、みんながイライラしてるのが伝わってきました。そのうちヒグラシの声が聞こえてきて、ミラーさんが、わたしと響子ちゃんに言いました。『きみたらは、もう帰りなさい』って――。わたしは、ふわふわする足取りで家に帰りました」

「ふむ……。つまり、その火事の原因を考えろというのだな？」

手塚さんが言った。

わたしは、それを無視して続ける。

「家に帰ったわたしは、熱を出しました。完全に治りきっていないところに、いろいろありすぎて、体と気持ちが限界を超えたようです。三日寝込んで、ようやく元気になったわたしは、ラジオ体操に行きました」

「ミラーさんは？」

手塚さんに訊かれ、わたしは首を横に振る。

「いませんでした。響子ちゃんに、ミラーさんのことを訊いても、何も言いません。川遊びに行くことになって、冥宮館の建っていた広場の脇を通ると、煉瓦の塀も門も、なにもありません。『冥宮館、きれいに無くなってるね』――そう言うと、響子ちゃんは、びっくりするようなことを言いました」

「…………」

「『ミラーさんとか冥宮館とか、なんのこと？　美月ちゃん、まだ熱があるんじゃない？』――と」

「…………」

「わたしは、最初、響子ちゃんが冗談を言ってるんだと思いました。でも、彼女の目には、怯《おび》えがあります。わけのわからないことを言うわたしを、怖がってるのか……」

体が震える。

小さかった頃の記憶がよみがえり、わたしの体を支配する。

「ミツキチャン、ダイジョウブ……？」

響子ちゃんの手が、わたしに向かって伸びる。

わたしは、逃げるように家に帰った。

「それ以降、響子ちゃんに冥宮館のことは話してません。でも、わたしは自分なりに調べました。ラジオ体操の時、周りの子たちに、それとなくミラーさんのことを訊いてみました」

「結果は？」

わたしは、首を横に振る。

「警察にも行ってみたんです。殺人犯の刈谷さんを捕まえたかって？」

「…………」

「おまわりさんは、とても不思議そうな顔をしました。そして、この二十年間、この町で殺人事件は起きてないと教えてくれました。それ以上質問すると逮捕されるような気がして、わたしは帰りました」

「…………」

「この謎、解けますか？」

わたしが訊くと、手塚さんが『おれを誰だと思ってやがる！』って顔になった。そして、椅子に深く座り直す。

「三十分くれ。その間に、考える」

締め切りを設定する手塚さん。

わたしはスマホを出すと、アラームを設定する。

アラーム音がする。

「手塚さん、締め切りです」

わたしの言葉に、手塚さんが大きく伸びをした。

「解けましたか？」

「ああ……」

そう言って、頭をガシガシ掻く。溜め息を一つついてから、わたしを見る。

「探偵というのは、つらい仕事だよな。〝真実〟という絶対無二のもののために、言いたくないことも言わなくてはならないときがある」

わたしは、神妙な面持ちで頷く。探偵が勿体《もったい》ぶった台詞《せりふ》を吐くのは、小さいときに体験済みだ。

「森永の話を聞いて、おかしいと思った点が、いくつもある」

手塚さんが、指折り数える。

「まず、わずかな時間で冥宮館が建てられたこと。プレハブの建物じゃないんだからな」

確かに、響子ちゃんも驚いていた。

「次に、冥宮館で起きた殺人事件。どうして、能代は警察を呼ばなかったんだ？　道が崩れているとか電話が通じないとか嵐《あらし》が来てるとか——館が孤立している状況ならともかく、警察に連絡しなかった理由がわからない」

「…………」

「そして、最も引っかかったのが、能代が森永たちを館に招き入れた点だ。殺人事件があって、まだ犯人も特定されていない。そんな場所に、小さな子供を入れるか？」

言われてみれば、他の人たちも驚いていた。

「さらに妙なのは、密室のトリックだ。冥宮館は、設計した刈谷のものではなく能代のものだ。他人の家を設計するとき、密室殺人のトリックを仕掛けるか？」

仕掛けるはずがない。というか、やるのなら、自分の家に仕掛けてくれ。

「あと、火事になって出てきたミラーさんや、他の大人たち。そいつらは、いったい何者なんだ？」

「…………」

「他にも細々したことがあるが、森永が一番気になってるのは、友達の響子ちゃんが『冥宮館なんか無かった』と言ってることだな？」

「そうなんです。だって、わたしたちは一緒に――」

手塚さんが、手を伸ばして、わたしの言葉を制する。

「これらの疑問を解決する答えは、一つ」

静かに推理を口にする手塚さん。

「全ては、森永の妄想だ」

「…………」

え〜っと……。

わたしは何を言っていいのかわからない。口を開こうとしたら、先に手塚さんに言われた。

「妄想と言っても、竹の種類じゃないからな」

はい、そうですね。

「夏休みに入った興奮で、森永は熱を出した。おまえとしては、早く治して、夏休みを満喫したい。そのジレンマと、熱で朦朧《もうろう》とした意識が、冥宮館を生み出したんだ」

「…………」

わたしは、考える。

確かに、全てを妄想だと考えたら、手塚さんが言った〝おかしな点〟も納得できる。

響子ちゃんが妙な顔をしたのも当然だ。

「そこなんだけどな……」

手塚さんが、心配そうな声で言う。

「本当に、おまえの友達——響子ちゃんって子供はいたのか?」

「え?」

「その子も、おまえの妄想上の存在じゃないのか?」

足下が、グラリと揺れたような感覚。現実という大地に、しっかり立っていたと思っていたんだけど、それは幻想だったと教えられたような……。

不意に、手塚さんが笑顔になる。

「いや、すまん。さすがに、それは考えすぎだと思う」

それは、わたしというより、自分に言い聞かせてるような話し方だ。わたしのことを気《き》遣《づか》ってくれてるのだろうか？

手塚さんの口調が変わる。

「それより、おれは驚いてるんだ。本を読まない森永が、小学一年生の時に、ここまでの妄想力があったとはな――。ちゃんと本を読んでたら、ものすごい作家になったんじゃないか？」

慰《なぐさ》めてくれてるんだろうか？

「さて、参考にならない妄想話で、時間を無駄にした。特訓に戻ろう」

手塚さんが、ハリセンを持ち直す。

わたしの口からは、溜め息が漏れる。

その溜め息を掻き消す、着信音。手塚さんのスマホだ。

「はい、手塚です。――わかりました、お待ちしてます」

通話を終えて、手塚さんが、わたしを見る。

「部長からだ。川村涼太朗さんが、イベントの準備をしているおれたちを、励《はげ》ましに来てくれるそうだ」

おおー！

伝説のエディターに会えると思うと、緊張感が走る。とりあえず、手鏡を出して、化粧のチェック。

ノックの音がして、ドアが開いた。入ってきたのは、わたしより小柄な男性。

銀色の髪をオールバックにし、少し垂れた優しい目が、わたしと手塚さんを見る。

「お世話になってます、川村涼太朗です」

丁寧《ていねい》に頭を下げる。

わたしは、恐縮してしまいアタフタするが、手塚さんはいつも通りだ。

「今回、イベントを担当させていただいてます、ライターの手塚和志です」

出した名刺の向きが引っ繰り返っていたので、手塚さんも少しは緊張してるんだと安心する。

「エディターの森永美月です」

わたしたちの挨拶《あいさつ》を、ニコニコして聞いている川村さん。気の良いおじさんって感じの人だ。

グレイの背広をおしゃれに着こなしてるんだけど、ちょっと違和感。理由を考えていたら、足下が革靴では無くスニーカーだ。

「ああ、これですか――」

わたしの視線に気づいた川村さんが、説明してくれる。

「実は、ディリュージョン社に来る前は小学校の教師をしていたんです。その頃の癖《くせ》で、背広を着ていても運動靴は手放せなくて」

照れくさそうに、頭を掻く川村さん。

「教師は、修学旅行や遠足の時でも、子供たちを追いかけて走らなければいけないときがありますからね。スニーカーは、当然です」

手塚さんが言った。

うんうんと頷いてから、川村さんが訊く。

「それで、どのようなイベントを用意してくださるのですか?」

「ええ……。それなんですが……」

口ごもる手塚さん。

慌てて、川村さんが言う。

「ああ、すみません。下手に訊いたら、ネタバレになりますね」

「いえ、そんなことは無いんですが……。ただ、ちょっと行き詰まっていて——」

手塚さんが、館もののメタブックを用意している話をする。そして、館を現実世界に作り出すことの難しさに悩んでることを、正直に話した。

頷きながら聞いていた川村さんが、口を開く。

「ちゃんと悩んで立ち向かってる手塚君は、腕の良いライターなんですね。わたしとは、大違いだ」

自虐的な口調。

「答えを出せなかったわたしは、逃げてしまいましたから」

「そういえば、川村さんは、M0課から4類局9部に異動されたんですよね。逃げたというのは、そのことですか？」

わたしが訊くと、手塚さんが足を踏んできた。空気を読めという意味だ。

でも、川村さんは気にしてない。

「ええ、まぁ……。そういうことになるでしょうね」

遠い目をして言う。

「物語を現実世界に具現化する。この理念の元、わたしは働いてきました。しかし、自分の用意したメタブックが、しょせんは現実の不思議さには敵《かな》わないことを知って、4類局に異動希望を出したのです」

何の話をしてるのかわからないわたしたちに、川村さんが頭を下げる。

「これは、すみません。詳しく話さないと、わかりませんね。それは、わたしがM0課で最後に担当したメタブック——『冥宮館の殺人』で起きました」

冥宮館！

わたしと手塚さんは、その名前を聞いて、顔を見合わせる。

手塚さんが、一つ咳払いする。

「イベントを企画するにあたり、涼太朗さんがされたお仕事を調べさせていただきました。それによると、MO課での最後のお仕事は『銀輪と庭球の殺人』じゃなかったですか？」

「それは、『冥宮館の殺人』が絶版扱いになったから、急いで用意したメタブックです」

絶版……。

メタブックが完成しても、その内容や進行に不備があった場合、メタブックは絶版となり、無かったものとされる。

わたしは、川村さんの顔を、じっくり見つめる。そして、頭の中で十数年の時間を早戻し――。

「……川村さんが、ミラーさんだったんですね」

「は？」

首を捻る川村さん。

突然、後ろ襟がグイと持ち上げられた。犯人は手塚さんだ。

「お茶の用意をしてきます。しばらくお待ちください」

後ろ襟を持ち上げられ、わたしは、猫の子のように部屋から出される。

給湯室――。

電気湯沸かし器が働いてくれてる間に、手塚さんが訊いてくる。

「説明しろ。どうして、涼太朗さんがミラーさんなんだ？」

「背広にスニーカーというファッションが同じじゃないですか」

「根拠としては弱いな」

「それだけじゃありません。どうしてミラーさんというあだ名がついたか――」

「ラジオ体操が、左右逆だったからだろ」

そう言った手塚さんが、ポンと手を打つ。

「そうか……。学校の先生は、子供たちに向かって体操をする。そのとき、先生の動きを見た子供たちが間違えないように、左右逆で体操をする」

わたしは、頷く。

「そんなラジオ体操が身に染《し》みついてるのって、学校の先生ぐらいじゃないですか？」

このように、ミラーさんがディリュージョン社のエディターで、冥宮館がメタブックの舞台だと考えたら、さっき手塚さんが言っていた〝おかしな点〟が全て説明できる。

それだけじゃない。手塚さんも気づいてなかった細かいことも、納得できる。

最初、ミラーさんが冥宮館を覗いていたのは、エディターとしてメタブックの進行を見守っていたのだ。

使用人の若松さんが、わたしと響子ちゃんを見つけたときは優しかったのに、他の人たちが現れた瞬間に変わったのは、メタブックの登場人物を演じなければいけなかったからだ。

警察に連絡しなかったのは当然だ。本物の殺人事件は起きていないのだから。

そして、冥宮館があっという間に燃え尽きた理由。

これは、二つ考えられる。

一つは、蔦のトリックをごまかすために燃やすという設定だったこと。そのため、よく燃えるように燃料が染みこませてあった。

火をつけるという進行は間違ってないだろう。これは、川の水を汲むポンプやホースが用意されていたことからもわかる。

もう一つは、冥宮館が外見とは裏腹に、プレハブのような建物だったこと。わたしたちが入ったホールや六角部屋、廊下以外は、書き割りだったのではないだろうか。だから、短時間で建てることもできたし、燃え尽きるのも早かった。

そして、最大の謎――響子ちゃんたちが、ミラーさんも冥宮館のことも知らないと言った理由。

これは、ディリュージョン社が動いたんだ。

失敗したメタブックは、絶版扱いとなり、存在自体が無かったことになる。そして、関わった人間には、口止めをする。ディリュージョン社のメタブックに外れはないという評判を守るために――。

わたしは、急須《きゅうす》に茶葉と湯を注ぎながら、今考えたことを手塚さんに話す。

黙って聞いていた手塚さんは、最後に一つ溜め息をついてから、口を開いた。

「なるほどな……。森永の言うとおりだ」

おお、手塚さんが認めてくれた！

調子に乗ったわたしは、手塚さんの首に腕を回し、耳元でささやく。

「これで、ミラーさんも冥宮館も、実在することがわかりました。そういえば、それらを全て『妄想』として片付けようとした人がいましたね」

「…………」

「『妄想と言っても、竹の種類じゃないからな』――いやぁ、おもしろいことを言うじゃないですか」

「…………」

「これからは、的外れな推理は口にしないことですね。恥をかくだけですよ」

次の瞬間、手塚さんが隠し持っていたハリセンを手に持つ。

なんで、お茶の用意をするのに、そんなものを持ってきたんですか！　――という当然の質問をする前に、ハリセンがわたしの頭を直撃した。

「お待たせしました」

わたしは、川村さんの前に湯飲みを置く。

「お話の続きを、聞かせていただけますか」

そう言う手塚さんの前に湯飲みを乱暴に置いて、隣に腰掛ける。

「あれから十五年以上経《た》ちました。メタブックの著作権も切れています。わたしが口を開いても、もういいでしょう」

そして川村さんが話してくれたのは、あの夏の日に、わたしが経験した冥宮館の話——。

「顧客《リーダー》の能代さんは、身勝手——いや、自由な感覚の人で、いきなり第三者をメタブックの中に入れたりする人でした。それが原因だとは思わないんですけど、あの事件が起きました」

悔《くや》しそうな川村さんの口調。

「いきなり、屋根から火が出たのです。それはもう、まったく予想してなかったことでした。わたしやスタッフは、メタブック進行中ということも忘れ、飛び出していました。必死の消火をしながら、メタブックを台無しにしてしまったことを、ボンヤリ考えていました。結局、わたしのメタブックは、現実に負けたんです」

「…………」

「せめて、火が出た原因がわかれば、気持ちも晴れるんですけどね。このままでは……」

そこまで言って、川村さんは、急に笑顔になった。

「いや、すみません。未来ある若者に、年寄りの愚痴《ぐち》を聞かせてしまいました」

湯飲みのお茶を一気に飲み干し、川村さんが立ち上がる。

「それでは、お世話をおかけしますが、イベントの方をよろしくお願いします」

わたしと手塚さんも立ち上がり、部屋を出て行く川村さんの背中に向かって、頭を下げる。

会議室には、わたしと手塚さんだけが残された。

「今、何を言いたいかわかります？」

「『出火の謎を解いたら、川村さんの退職イベント盛り上がりますね』——だろ？」

「さすがです。で、解けそうですか？」

この質問には答えない。でも、手塚さんの目が『おれを誰だと思ってやがる！』になってる。

これは、期待できるかも……。

川村さんの退職イベント当日——。

お祝いのメッセージ披露《ひろう》や花束《はなたば》の贈呈《ぞうてい》が行われる中、メインは手塚さんが書き下ろしたメタブック——『冥宮館の殺人ＡＦＴＥＲ』だ。

具現化されるのは、焼失した冥宮館。その前で、あたふたする登場人物。

「なんなんだ、この結末は！　ここで火事が起きるなんて聞いてないぞ！　メタブック進行中に現実世界を感じさせたら契約違反だ！　違約金を要求する！」

わめいてる能代探偵。今回、彼の役は、手塚さんが演じている。

おたおたする登場人物たち。そして、本来は出てきてはいけないはずのスタッフたち。

ミラーさん——いや、川村涼太朗さんが、能代さんの前に出る。

「メタブックや違約金？　いったい、あなたは何を言ってるんです？」

落ち着いた口調で、能代さんに言う。

「ほぅ？　じゃあ、予想外の出火がどうして起きたのか、おまえは説明できるというのか？」

馬鹿《ばか》にしたように笑う能代さん。

川村さんは、自信たっぷりに頷く。

「当然です」

そして、川村さんは語り始める。

「朝、わたしは子供たちとラジオ体操をしていました。こう見えて、わたしは小学校の教師をしていたのですよ」

そう言う川村さんは、実に楽しそうだ。

「ラジオ体操を終えて、わたしはすぐに冥宮館に戻りました。本当は、体操のあとで行われる掃除も、一緒にやりたかったんですけどね。タバコの吸い殻がたくさん落ちていて、気になっていたのですよ」

「ちょっと待った。ひょっとして、出火の原因は、タバコのポイ捨てだと言うのか？　これは、お笑いぐさだ。燃えたのは、冥宮館の屋根だぞ。どんな風に吸い殻を捨てたら、屋根から火が出るんだ？」

馬鹿にしたように言う能代さん。川村さんは、首を横に振る。

「ポイ捨てした人も、まさか自分の投げ捨てたタバコを、雀《すずめ》がくわえて屋根まで運ぶとは思っていなかったでしょうね」

「えっ！」

思わず声を出してしまったのは、わたしだ。

あの夏休みの朝が、よみがえる。ラジオ体操のあとの、ゴミ拾い。たくさんの吸い殻。そして、にぎやかな雀の鳴き声。

「この程度の推理、当然、名探偵の能代さんも気づいていましたよね？」

「当たり前だよ」

胸を張る能代さん。

「よかったです」

しみじみと、川村さんが言った。そして、能代さんの手を取る。

「これからも、退屈な現実を、五色の虹《にじ》で彩《いろど》ってください」


ワンルームマンションに帰ったら、手紙が届いていた。響子ちゃんからの、『結婚しました葉書』だ。

白いウエディングドレスの響子ちゃん。

その隣に写るタキシードの男性。髪が長いので、女の人と間違えそう。響子ちゃんの幼《おさな》なじみの人だけど、結局、そのままゴールインしちゃったんだ。

わたしは、余白に書かれたメッセージを読む。

冥宮館のことでは、黙っててごめんね。旦那様が、いろいろ謎解きしてくれたから、今度会ったときに話すね。

「…………」

わたしは、文机《ふづくえ》の引き出しからレターセットを出す。

拝啓　野村《のむら》――ではなく、虹北《こうほく》響子様。わたしも、いろいろ聞いてほしい話があります。わたしたちの思い出の館について、語り合える時が待ち遠しいです。

恩田　陸

『麦の海に浮かぶ檻』

恩田陸（おんだ・りく）

一九九二年、『六番目の小夜子』でデビュー。ミステリ、ホラー、SF、ファンタジー、青春小説などあらゆるジャンルで、魅力溢れる物語を紡ぎ続けている。二〇一七年、『蜜蜂と遠雷』で第一五六回直木三十五賞、第一四回本屋大賞をダブル受賞。

待っている。

彼は、待っている。

一年ぶりにやってくる彼の娘を。彼の城、彼の世界であるこの麦の海に浮かぶ城に、優雅で静かな青い檻《おり》に、彼女を迎える時を待っている。

思いもよらぬ事故から一年。彼女の中で何が起こったのか、母から伝え聞いてはいたものの、まだ自分の目で確認するまで信じられなかった。なにしろあの娘、彼が期待する「あの」娘なのだ。油断してはならない。じっくりと観察しなくてはならない。

彼は思い浮かべる。

彼が今いる城、北の原野の湿原に浮かぶ、岩山に貼り付いた古く美しい建物を。かつては聖地と崇《あが》められ、やがてその地にわずかな者たちで修道院が造られた。その建物が巡り巡って、今は彼の王国、彼の学校になっている。

この学校の存在は、一般的には知られていない。しかし、その特殊な環境と特徴とで、実は内外の特定の富裕層には広く知られている。

ここは贅沢《ぜいたく》な檻だ。そして、美しい檻。ここから出ることはできない。彼の目から逃れることはできない。ここは、彼のものだ。

檻の中にいることを自覚する者はいても、そのことに抗《あらが》える者は少ない。ほとんどの者は、そのことに慣れ、受け入れていく。

まれに、受け入れられない者もいるが。

彼は、校長室の隣にあるクローゼットルームに入った。

スーツを手に取ろうとして、ふと、かつてここから本気で逃亡を試みた子供たちがいたのを思い出した。

あの子たちは、ここを拒絶した——檻の中にいることに抗った——ここから逃れようと試みた。

そう、あれはいつも新たな者がやってくる、春まだ浅い三月——

＊

二人は期待していた。

今年は、ファミリーができる。

要《かなめ》と鼎《かなえ》は、その日を待ちわびていた。

いわゆる中高一貫の六年制であるこの学校は、全校生徒の人数を合わせても大した数ではない。

全学年の縦割りで「ファミリー」と呼ばれる班を作っているのだが、各学年の人数がまちまちなので、通常男女六人ずつ、計十二名で構成されるはずの「ファミリー」の数を満たさないことがままあるのだ。

要と鼎が入った年は、たまたま二人の学年だけ人数が他学年よりも多く、変則的に同学年の二人きりで「ファミリー」を名乗ることになってしまった。二人は男女の双子だから、「ファミリー」なのは当たり前で、なんの変化もない。結束の固い、仲良しの二人ではあるが、さすがにずっと一緒では飽きる。

今度新入生がやってきたら、自動的に「ファミリー」が増えることは間違いなかった。

どんな子だろう?

二人は毎日その話をしていた。

男の子か、女の子か。歳《とし》はいくつか。

この学校は、転入や編入も多いので、何歳の子がやってくるのか分からない。入学から卒業まで、きちんと六年間ここで過ごすのは半数くらいだろうか。

ただ、いつも入ってくるのは三月だ。なぜかは知らない。この学校には、不思議な習慣がいくつかあって、その理由はよく分からない。

岩山に貼り付くように建てられている全寮制の学校は、とても穏《おだ》やかで居心地がよかったけれど、自分たち生徒が囚人のように感じられるのも事実だった。外界と連絡を取る手段は限られているし、外出は許されていない。

二人はしばしば、じっと部屋の窓から眼下に広がる湿原を何時間も眺《なが》めていた。

自分たちがここにいる理由。

口には出さないが、そのことについて考えていることは互いに承知していた。


そして、ついにその日はやってきた。

いつものスーツで決めている校長が、一人の女の子を連れてやってきた。

「タマラだ。今日から、君たちと一緒のファミリーに入る。仲良くしてやってくれ」

二人とも、校長の言葉は耳に入っていなかったように思う。

要も鼎も、現れた瞬間から彼女に目を奪われていたからだ。

タマラ。

ここでは、苗字《みょうじ》はない。皆、名前だけで呼ばれる。それぞれの素性《すじょう》が分からないように、苗字は伏せているのである。

ほっそりとした少女。

色は陶磁器のように白いのに、漆黒の髪はどこまでも黒かった。それが緩《ゆる》やかにウエーブして肩から流れ落ちている。

名前からして、ハーフなのだろう。どこか南欧系の香りがした。

目は焦《こ》げ茶《ちゃ》色。

なぜか、彼女には張り詰めたような緊張感が漂っていた。

暗い、というのではないのだが、どこかに影が差しているような。

しかし、その影は、彼女の美しさを全く損なわないどころか、むしろ引き立てていた。

なんともミステリアスで硬質な空気をまとっていて、つい目が引き寄せられてしまう。

タマラは「よろしくお願いします」と低い声で呟《つぶや》き、小さく会釈した。

要と鼎が思わず歓迎の意を示すため近付こうとした瞬間。

空気に稲妻のようなものが走った。

タマラはサッと凍りついたように表情を強張《こわば》らせ、あとずさったのである。

その様子に驚き、二人は反射的に立ち止まってしまう。

「そうそう、気をつけてやってくれ」

校長がさりげなく付け足した。

「タマラは、人と接触するのがダメなんだ。接触恐怖症とでもいうのかな――そこのところ、理解してほしい」

要と鼎はチラッと顔を見合わせた。

タマラは俯《うつむ》き加減に目を落とすと、「じゃあ、部屋に行きます」と独り言のように呟いた。

「どれだと思う？」

二人きりになった時、要が尋《たず》ねた。

「どれというのは？」

鼎が聞き返す。

「ほら、あれだよ。ゆりかごか、養成所か、墓場か」

「うーん。どうだろう。もしかして、もうひとつかも」

「もうひとつ？」

「療養、よ」

「ああ、そうか」

この学校の特殊なところは、さまざまな背景を持った子が集まることだ。それぞれの事情に合わせ、個々のプログラムが組まれている。

「ゆりかご」は文字通り、厳しい世間に触れさせず、温室のごとき環境で過ごすためにやってきた子。「養成所」は音楽やスポーツなど、特化した活動をしている子。そして、「墓場」は、なんらかの事情で親と一緒に過ごせない、あるいはその存在すら世間から隠されている子だ。

編入してくる生徒に「君はどれ？」と尋ねるのが、伝統的な習慣になっていた。

そして、実はもうひとつ、囁《ささや》かれているものがあった。

生徒たちには知らされていないし、誰も足を踏み入れたことはないが、この学校のどこかに医療棟のようなものがあって、精神を病んだり、療養を必要とする者はそこに入っているというのである。

「でも、療養だったら、最初からそっちに行くだろう」

「それもそうね」

鼎は肩をすくめ、思い出したように溜息《ためいき》をついた。

「すごく綺麗《きれい》な人ね。歳はいくつなんだろう。あたしたちよりも上かしら？」

「大人っぽかったよね。でも、ヨーロッパの血が入ってると大人っぽく見えるから、もしかしたら下だったりして」

「かもね。ゆっくり話したいなあ」

鼎のうっとりした表情に、要は「おや」と思った。彼女の目に、これまで見たことのない熱情のようなものを感じ取ったからだ。その瞬間、奇妙なうずきと不吉な予感めいたものを覚えたことを、彼はすぐに忘れてしまった。

ひとつ上の学年の授業を受け始めたので、タマラはひとつ年上だということが分かった。

放課後はいったんファミリーで集まる、という習慣がある。タマラはとりあえず顔は出すものの、すぐに美術室に行ってしまう。

「絵を描いてるの?」

鼎が尋ねると、「そう」と短く答える。

タマラは無口で、喋《しゃべ》る時はいつも俯き加減で、最低限の言葉しか口にしない。

接触恐怖症というよりも対人恐怖症なのかな、と要は思った。

「見に行ってもいい?」

鼎が更にそう言うと、タマラは一瞬戸惑った表情になったが、「いいよ」と答えて目を伏せた。

二人でタマラについて行くと、美術室の中に、大きなキャンバスが置かれていた。

鼎が歓声を上げた。

「うわあ、これがそうなの?」

畳一枚ほどもあろうかという大きなキャンバスの中に、描きかけの絵があったが、それは明らかに「お絵かき」の程度を超えていた。

「すごい。『養成所』だわ」

鼎がそう叫ぶと、タマラは不思議そうな顔をした。

「養成所?」

聞き返されて、鼎は慌てて口を塞《ふさ》ぐ。

「ううん、なんでもない。素敵な絵ね。タマラ、すごい才能があるのね」

鼎はしげしげと絵を眺めた。

確かに「養成所」なのかもしれない。

要は鼎と並んでじっと絵を見つめた。

とてもヴィヴィッドで激しい絵だ。見ていると、胸騒ぎを感じる。なんだろう。この不穏さは。

タマラは、鼎が心から感心していることを感じ取ったのか、にこっと嬉しそうに笑った。

初めて見る彼女の笑顔は、雲間から光が射《さ》し込《こ》んだようにとても美しかったので、鼎と要はハッとして見とれた。

が、タマラはすぐに笑顔を見せたことを後悔したかのように表情を引き締め、絵の具の準備を始めた。

鼎がぼうっとしたようにタマラを見つめている。

要は危ういものを感じた。

恋。鼎はタマラに恋しているのだ。

物静かで、無口で、接触恐怖症の、とても美しいタマラ。

しかし、その内面はこの絵のようなのではないか？　何か彼女には秘密があるのではないか？

絵を描き始めたタマラを、鼎は少し下がってじっと眺めている。その鼎を、要が見つめている。

何か嫌な予感がする。これが気のせいであればいいのだが。


毎週、校長室ではお茶会が開かれている。

呼ばれる生徒は、その時々で異なる。

鼎と要もしばしばお茶会に呼ばれていたが、その日はタマラも呼ばれていた。タマラは気乗りしない様子だったが、渋々《しぶしぶ》やってきた。絵に集中したいのかもしれない。

校長室は、重厚な造りの落ち着いた部屋だ。

彼はいつも自信に溢《あふ》れていて、とても魅力的だ。彼に憧《あこが》れている生徒も多い。女子生徒だけでなく、男子生徒にも熱心なファンがいて、「親衛隊」を名乗る者までいる。

鼎と要もその魅力は認めていたものの、親衛隊たちのように、無条件で崇めるのには抵抗があった。彼には、どこか警戒心を起こさせるところがある。

その日の客は六人。

校長はそつなく皆をもてなし、会話は弾んだ。

もっとも、タマラだけは端《はし》の席で相変わらず無口にしていたけれども。

「タマラ、どうだい、学校に慣れたかい？」

校長に声を掛けられ、タマラはハッとしたように顔を上げると、「はい」と言葉少なに答え、それ以上話すのを拒《こば》むかのように、ティーカップを持ち上げて口を付けた。

あれ。

要は、タマラのカップだけが、みんなのものと異なることに気付いた。

他のみんなが飲んでいるのは、同じセットで同じ青い花柄のついたカップだが、タマラは色違いの紫の花柄だ。

別になんということもないのだが、なぜかそのことが気にかかった。

タマラはしばらくのあいだ静かに紅茶を飲んでいたが、やがてハッとしたように顔を上げ、校長を見た。

校長も、タマラを見ている。

タマラは、みるみるうちに青ざめ、目を逸《そ》らした。

「どうしたの、タマラ？」

その様子を見咎《みとが》めて、鼎が尋ねた。

「なんでもない。先生、私ちょっと気分が悪くなったので、ここで失礼します」

タマラはそそくさと立ち上がった。

「大丈夫か？　後で様子を見に行くよ」

校長はじっとタマラを見つめたまま、そう声を掛ける。

「大丈夫です」

タマラは低く呟くと、逃げるように部屋を出ていった。

「何、あれ」

「変な子」

お客のあいだからそんなヒソヒソ声が上がる。

要は、テーブルの上に残された、紫の花柄のカップを見つめていた。

それからも、しばしばタマラはお茶会に呼ばれているようだった。

その様子は、どこか奇妙だった。

いつも渋々出かけてゆき、真っ青な顔をして戻ってくる、の繰り返し。

「大丈夫なの、タマラ?」

鼎がいつも心配して様子を見に行くと、「大丈夫、なんでもない」と答えるものの、ずっと寝込んでいる。

タマラは、二人用の部屋を一人で使っていた。

鼎と二人で見に行くと、いつも窓を開け放している。

「寒いでしょ」

鼎が窓を閉めようとすると、「いいの、そのままにしておいて」と言う。

「窓が開いてないと不安なの」

タマラはそう呟くと、「ほんと、寝てればよくなるわ」と二人に出て行くように促《うなが》す。

要と鼎は顔を見合わせて部屋を出る。

そんなことを四、五回繰り返した頃、鼎が廊下で呟いた。

「おかしいわ。なんでいつもあんなふうになるの。お茶会に行くたびに、ああよ」

鼎の目には、不審と怒りが浮かんでいる。

「なんでだと思う?」

要は尋ねた。

もっとも、彼女が自分と同じことを薄々考えていることにはとっくに気付いていたのだが。

「分かってるでしょ」

鼎がじれったそうな顔で要を見る。

「噂には聞いていたけど、本当だったんだわ」

妹が暗い声で呟くのを、要も暗い気分で聞いた。

「彼女——何か薬物を盛られてる」

「お茶に?」

「そう。彼女だけ違うカップだったよね」

鼎も気付いていたのだ。

「うん。みんなは青だったのに、彼女のは紫だった」

「こないだ彼女と一緒にお茶会に呼ばれた子に頼んだの。タマラのカップだけ紫かどうか見てくれって」

要は驚いて妹を見た。前から彼女は不審に思っていたのだ。

「そうしたら?」

「やっぱりそうだって。彼女だけ紫のカップだって。先にカップに薬物を塗っておいて、お茶を注いでいるのかもしれない。彼女が飲むカップを見分けるために目印にしてるんだわ」

「そんな」

要は首を振ってみせたが、否定はできなかった。

「話には聞いてたわ」

鼎は怒りを滲《にじ》ませて、吐き捨てるように言った。

「ここを子供たちの本物の『墓場』にしたい親がいて、それに校長が加担してるって。お茶会を習慣にしているのは、一服盛りやすくしてるからだって。情緒不安定な子には鎮静剤みたいなものも密《ひそ》かに飲ませてるって。そして」

鼎は声を震わせた。

「時々、本当に——本当に、毒を盛って、弱らせて、死なせる場合もあったって」

要は思わず顔を背けてしまった。

そう。噂には聞いていた。この学校の特殊な環境。法外に高い学費。それは、学校内での違法行為への報酬なのだと。

「でも」

要は思い切って鼎を見た。

「タマラは、なぜお茶会に行くんだろう。彼女、最初の時に、お茶に何か入ってることに気付いてた。もちろん、校長もそのことに気付いてる。それでいて、やはり彼女をお茶会に呼んでるし、タマラもお茶会に行ってる。どうして？」

要が疑問に思ったのは、お茶に何かが盛られているという事実よりも、その点だった。

鼎はしばし黙り込んだ。

が、キッと顔を上げ、要を睨《にら》む。

「分からない。だけど、このままにしておくわけにはいかないわ」

要はその目に気圧《けお》されていた。

「どうするっていうんだ」

「このままじゃ、タマラが死んでしまう」

鼎は目に涙を浮かべ、口を手で覆《おお》った。

「いや。そんなの、いや。いったいどこの親があんな素敵な子を殺そうとしてるっていうの。信じられない。校長先生も、ひどいわ。そんなことを引き受けるなんて」

要は愕然《がくぜん》とした。

妹がここまでタマラに惚《ほ》れこんでいたとは。

またしても奇妙な胸のうずき。

彼は自分がタマラに嫉妬《しっと》していることに気付き、そのことにも驚いた。

「ここは、あいつの支配下だ」

ちりちりと胸が痛む。

要は声を低めた。

「実質的に、俺たちはあいつには逆《さか》らえない」

「逃がす」

鼎が呟いた。

「え？」

「何か、彼女には校長に逆らえない事情があるのよ。だったら、彼女をここから出すしかないわ」

「どうやって？」

「考える。要、協力してくれるよね？」

妹の燃えるような激しい瞳《ひとみ》に、要には頷《うなず》く以外の選択肢はなかった。


「逃げる――？」

今日も窓は開いていた。

ベッドの上に起き上がり、タマラは呆然《ぼうぜん》とした顔で呟いた。

またしてもお茶会から戻ってきて臥《ふ》せっているタマラのところに、鼎は要と共に押しかけ、計画を打ち明けた。大潮の時に、湿原をボートで渡ろうというのだ。夜明け前に出れば、幹線道路のところまで数時間で辿《たど》りつける。

タマラは呆然として聞いていたが、力なく首を振った。

「無理よ。そんなことはできない」

「どうして？　このままじゃ殺されてしまうわ」

タマラは無言で首を振り続ける。

「あたしも一緒に行く」

鼎はそう宣言した。

「えっ」

そう同時に叫んだのは、タマラと要だった。

「鼎。本気か？」

要は思わず鼎に詰め寄っていた。

「タマラを送り届けたら、戻ってくるんじゃなかったのか」

鼎は首を振った。

「ううん、あたしも行く。でないと、タマラは逃げないもの。お願い、タマラ、あたしと一緒に逃げて」

鼎は懇願した。

タマラは奇妙なものを見るような目つきでまじまじと鼎を見た。

「あたしはあなたを失いたくない。生きててほしい」

鼎の目には、涙が浮かんでいる。

タマラの目が驚きに見開かれる。

やがて、彼女はぶるぶると震えだした。

顔がぐしゃりと歪《ゆが》み、双眸《そうぼう》からぽろぽろと涙が流れ出す。

彼女が感情を露《あらわ》にしたのは初めてだった。

タマラは搾り出すような声を出した。

「嬉しい。嬉しいわ、鼎。だけど、無理。あなたの気持ちだけ、受け取っておく」

「どうして？　どうしてなの？」

「ダメなの。あたしはダメなの」

鼎が思わず肩に手を掛けようとすると、タマラはサッと身体を引いた。

「触らないで！」

鼎がびくっとする。

「あたしを放っておいて！　二人とも出て行って！」

タマラは両手で顔を覆うと叫んだ。

「お願い、出てって！」

その叫び声を背中に浴びながら、二人は部屋を出て行かざるを得なかった。

「いったいどんな事情があるんだろう。ああまでして、ここにとどまって、お茶会に行くのはなぜなんだ。ひょっとして、自殺願望でもあるんだろうか?」

要はうろうろと部屋の中を歩き回った。

鼎は悄然《しょうぜん》と椅子《いす》に座り込んでいる。

「鼎、あれは本気だったの? 本当に一緒に行くつもりだったの?」

要が尋ねても、答えない。虚《うつ》ろに床を見つめている。

苛立《いらだ》ちを覚え、返事を待ったが、彼女はそれを無視していた。

「勝手にしろ」

要は乱暴に歩き出し、部屋を出た。


それきり、二人のあいだからタマラの逃亡計画の話題は消えた。

それでも、日々は過ぎる。

やはりタマラはしばしばお茶会に出かけている。が、このごろは戻ってきてから寝込むことがなくなった。どうやら、お茶には口を付けていないらしい。

鼎は毎日美術室に出かけていき、じっとタマラが絵を描くところを遠巻きに見ているようだった。要はなんとなく、妹と一緒にタマラのところに行くのを止めてしまった。もう二人のあいだに逃亡の話題は出ず、何もなかったかのように他愛《たわい》のないお喋りをしているらしい。

今ね、タマラ、あたしの絵を描いてくれてるのよ。

穏やかな顔で鼎がそう言うのを見て、要は密かに安堵《あんど》していた。

あきらめたんだろう。

自分にそう言い聞かせる。

タマラもお茶を飲むのを止めたようだ。彼女は生き続ける。鼎の言葉の影響だろう。ならば、逃げる必要もない。

要はそう自分を落ち着かせようとした。

花火が上がっている。

湿原の上に、花火が打ち上げられている。

色鮮やかな大輪の花が、あちこちで開いている。

それをタマラと鼎が見上げている。

うわー、綺麗ね。

すごいわ。

二人は顔を輝かせ、花火を指差して、楽しそうに笑っている。笑っている――

と、要は目を覚ました。

ドンドンドンドン。

花火？

部屋は真っ暗だ。窓を見るが、まだ薄暗い。

花火ではなく、誰かがドアを叩《たた》いているのだと気付いた。

「要！　起きろ、要！」

その声で、校長が自分の部屋のドアをノックしているのだと分かった。

慌てて起き上がり、ねぼけまなこでドアを開く。

目の前に、この上なく厳しい顔をした校長が立っていた。

まとう空気が冷たいのは、少し前まで外にいたかららしい。

要はいきなりはっきりと目が覚めた。

何が起きた？

「着替えて、一緒に来い」

校長はそう言うと、くるりと背を向けて歩きだした。

要は急いで制服を着ると、校長の背中を追う。

空気は冷たく、辺りはしんと静まり返っていた。

校長は、一度も振り返ることなく、どんどん坂を下りていく。

この先はもう何もないはずだ——あるのは湿原のみ。

突然、頭の中に閃《ひらめ》いた言葉があった。


大潮。


要は足を速めた。動悸《どうき》が激しくなるのを感じる。

まさか——まさか。まさか、二人は逃げたのか？

やがて、激しい泣き声が聞こえてきた。女の子の泣き声。

要はどきんとした。

あれは誰の声？　鼎か？

そして、見えた。

横たわる少女と、その少女にすがりつく少女。

「鼎？」

悲鳴を上げて、要は駆け寄っていた。

狭い波打ち際の崖《がけ》に隠すようにひっそりと浮かんでいるボートが、かすかに揺れていた。

逃げようとしていた。

大潮。

タマラ。泣いている。

横になっているのは鼎だ。

なぜ？　何が起きた？

「鼎？」

頭の中でぐるぐると言葉が回っている。

しかし、横たわっている妹はぴくりとも動かない。彼の呼びかけにも答えない。

死んでいる。

鼎が、死んでいる。

タマラは、鼎にすがりつき、身をよじって泣き叫んでいた。

大丈夫なのか？　接触恐怖症ではなかったのか？

そんな感想がぼんやりと頭に浮かんだ。

「なぜ？」

要はそう呟き、呆然と校長を見た。

「タマラが私に助けを求めてきた。鼎が倒れたと言って」

校長は、二人の少女に目を向けたまま、そう低く呟いた。

「鼎ーっ、許して鼎ーっ」

タマラは天を仰ぎ、泣き叫んだ。

許す？　何を許すのだ？

要は妹の顔をぼんやりと眺めた。

奇妙な表情。驚いたような、笑っているような、恍惚《こうこつ》としたような――

なんだろう、この表情は？

「心臓発作を起こしたようだ。外傷はない」

校長が呟く。

「そんな。鼎には、持病なんてなかった」

要はいやいやをするように首を振る。

信じられない。受け止められない。

胸のうずき。タマラへの嫉妬。

さまざまな感情が身体の中を駆け巡っている。

「要。あとで校長室に来い」

その声だけが、頭の中に刻み込まれた。

かちゃん、と紫の花柄のティーカップが目の前に置かれた。

要は、のろのろと校長の顔を見上げる。

「おまえたちが気付いたように、タマラの飲む紅茶には毒が入っていた」

要はそう校長の口が動くのをぼんやりと眺めていた。

もうそんなことはどうでもいい。

鼎が死んだ。鼎が死んだ。妹が死んだ。

その事実だけが頭の中で繰り返される。

「要、よく聞け」

ピシリと響く声。

「確かに、タマラのカップだけ別にして、彼女の飲むお茶には毒を入れていた。なぜなら、彼女がそれを必要としていたからだ」

一瞬、意味が分からなかった。

無意識のうちに、要は「えっ？」と声を上げていた。

校長はテーブルの上に腰掛けて要の顔を覗《のぞ》きこんだ。

「ボルジア家の話を聞いたことがあるか？」

「ボルジア家？」

唐突な話題に、要はきょとんとした。

なぜいきなり、ボルジア家なんだ？

「十五世紀の、イタリアの名家だな。マキャベリズムの語源にもなったとされる、奇奇怪怪な権謀術数で有名になった一族だ。一説には、政敵を次々と暗殺したと言われている。

どうやって？」

校長はカップに目をやった。

「毒だ」

要はつられてカップを見た。

「ボルジア家は毒薬の扱いに長《た》けていたらしい。ずいぶん毒殺もしたようだ。毒の扱いに長けた一族は、毒の研究もしていたという。これもまた伝説に過ぎないが、子供の頃から少しずつ毒を舐《な》めさせ、慣れさせて、耐性を付けていたとも言われている」

校長が何を話しているのかよく分からなかった。

毒の豆知識を授けようとでもいうのか？

「ボルジア家だけではない。毒物の扱いに長けた一族は、同じようなことを考えるものらしい。実際、子供の頃から毒物に接することも多く、遺伝的にも耐性があるのかもしれない。中には、あえて子供の耐性を高めて、暗殺者として育てるということもあったと聞く。その結果、耐性どころか、呼気や体液自体が毒性を持ってしまっているという者も」

呼気。体液。

何かを忘れているような気がした。


「タマラが、そうだ」

開けられた窓。

飛びのくタマラ。

接触恐怖症。

「まさか」

要が怯《おび》えた目で校長を見ると、校長は頷いた。

「そうだ。タマラの体液には、人を殺すだけの毒性がある。呼気も危ない。密閉空間で一緒に過ごすと、それだけでも影響がある」

近寄らないで。

伏し目がちにぼそぼそと呟くタマラ。

無口な少女。

笑わない少女。

「絵を描くようになったのも、キャンバスに向かっていれば、誰かと顔を突き合わせる必要がないからだ。彼女の呼気に触れることもない。しかも、大きいキャンバスに絵を描いていれば、人は自然と下がって、離れたところから絵を眺める。彼女のそばに来ることはない。それが理由だったろう。才能もあったのは事実だが」

ヴィヴィッドな激しい絵。

彼女の内に秘められたもの。

「だから、もはや彼女は毒を服用するのが自然な状態になってしまっていた。学校の中で、毒を彼女に持たせるわけにいかないので、私が毒を管理して、時々服用させていた」

「でも、じゃあ、どうして彼女はお茶会から帰ると具合が悪くなったんです？」

要が尋ねると、校長は小さく溜息をついた。

「精神的なものだ。彼女は、おのれの運命を呪《のろ》っていた。定期的に毒を服用しなければならないことに、激しい自己嫌悪感を抱いていた。だから、お茶会に行ってお茶を飲むと、ひどく落ち込んで、苦しくなる。それの繰り返しだった。分かってはいたが、服用しなければしないで苦しむことも知っていたんでね。仕方なかった」

「でも、最近の彼女はお茶を飲んでいませんでしたよ？　そんな苦しそうな様子は見せてませんでしたが」

「鼎のためだ」

「鼎の？」

「タマラは、友達を作らないようにしていた。接触すれば、相手に害になる。だから、接触恐怖症だと言い、無口で、なるべく他人に近寄らないようにしていた。だが、鼎はタマラを愛した。タマラの生存を望んだ。そして、タマラも鼎を愛してしまった」

あたしはあなたを失いたくない。

二人が交《か》わした視線を思い出す。

ぐしゃりと顔を歪めたタマラ。

恋に落ちた二人。

「彼女は、毒を抜こうと思ったに違いない。今更どうにもならないかもしれないけれど、服用さえしなければ、薄まっていくかもしれない。そう考えたんだろう。そして、鼎はあきらめていなかった。タマラが毒を飲まなくなったのを、生きる気になったのだと考えた。それはある意味、事実だったが、それを鼎はタマラも逃げる気になった、と受け取ったんだな」

「そして、大潮の日に」

「そう。逃げ出すことにした」

「じゃあ、鼎が死んだのは」

その場面が目に浮かんだ。

いよいよ逃げ出すという瞬間、二人は我慢しきれなくなったのだろう。

深いくちづけを交わしたのだ。

タマラの呼気を吸い、タマラの唾液《だえき》を飲んだ。そして、鼎は——

要はぶるっと肩を震わせ、その想像を打ち消した。

タマラは、鼎に打ち明けたのだろうか。自分の呪われた身体のことを。

打ち明ける時間もないほど、恋の衝動に流されたのか。

それとも、鼎は知っていたのだろうか。知っていて、それでも死のキスを受けたのか。

あの奇妙な表情が目に浮かんだ。

知っていたのかもしれない。知っていて、恍惚のうちに、死んでいったのかもしれない。そう思いたい、あの表情——

要は目を拭《ぬぐ》った。

「もう一度、鼎に会わせてください。お別れをさせてください。ここでは亡くなった生徒は『転校』として処理されるのは知ってるけど、最後にもう一度会いたい」

「いいや、それはできない」

校長は首を振った。

「鼎は失敗した」

ずしん、とその言葉が要の肩にのしかかった。

失敗。

「私は、お前たち二人を試していた。タマラの真相が見抜けるかどうか。タマラの口から聞きだせるかどうか」

要は息を呑《の》み、まじまじと校長の顔を見た。

「試した？　僕たちを？」

無表情な校長の顔。

「そう。わざわざタマラと一緒にお茶会に呼んだ。彼女のカップが違うことにはすぐに気付いたのはいいが、ただの毒だと考えたのは早計だったな。彼女の言動を注意深く見ていれば、ヒントはあちこちにあったのに」

ヒント。言動。

要はごくりと唾《つば》を飲み込んだ。

僕たちは、試されていた。すべてお見通しだった。

「鼎が真相を知っていたのかどうかは分からないが、分かっていて衝動に流されたのであれば、失格だ。分からなかったとしても、すぐに異変に気付くべきだったのに」

失格。

妹のあの表情――笑っているような、驚いているような。

「僕はどうなの、お父さん」

要は静かに呟いた。

「僕も失格？」

僕たちは争っている。

ずっと争っている。血を分けたきょうだいたちと、父の後を継ぐのは誰かを。

校長は、かすかに首をかしげた。

「保留だな。少なくとも、お前は何かあることに気付いてはいた。次の失敗は許さんぞ」

要は小さく溜息をついた。

「さあ、部屋に戻れ」

校長は手を振った。

要はじっとその手を見上げた。

「タマラはどうなるの？」

「ショックがひどいので、医療棟に移す。落ち着かせるまでしばらくかかるだろう。場合によっては、鼎のことを忘れさせる必要があるかもしれない」

「じゃあ、タマラの最後の絵は僕にもらえない？」

校長は意外そうな顔になった。

「お前も彼女が好きだったのか？」

要はゆるゆると首を振った。

「最後の絵は、鼎の肖像画だったんだ」

＊

あれからどれくらい歳月が経ったのだろう。

彼は、回想から覚める。

そう、確かに私はもう失敗しなかった。あれから父の課題をクリアし続け、きょうだいたちと争い続け、そしてこの校長室を、この城を、この王国を引き継いだのだ。

ちらりと、寝室のほうに目をやる。

タマラの描いた、鼎の肖像画の掛かっている部屋。

父は、タマラの絵を譲り受けることを許してくれた。口には出さなかったが、競争相手とはいえ、仲良しの妹を失ったことを不憫《ふびん》に思っていたのかもしれない。

それとも、ただ単に、タマラに鼎のことを思い出させないためだったのかもしれないが。

校長は、手にしたスーツを戻した。

そして、反対側の壁に目をやる。

そちらには、ずらりと女物の服が並んでいる。

妹の喪失は、大きかった。彼は、何年もその事実を受け入れることができなかった。あの頃から、彼は残された妹の服を、時折身に着けてみた。妹になりきって過ごし、妹と対話を続けてきた。

その習慣は、今も続いている。今では対話はしないものの、まだ自分の中に妹がいるのを感じている。

「やはり今日は、こっちかな」

校長は、女物の服の前に立ち、灰色のタイトスカートを手に取ると、慣れた手つきで一年ぶりに会う娘を出迎える身支度を始めた。

高田崇史

『QED ～ortus～ ——鬼神の社——』

高田崇史（たかだ・たかふみ）

一九九八年、『QED 百人一首の呪』で第九回メフィスト賞を受賞しデビュー。著作に、歴史の真実を独自の切り口で解き明かす「QED」シリーズや「カンナ」シリーズ、「神の時空」シリーズ、「鬼神伝」シリーズなどがある。

1

藤沢鬼王神社巫女《ふじさわきおうじんじゃみこ》の、春江友里《はるえゆり》は、境内《けいだい》で行われる豆まきの準備に追われていた。今年の立春は明日の二月四日なので、今日が節分になる。

もともと節分というのは、季節の移り変わる時のことだから、立春・立夏・立秋・立冬の前日、つまり年に四回ある。しかし現代では、節分というと立春の前日のイメージだけが定着してしまっている——と、この神社の宮司《ぐうじ》、金村幸彦《かねむらゆきひこ》から聞いた。

そしてこの節分の日には、すっかり国民的な行事になっている「豆まき」が行われる。家庭では、父親などが鬼の仮面を被《かぶ》って、小さな子供に豆を投げつけられるという微笑《ほほえ》ましい光景が見られるが、これは遥《はる》か千三百年ほども昔、宮中で行われていた「追儺《ついな》」と呼ばれる、疫病《えきびょう》などを祓う儀式がもとになっているらしい。それが、いつしか一般庶民の間にも定着したのだという。

宮司からその話を聞いた時、友里は素直に驚いてしまった。

大きく形を変えているとはいえ、それほど昔から続いている行事だったとは！

また、この場合の「鬼」は、疫病や天災でもあるのだが、桃太郎たちが退治した、暴虐を尽くした悪党たちでもある。それらをまとめて打ち払ってしまおうというのが、現代の「豆まき」という行事へと変遷《へんせん》してきた。つまり我々日本人は、それほど「鬼」を恐れ、嫌悪してきたわけだ。

もちろん、鬼に好意を抱いている人間に、友里は今まで会ったことがなかったが……。

友里は後ほど自分たちが神楽《かぐら》を舞う本殿前のスペースを歩きながら、細かいチェックを入れる。この神社の狭い境内には、神楽殿はない。そのために、この社殿の中、本殿前で神楽を舞う予定になっていた。

足元から、しんしんと冷える。

社殿の外——境内では、神職や氏子や地元の町内会の人々が、あわただしく立ち働いている。そんな喧噪《けんそう》をよそに、物音一つしない本殿前を、白衣《びゃくえ》と緋袴《ひばかま》姿の友里は歩く。

突然、ガタリ、という音が聞こえた。

本殿の中からだ。

何かが倒れたのだろうか。

友里は足を止めて、正面の扉を見る。

この本殿の造りは少し変わっていて、正面中央には、太い柱が立っている。その柱を真ん中にして、向かって左側は蔀《しとみ》、そして右側に御扉《みとびら》があり、普段はここから宮司たちが出入りしている。例大祭の時などは蔀が開放されて、そちらからも出入りができるが、今日は蔀の上半分だけが開いていた。友里は、御扉に続く五段の階《きざはし》を登ると、縁の上を左に移動して蔀の隙間《すきま》から本殿を覗《のぞ》く。

　すると、本殿中央に立てられている最も太い大黒柱、磐根御柱《いわねのみはしら》の陰《かげ》に、チラリと白い物が動いた。だが、御柱の右側は板仕切りが壁まで続いており、御神座《ごしんざ》のある向こう側を窺《うかが》うことはできない。

　その板仕切りの向こうに、誰かがいる？

　今の時間、この場所に神職たちはいないはずだ。浅黄《あさぎ》色の袴姿の神職たちや、白袴を穿《は》いた手伝いの学生たちは文字通り、境内中を走り回っていた。

　とすれば誰だ。まさか勝手に昇殿した人間がいるのか——。

　友里の心臓が、ドクンと大きく脈打った。

　誰かを呼ぼうか！

　いや、もしかすると単なる見間違いという可能性もある。

　友里は、音を立てないように縁を移動して御扉をスルリと開け、本殿の中に入った。

　もちろん普段は神職しか入れないが、こういった祭礼の時だけは友里たちも昇殿を許される。だがそれも、必ず宮司や禰宜《ねぎ》の許可が必要になる。しかし、今は緊急時だと判断して、友里は本殿内下段の床を、板仕切りに沿って磐根御柱まで進んだ時、
　いきなり柱の陰から、茶色い鬼の顔がぬっと現れた。

　心臓が大きく跳ねて、友里は息が止まりそうになる。

　膝《ひざ》がガクガクと震えてその場に立《た》ち竦《すく》み、声も上げられず目を大きく見開くと、鬼と目

が合った——ような気がした。

しかもその鬼は、友里に向かって白い手をゆらりと伸ばしてきたではないか。

「ああっ」

ようやく声が出た。

友里は尻餅《しりもち》をつきそうになりながら大慌てで、もと来た御扉へと走ろうとした。しかし、膝が笑ってしまってうまく走れない。それでも、前につんのめるようにして本殿から脱《ぬ》け出そうとした。

急いで誰かを呼ばなくては！

焦った友里は大きくよろけると、階を踏み外してそのまま転げ落ち——気を失ってしまった。

2

大学に入って初めての後期試験が終了した日、棚旗奈々《たなはたなな》は、同期生の中島晴美《なかじまはるみ》から「一緒に帰ろうよ」と声をかけられた。

晴美とは、鎌倉《かまくら》の雪《ゆき》ノ下《した》女学院からの気が合う友人で、こうしてまた去年の春、明邦《めいほう》大学に揃《そろ》って合格した。但し、学部は別々。理系が得意だった奈々は薬学部薬剤学科で、読書家の晴美は文学部国文学科だった。

学部名だけを見れば、まるで水と油のような関係だが、奈々の実家は北鎌倉《きたかまくら》で、晴美の実家は藤沢なので家も近く、授業終了の時間さえ合えば、待ち合わせて一緒に帰っていた。

「あれ？」晴美が尋《たず》ねる。「奈々、眼鏡《めがね》替えたの？」

「う、うん……」

奈々は、少し恥ずかしそうに頷《うなず》いた。

「ちょっと、ね」

奈々の家は、ごく普通のサラリーマン家庭なのに、いつも「お嬢様」などと勘違いされて、しかも「真面目《まじめ》な優等生」だなどと思われることが多かった。

全然違うのに――。

それが嫌でたまらなかった奈々は、きっとその誤解は、自分のかけている地味な黒いフレームの眼鏡のせいだろうと決めつけた。そこで、半《なか》ば八つ当たりのようにして、眼鏡を新調したのだ。少しでも優しそうな普通の女性に見えるように、明るいブラウンのセルフレームの、柔らかいオーバル型の眼鏡。

似合うかどうかは分からなかったが、眼鏡店の女性店主に強く勧められて、ついその言葉に乗ってしまった。なので、まだちょっと恥ずかしい……。

それでも「似合うよー」と言う晴美のお世辞を耳に、奈々は二人で電車に揺られながら、試験の話や将来のことなどを、とりとめなく話していた。すると、急に晴美が、

「そうだ、奈々。これから用事がなければ、家《うち》の方まで来ない？」

と言う。何かあるのと尋ねる奈々に晴美は、

「今日、二月三日で節分じゃない」と答えた。「地元の先輩が年男でね。神職を務めている神社で豆を撒《ま》くから、よかったら遊びに来ないかって誘われてるの」

そして「ちょっと、イケメン」と笑う。

「そう……」神社仏閣や、そういった行事に興味はなかったが、奈々は一応尋ねた。「何ていう神社？」

「藤沢鬼王神社よ。鬼の王」

「……鬼王」

初めて聞く名前だった。

いや、そもそも奈々は、神社仏閣には初詣《はつもうで》に出かけるくらいで、全く詳しくない。おそらく、神社とお寺の区別もきちんとついていない。鳥居が建っている方が神社で、それ以外がお寺……？

でも、名前も忘れてしまったが、昔行ったことのあるお寺では、確か大きな鳥居も建っていたような記憶がある。そして、参拝した時に柏手《かしわで》を打ったら、周囲の人たちから変な目で見られるという経験もしたことがある。日本の風習は、面倒臭いと思いながら、

「ちょっと恐《こわ》そうな名前ね」

と言う奈々に、

「私も」晴美は笑った。「年に何回かお参りするくらいで、良く知らないんだけど、かなり由緒正しい神社らしいよ。ねえ、一緒に行こうよ」

「え、ええ……」

奈々は、ほんの少し考える。時間は早いし、おそらく両親も家にいないだろう。もちろん妹の沙織《さおり》は、まだ学校だ。

「分かったわ」と奈々は、マフラーを結び直しながら頷いた。「いいよ。つき合う」

「良かった」その言葉に晴美は、ホッと胸を撫《な》で下《お》ろした。

「本当のことを言うと私も、豆まきなんかに一人で行ってもなあ、って思ってたの。子供じゃないんだし。かといって、わざわざイケメンの先輩が声をかけてくれたのに、あっさり断るのもなんだったから。でも、奈々と一緒なら嬉《うれ》しいし、撒かれた福豆も確実にゲットできそう」

その点に関しては全く自信がなかったが、奈々もニッコリ微笑んだ。

しかし、いつもこうやって晴美のペースに巻き込まれてしまう。実際、去年の暮れにも晴美が所属している「オカルト同好会」なる非常に怪しげなサークルに入会してしまった。もしも晴美に連れて行かれなかったら、同好会室には近づきもしなかった。

ただ「オカルト同好会」といっても、そのサークルは、奈々を入れても十七名。そして、禍々《まがまが》しい名称のわりには、怪しげな黒魔術も、人造魔神も、薔薇十字団も関係なく、とてもアットホームな雰囲気の会だった。

もっとも、そんな会だから晴美も奈々を誘ったのだろうと思う。晴美は信頼できるし、こうして自分一人では決して行かないような場所にも足を運ぶことができる——。

奈々は少し寄り道して、藤沢まで行くことに決めた。

藤沢鬼王神社は、ごく普通の規模の神社、いわゆる地元の守り神的な社《やしろ》だった。その規模や境内の広さは、鎌倉の鶴岡八幡宮《つるがおかはちまんぐう》とは到底比較にならないが、坂ノ下《さかした》の御霊《ごりょう》神社よりは、少しだけ広いかも知れない……などと、地元民にしか分からない比較を心の中でしていると、

「あれっ」

突然、晴美が声を上げた。そして、豆まきの準備でごった返している狭い境内の隅《すみ》をじっと見つめる。

誰か地元の知り合いでも見つけたのかと思っていると、

「もしかして」晴美は、不思議そうな目で奈々を見た。「あそこ。境内の隅にボーッと立って煙草《たばこ》を吸っている男の人、タタルさんじゃない？」

えっ、と奈々も驚いてその方向に目をやった。

間違いない。ヒョロリと高い身長と、色白の顔にボサボサの髪を風になびかせながら、片手をコートのポケットに突っ込んで煙草を吸っているのは、桑原崇《くわばらたかし》——薬学部の一年上の先輩だ。そして例の「オカルト同好会」の先輩でもある。

といっても崇は、奈々たちが同好会室に顔を出しても殆《ほとん》ど会えなかったし、珍しく部屋にいるなと思えば、大抵は昼寝していたから、余り口をきいたことはない。

四ヵ月前に、奈々は原宿《はらじゅく》駅前でどこかの宗教団体の勧誘員の男につかまってしまった。その時たまたま通りかかった崇が、その男に向かって観音菩薩《かんのんぼさつ》に関する怪しげな講釈を延々と披露し始めた結果、たじたじとなった男は逃げるように立ち去り、奈々は助かったのだ――。

その時にお礼を言ったくらいで、あとは廊下ですれ違った時、普通に挨拶《あいさつ》をする程度。去年の十二月に同好会に入会した時も、崇は部屋にいたのだが、一言二言言葉を交《か》わしただけで、すぐに鼾《いびき》をかいて寝てしまった。だから、未《いま》だに二、三回しか口をきいたこともない……。

ちなみに、この「タタル」というアダ名は、同好会入会書に書いた「崇」という文字を、当時の会長が「祟《たた》る?」と読んだことからきているらしい。それ以降、みんなから「くわばら・タタル」と呼ばれているのだという。

「何をしてるんだろう」晴美が奈々を見る。「ちょっと行ってみようよ」

「え……」いつもの無愛想《ぶあいそう》な崇の顔を思い出して、奈々はためらう。「いいんじゃない。放っておけば」

「でも、誰とも一緒じゃないみたいだし。まさか、一人でここの豆まきを見に来たとか?」

「……そう」

気のない返事をする奈々に、

「そんなこと言わないで」晴美は言うと、手を引っぱった。「折角《せっかく》だから、挨拶だけでも」

二人は、人混みを掻《か》き分《わ》けるようにして崇に近づく。

「タタルさん！」

呼びかける晴美の声に、崇はチラリと二人を見ると、

「ああ、きみたちか」一瞬驚いたようだったが、すぐにまた普段の顔に戻って尋ねてきた。「何故《なぜ》ここに？」

それは、こちらが訊《き》きたい質問だったが、晴美が手短に説明した。その話を崇は、殆ど聞き流すかのように煙草を吸っていた。

「それで」晴美は尋ねた。「タタルさんは、どうして？」

「豆まきを見に来た」

「でも、確かお家は、東京でしたよね」

「浅草《あさくさ》だ」

それなら！　と晴美は目を丸くする。

「今日、浅草寺《せんそうじ》で、大々的に豆まきをやるんじゃなかったですか。芸能人や歌舞伎《かぶき》役者や相撲取《すもうと》りが集まるって、テレビのニュースでもやってましたよ。それなのに、そっちへは行かないで、ここに？」

「豆まきのかけ声を聞きに来た」

「かけ声？」

「もちろん、由緒書きも入手したが」

と言ってパンフレットと小冊子を見せる。そういえば崇の趣味は、寺社巡りと墓参りだといっていたから、この神社に関しても詳しいのか。ふと思って、奈々は尋ねる。

「そのかけ声が、どうかしたんですか？」

すると崇は、奈々と晴美の顔をじっと見つめた。

「もしかして、きみたちは何も知らないでこの場所にいるのか」

「知らないって……何を知らない？」

「ここでは、豆まきの際に『鬼は内』と言うんだ」

「ああ！」と晴美が、ポンと手を打った。「そうでした。今まで忘れていましたけど、地元ではちょっと変わってると言われていて」

「…………」

無言のまま煙草をスタンドの灰皿に放り投げる崇を見て、

「そうなんですね」奈々は微笑んだ。「私は、この神社に初めて来たので全く何も知らなかったんですけど、確かに『鬼は内』なんて珍しいですね」

そんなことはない、と崇は口を開いた。

「奈良の元興《がんごう》寺、天河大辯財天社《てんかわだいべんざいてんしゃ》、金峯山《きんぷせん》寺蔵王堂《ざおうどう》。東京・新宿《しんじゅく》の稲荷鬼王《いなりきおう》神社。神奈

川の千蔵寺《せんぞう》などでは『鬼は内』と声をかけるし、地方に行けば、地域全体で、そんなかけ声をかける場所もある。あと千葉の成田山新勝寺《なりたさんしんしょう》では、『福は内』のみだ」

「そう……なんですね」

としか、奈々は言いようがない。

というよりも、どうしてこの男はこんなことに詳しいのだ？　奈々の先輩、つまり理系の薬学部の人間ではないのか。実に怪しすぎる……。

すると、晴美が尋ねた。

「でも、何故なんですか？」

「何故とは」

「節分の豆まきは、鬼を追い払う行事なのに、どうして『鬼は内』？」

「むしろ俺は『鬼は外』というかけ声の方が信じ難《がた》い。だが、時代が下って、今言ったようにいくつかの寺社で『鬼は内』とかけ声をかけてくれるようになり、少しだけ心が安らかになった」

「は……？」

「わが国では、遥か遠い昔から『福』は『鬼』がもたらしてくれるものと決まっている。それなのに豆まきでは、持ってきた『福』をそこに置いておまえは出て行けと言える、その非人道的な態度に共感できない」

福は、鬼がもたらしてくれる？

この男は、何を言っているのだろう。

それとも、奈々の聞き違いだったのか。

首を傾《かし》げる奈々の横から、

「何でですか！」晴美が叫ぶ。「相手は鬼ですよ。悪者」

すると、

「そもそも、豆まきのルーツは」と崇は言う。

「文武《もんむ》天皇の慶雲《けいうん》三年（七〇六）に初めて行われた、大晦日《おおみそか》の夜、鬼に扮《ふん》した舎人《とねり》たちを追い回すという年中行事の一つだった。その際には、大舎人長が黄金四つ目の仮面を被り、黒衣朱裳《しゅしょう》を着し、手には矛と盾を持った方相氏《ほうそうし》となって鬼を祓った。『この年、天下諸国に疫疾《えやみ》あり。百姓《おおみたから》多く死す』と『続日本紀《しょくにほんぎ》』にある。つまりこの行事は、多くの人民が命を落としてしまった原因を作ったであろう鬼たちを追い払う、という目的で行われたのが嚆矢《こうし》とされている」

ポカンとする奈々の横で、

「ほら」と晴美は言う。「やっぱり、正しいじゃないですか」

「きみは」と崇は晴美を見る。「文系だから、当然『蜻蛉日記《かげろうにっき》』を読んだことがあるだろう」

「も、もちろん、あります」一瞬キョトンとした晴美は答える。「藤原道綱母《ふじわらのみちつなのはは》の、二十年余りにわたる自叙伝的な日記です」

「そこに、何と書かれていた？」

「……豆まきに関する記述なんて、ありましたっけ？」

「もちろん、豆まきじゃない。鬼遣《おにや》らいだ」

「ええと……」

顔をしかめて首を捻《ひね》る晴美を見て、崇は言った。

「そこには『鬼やらひ来《き》ぬる』と言って『儺《な》やらふ』というかけ声をかけた、とある。これが現在の『鬼は外』に当たるわけだ」

「じゃあ、やっぱり『鬼は外』で正しい――」

「ところが、この『儺』が問題だ。詳しくは家に帰って、漢和辞典などで調べてもらえば良いんだが、簡単に言うと『立派な人』という意味なんだ」

「立派な人って！　鬼がですか」

そうだ、と崇は頷いた。

「しかもその鬼はといえば、今こうして準備しているように、たかだか人間――子供が投げつける豆粒如《ごと》きで、この二月の寒空の下をパンツ一丁という姿で追い払われてしまう。そんな、弱々しい生き物なんだ」

確かに、そう言われれば――。

虚を突かれた奈々は尋ねる。

「ということは……鬼というのは、対症療法で治癒できてしまう程度の『病《やまい》』ということだったんですか？」

「全く違うね」崇は奈々を見る。「きみは、何も分かっていない」

だって！　と奈々は訴える。

「今、桑原さんは、疫疾って——」

「『鬼』という文字の成り立ちとしては『人の遺体が風化した物』であり、また『甶』は鬼の頭を象《かたど》っているといわれてる。そして『オニ』という読みは、隠れ住まう『穏忍《おんにん》』、あるいは『隠《おん》』からだという」

「あ、あの——」

問いかける奈々の言葉を遮《さえぎ》って、

「平安時代」崇は更に続けた。「一説では、日本の人口は約五百万人といわれている。そして、その中で貴族は千五百人程度。更にその中でも、殿上人《てんじょうびと》と呼ばれた従五位下以上の貴族は、わずか五十人程度ではなかったかともいわれている。つまり日本の人口のわずか〇・〇〇一パーセントの人間たちだけが、いわゆる『人』だった」

「え……」

「そうなると当然、その他の人間たちは『人でなし』——鬼や、物《もの》の怪《け》と呼ばれた」

「つまり、鬼は」奈々は、目を大きく開く。「疫病や天災のことではなくて、普通に生きていた人たち……？」

「きみの家は、貴族の末裔《まつえい》かな」

その問いに、無言のまま首を横に振る奈々を見て、

「じゃあ」と崇は笑う。「俺と同じ、鬼の子孫だ」

「ということは、桃太郎に退治された、あの鬼たちが私たちの先祖だというんですか！」

「もちろんそうだ」崇は当たり前という顔で頷いた。「桃太郎だけじゃない。源頼光《みなもとのらいこう》の謀略にはまって斬殺《ざんさつ》された時に『鬼神に横道《おうどう》なきものを』――つまり、鬼は人間のお前たちと違って卑怯《ひきょう》な振る舞いはしないぞ、と叫んだ大江山《おおえやま》の酒呑童子《しゅてんどうじ》もそうだ。正当な理由もなく襲われて、全ての財宝を持ち去られてしまった、可哀想《かわいそう》な鬼たちだ」

「は……」

「桃太郎に関して言えば、あの時鬼ケ島に付き従った『犬・猿・雉《きじ》』は『鬼の方角である艮《うしとら》の反対側の動物たち』という説が一般的だが、方位盤を見れば一目瞭然《いちもくりょうぜん》なように、『艮――丑《うし》・寅《とら》』の反対は『坤《ひつじさる》――未《ひつじ》・申《さる》』で、全く『戌《いぬ》・申・酉《とり》』ではない。ゆえに、ここには違う何かが騙《かた》られていると考えるのが正しいだろうな。それらによって、俺たちの先祖である鬼たちは、退治されてしまった」

まるで独《ひと》り言《ごと》のように、わけの分からない話をする。

眉根《まゆね》を寄せて呆然《ぼうぜん》としている奈々の横から、

「そんな！」と晴美が異を唱えた。「そうなると、鬼の子孫の私たちが豆まきをして、鬼を追い払っていることになるじゃないですか。おかしいです」

「私たち、どころじゃない」

「え？」

「能や歌舞伎を始めとする芸能は全て、当時の朝廷から貶《おとし》められていた人々を始祖としている。いわゆる『河原者《かわらもの》』と呼ばれた出雲《いずも》の阿国《おくに》は言うまでもなく、かの世阿弥《ぜあみ》でさえそうだ。また、勇猛な鬼だった野見宿禰《のみのすくね》は、垂仁天皇《すいにんてんのう》七年七月七日に奈良に呼び出され、もう一方の鬼・当麻蹴速《たいまのけはや》と戦って勝利した。これが、相撲の始まりだ。つまり、芸能人や相撲取りのルーツを辿《たど》ってみれば、彼らも立派な鬼の子孫ということになる」

「でも！」晴美が再び声を上げげた。「さっきも言いましたけど、今日さまざまな寺社では、そういう人たちが率先して豆を撒くんですよ。おかしいじゃないですかっ」

詰め寄る晴美を見ながら、

「だから最初に言ったろう」と崇は苦笑する。「我々が『鬼は外』とかけ声をかけるのは、変だと」

あっ。

そういうことか。

奈々は、何となく納得したが——。

ただ、うまく丸め込まれているだけなのか。

でも、確かに「鬼」が、崇の言ったような人々だったとすると、実は「立派な人」なのだという説明は理解できる。但し、どうしてその人たちの子孫が、自分の先祖に向かって豆を投げつけているのかは不明だったが——。

奈々が思わず考え込んでしまった時、境内が急に騒がしくなった。

浅黄色の袴姿の神職や、緋袴に白衣姿の巫女たちが、本殿の周りを走り回っている。豆まきの準備にしては、慌ただしすぎる。何かトラブルでも起こったのだろうか。

晴美も、やはりそう感じたようで、

「どうしたんだろう」と心配そうな顔で眺《なが》めていたが、「私ちょっと、様子を見てくる。奈々は、タタルさんとここで待っていて！」

「え。晴美っ」

引き留めようとする奈々の声を無視して、晴美は本殿に向かって走って行ってしまい、奈々は崇と二人、境内の隅に残されてしまった。

3

晴美の後ろ姿を呆然と見送った奈々は、崇の白い横顔をそうっと眺めた。

この変わり者の先輩と二人きりになっても、話題がない。薬学の話をしても取ってつけたようで、この場の雰囲気にそぐわない。かといって、二月の北風にさらされながら無言のまま二人並んで立っているのも変ではないか。

そこで奈々は、もじもじしながら、どうでも良《い》い質問をした。

「く、桑原さんのお住まいは、浅草なんですか」

「ああ」崇は答えた。「ずっと、東京の下町だ」

「あ、浅草は良い所ですよね。私も浅草寺に行ったことがあります」

「鎌倉後期の史書の『吾妻鏡《あづまかがみ》』に『牛のごときの者忽然《こつぜん》として出現し、寺に奔走す』と書かれている寺だな。その後、食堂《じきどう》に居合わせた僧五十人のうち、七人が即死し、二十四人が立ち上がることのできないほどの病に冒されたと綴《つづ》られている」

「え……」

「その浅草寺のすぐ側の、浅草《あさくさ》神社や、今戸《いまど》神社は行ったか」

「そ、そちらは、まだ……」

「牛嶋《うしじま》神社や、三囲《みめぐり》神社や、待乳山《まっちやま》聖天《しょうでん》は？」

「い、いいえ、全く」奈々は、どぎまぎして俯《うつむ》きながら首を横に振った。「私、神社とかお寺は余り行かないので——。でも」

と言って崇を見る。

「今の桑原さんのお話を聞いて、少し興味が湧《わ》きました。本当です。『鬼は内』なんてかけ声をかける寺社が、そんなにあったなんて全く知らなかったですし。もちろん、ここもそうだなんて」

「ここの神社も」と言って崇は、パンフレットに目を落とす。「鬼を祀《まつ》っているからな」

「鬼を？」

「鬼、という言い方がおかしければ、怨霊《おんりょう》だ」

「怨霊！」

ここは、そんなモノを祀っているのか。

奈々は思わず祟に近づくと、そのパンフレットを覗き込んで祭神の名前を目で探す。

するとそこには、

大物主神《おおものぬしのかみ》
宇迦之御魂神《うかのみたま》

と書かれているだけだった。

奈々は、これらの神が果たして鬼なのか怨霊なのか全く知らなかった。なので、食い入るように説明書きを読んでみたが、どこにもそんなことは書かれていなかった。創建年代不詳。そして、神徳は「縁結び」「安産・子育て」で、地元の人々からは長年にわたり篤《あつ》く信仰されている——などとあるだけだった。

結局、良く分からない。

そう思って顔を上げたのだが、自分の髪が祟の顔に触れそうなほど近づいていることに気づいた奈々は、

「す、すみません！」

大声で謝ると、あわてて離れる。

恥ずかしい。いつもそうなのだ。ちょっと考え事をしてしまうと、周りが見えなくなってしまう悪い癖《くせ》。

奈々の顔を崇は、じっと見つめていた。

きっと、変な女だと思われたに違いない。

それともやはり、新しい眼鏡が似合わなすぎるのか。あの女性店主のお世辞に乗らず、やっぱりもう少し地味な色にしておけば良かったんじゃないか――。

奈々が、赤くなった顔を口元までマフラーに埋めながら眼鏡をかけ直していると、

「きみの家は」顔をまじまじと見つめながら、崇が尋ねてきた。「こちら方面なのか」

「は、はい」奈々は、ひきつった笑みを浮かべながら答える。「北鎌倉です」

すると崇は、奈々の右頬《みぎほお》のえくぼを眺め、更に尋ねてきた。

「じゃあ、たとえば小さい頃、横浜へはよく行ったかな？　たとえば、山下《やました》公園とか」

「えっ」突然の質問に、奈々は言葉に詰まったが、「は、はい」と答えた。「小さい頃から、両親に連れられて、しょっちゅう……」

「ひょっとすると、きみに妹は？」

「ひ、一人います」奈々は面食らう。「四歳年下の、沙織が。でも、それが何か……。もしかして、横浜で沙織に会われたんですか？　性格は正反対なんですけど、外見は姉妹で良く似てるって言われるので」

「いや」と崇は首を振る。「名前も、初めて耳にした」

そして、奈々から視線を外すと口を閉ざしてしまった。

やはり、間違いなく変な先輩……と再確認していると、

「まあ、それは良いとして」

崇は、今の会話が存在しなかったかのような顔でパンフレットを開くと、奈々に見せた。

「ここの神社の本殿内の造りは、実に面白い。島根の出雲大社《いずものおおやしろ》とほぼ同じなんだ。おそらく、大社を参考にしたものと思える」

と言われても、奈々は出雲大社に行ったことがない。それに、行ったとしても、本殿の奥を覗けるのだろうか？

考え込む奈々の前で、崇は淡々と続けた。

「つまりここは、完全に鬼を祀っている神社の形式に則《のっと》っている」

「鬼を祀る……？」

「鬼や怨霊を祀っている神社仏閣には、同じような特徴が備わっているんだ」

鬼を祀る、という言葉自体が初耳だ。

奈々は尋ねる。

「それは何ですか？」

「全てが百パーセントきちんと統一されているわけではないし、長い年月のうちに少しずつ変化してしまったものもあるが——」と前置きして、崇は答えた。「まず、一番大きな

特徴として『参道が曲がっている』」

「参道が？」

奈々は思わず振り返ってしまったが、この神社の参道は真《ま》っ直《す》ぐだった。というより、ほんの数十メートルで、それほど長くはない。

奈々を見て崇は、

「おそらく、この神社の参道も折れ曲がっていたはずだ。しかし、色々な事情の中で、変化してしまったんだろう。奈良の大神《おおみわ》神社のようにね」

と言う。

「でも……それは何故なんですか？」

「怨霊は、真っ直ぐにしか進めないという迷信があったからだ」

「一直線にしか？」

「考えとしては、沖縄の『石敢当《いしがんとう》』と同じだ」

ああ。

確かに、沖縄に遊びに行った時、道路の突き当たりや門などに「石敢当」と刻まれた石碑が建てられていた。そしてそこに、一直線に走って来た鬼がぶつかると聞いたけれど――。

「最も有名な所では」と崇は続ける。「大怨霊の菅原道真《すがわらのみちざね》が祀られている、九州の太宰府《だざいふ》天満宮《てんまんぐう》だ。ここの参道は、分度器で測ったように直角に折れている。その他は、伊勢神《いせじん》宮《ぐう》、出雲大社、諏訪大社《すわたいしゃ》、今の大神神社、明治神宮などなどだ。もちろんこれは神社だけではなく、寺院も同じだ。吉野《よしの》の金峯山寺とかね」

それらの神社が、どんな鬼や怨霊を祀っているのか全く分からない奈々はポカンとしていたが、崇は全く気にすることもなく続ける。

「次の特徴は『川を渡る』。これは、彼岸《ひがん》と此岸《しがん》、あの世とこの世を分けるためだ」

「彼岸というのは……あの『お彼岸』ですよね」

「そうだ。生と死の境だ。つまり、あなた方はあくまでもあの世にいるんですよ、私たちのいるこの世とは、この川を以《もっ》て隔《へだ》てられているんですよという念押しだ。これはやはり、太宰府天満宮や日吉《ひよし》大社もそうだし、熊野《くまの》本宮大社などは、当初は熊野川と音無《おとなし》川と岩田《いわた》川の合流する中州に建っていた。あと、古地図で見れば出雲大社も、名古屋の熱田《あつた》神宮もそうだ」

「はあ……」

「次に『最後の鳥居をくぐれない』」

「鳥居をくぐれないって、そんな神社が、あるんですか！」

「最も有名なのが大神神社と、やはり奈良、元伊勢と呼ばれている檜原《ひばら》神社だ。両社とも三輪鳥居といって、大きな明神《みょうじん》鳥居の両脇《りょうわき》に小さな脇鳥居が組み合わされているんだが、それぞれ、通常は柱と貫《ぬき》で作られている空間が塞がれて通行止めになっていて、参拝者は、最後の鳥居をくぐることができない」

「え……」

「更に大神神社に関して言えば」崇は煙草を取りだして火を点《つ》けた。「御神体といわれる三輪山の頂上を、拝殿から拝むことができない」

「というと……」

「方角が違っているんだ」

「そんな」奈々は笑ってしまった。「まさか、拝殿を建てる時に、向きを間違えたとか？」

「何度も建て直しているんだから、当然それなりの理由があるんだろうな」

崇は、真顔で続ける。

「御神体を正面から拝めないといえば、京都、上賀茂《かみがも》神社や下鴨《しもがも》神社もそうだ。また、広島の厳島《いつくしま》神社や、やはり京都の鞍馬寺《くらまでら》などは、拝むことはできるものの、神仏の出入り口を塞《ふさ》ぐように、本殿の正面に大きな石灯籠《いしどうろう》が建てられている。そして」

と崇は、騒がしい本殿を見やった。

「ここの神社と同じ造りになっている出雲大社では、大国主命《おおくにぬしのみこと》がそっぽを向いている。だから俺は出雲大社に行った時は、本殿西側まで回って拝んでいる」

その話は……奈々も、どこかで聞いたことがあった。

何かのテレビ番組だったか。大国主命は、西を向いて鎮座《ちんざ》されているので、拝殿からでは命の左側の横顔しか拝めなくなってしまったのだという——。

そんな話をすると、崇は苦笑した。

「それならば、最初から西側——大国主命の正面に、拝殿を造れば良いだけの話だ」

そう言い切られてしまえば……確かにそうだ。

「では、何故?」

もちろん、と崇は答える。

「意図的にだろうな。今言ったような神社同様、御神体を正面から拝ませないようにしている」

「どうしてですか!」

奈々が詰め寄った時、遠くから救急車のサイレン音が響いてきた。ハッ、と見回したが、間違いない。こちらに近づいてきている。そしてそれに伴って、境内も更に騒がしくなる。

何が起こっているのだろうと思って、本殿を眺めたが、晴美はまだ戻って来る気配がない。奈々が、どうしようかと迷っていると、

「そもそも」と崇が口を開いた。「鬼や怨霊を祀っている神社は——」

「あっ、あの!」さすがに奈々は話を遮る。「救急車が、こちらに近づいてきているようなんですけれど!」

「きっと……何かトラブルでもあったんだろう」

崇は何事もないように、辺りを睥睨《へいげい》した。

すると、

「すみませんでした！」

大声を上げながら、晴美が息を切らして走って来た。

「本殿で、トラブルがあったみたいで」

「一体、何があったの？」

勢い込んで尋ねる奈々に、晴美は青い顔のまま答えた。

「春江さんという巫女さんが、本殿前の五段の階を転げ落ちちゃって、脳震盪《のうしんとう》を起こしたらしいの。意識は戻ってるみたいだけど、一応念のために病院へ行った方が良いだろうって、それで今、救急車が」

「巫女さんも、準備で大変だったんでしょうからね」

奈々が同情するように言ったが、

「ううん」と晴美は首を振った。「それが、違うのよ」

「どうしたの？」

「本殿の中に、鬼がいたって。中で物音がしたから、様子を見に入ったら、鬼と鉢合わせしたらしいの」

「鬼！」

うん、と晴美は青い顔で頷いた。

「でも、いくら節分だからっていって、まさかそんなモノが本当に出るわけないから、きっと誰かが鬼のお面を被っていたんだろうって」

「でも、どうして?」

「こんな時に本殿の中に入り込んで悪戯《いたずら》する人間もいないしね。だから、泥棒じゃないかって」

硬い表情で告げる晴美に向かって、崇が真顔で言った。

「もしかすると、本物の鬼だったのかも知れないな」

「は?」

「ここの神社の祭神は『鬼』だから」

奈々は呆《あき》れて崇の顔を見た。

この緊急時に、つまらない冗談を言うなんて!

奈々は崇の言葉を無視して、晴美に尋ねた。

「そのお面って、豆まきとかで使うような物?」

「そんな、玩具《がんぐ》みたいな物じゃなくって、もっとしっかりした物だったって」

「それで、何を盗まれたの?」

「まだ、詳しくは分からないみたい。今、宮司さんや禰宜さんたちが、神像などの御神体や神宝その他を、細かくチェックしてる。でもきっと、巫女さんと鉢合わせになったから、犯人は何も盗らずに逃げた可能性もあるって」

「じゃあ、その巫女さんは、犯人の顔を見たのね!」

「うん。でも」と晴美は肩を落とした。「その鬼のお面の顔だけ」

「顔は見えなかったにしても、服装とかは分かったんでしょう」

「板仕切りの端《はし》から顔を出したところに出くわしたから、鬼の顔と白い手が見えただけらしいよ」

「白い手？」

「多分、白い手袋を嵌《は》めていたんじゃないかって、みんな言ってた。指紋を残さないように」

「ということは、かなり計画的だったのね」

と言って、奈々と晴美は頷き合ったが、

「それはないな」

崇が突然、ボソリと言った。

「その理由は謎《なぞ》だが、相手も咄嗟《とっさ》のことで急いでいたんだろう」

「えっ」晴美は崇を見る。「急いでいたって？」

「もしも、この犯行が計画的になされていたとしたら、こんな祭礼の日を実行日に選ぶわけもない。また、どうしても今日しか実行することができなかったとしたところで、わざわざこんな、人出の多い時間帯は避けるはずだ。参拝客も多いし、地元の交通整理係の人たちもいるし、当然、神職たちも全員が来ているはずだ」

それはそうだ、と奈々は納得する。だからこそ、実際にこうやって巫女に目撃されてしまったのだから……。

しかし。

今、崇は変なことを言わなかったか。

どうしても今日しか実行することができなかった——。

ということは、この祭礼の時にしか来られない人間？

そんな人間も、いないか。神社は、いつでも開いているのだから。

だが、本殿は開放されないのかも知れない。きっと普段は、しっかりと鍵が掛かっているとか……。

となると犯人は、それらのことを全て知っていた人物ということになる。それは誰だ？

奈々がそんなことを考えていると、

「巫女が、本殿に上がれるのか？」

崇が尋ね、晴美が答える。

「普段はダメみたいだし、もちろんいつでも勝手にというわけじゃないけれど、こういった祭礼の時だけは許可されるんですって。それに今回は、緊急事態だと思ったからって」

すると崇はパンフレットを広げると、本殿の図を指差して確認した。

「その巫女は、こちらの正面の御扉から中を覗いたというわけだな」

「そうみたいです。そして、下段に上がった」

晴美も、パンフレットを見ながら頷いた。

「だが」と崇は言う。「中に入ったところで、正面は板仕切りだから、左手に回らないと上段奥を覗けない。すると、そこに犯人が顔を出したというわけだ」

「そのようです」晴美はコクリと首を折る。「この太い柱の陰から突然鬼の顔が、わーっ、て出た」

目を大きく見開いて顔の左右に両手を広げた晴美を見て、奈々は一瞬本気で驚いてしまったが。

「その時に」と崇は冷静に尋ねた。「白い手も見えたんだな。犯人は自分の顔を隠すために、鬼の面を持っていた」

「はい。そう思います」

しかし、と崇は軽く首を捻った。

「どうして犯人は、その後すぐに逃げ出さなかったんだ」

「えっ」と晴美は答える。「だって、本殿の唯一の出口の前に、その巫女さんがいたんですから」

「突き飛ばせば良いじゃないか」

「それは……」

言葉に詰まった晴美の前で、崇は続けた。

「それも嫌だというなら、左側の蔀を突き破ればいい。おそらく、その時は閉じられていたとしても、蔀戸ならば、おそらく上下で二枚になっているはずだ。ひょっとしたら、上部は軽く開いていたかも知れない」

「そう……ですね」

「今回は、たまたま巫女が階を転げ落ちて一瞬でも気を失ったから良かったものの、そうでなければ人を呼ばれて、完全に内部に閉じ込められてしまう」

これも、確かにそうだ。

ということは、犯人には巫女を突き飛ばせなかった別の理由でもあったのだろうか。しかし、そんな理由があるのか？

そんなことを思っていると、

「あっ」と晴美が声を上げた。「健吾《けんご》さんだ」

人混みの中に、白い狩衣《かりぎぬ》に浅黄色の袴姿の男性が数人見える。その中の一人が、今年二十四歳の、橋本《はしもと》健吾という男性らしい。確かに、晴美の好みそうなイケメンだった。

「ちょっとまた詳しく聞いてくる」晴美が嬉しそうに奈々に言った。「どっちにしても豆まきは、中止にはならないにしても遅れるでしょうから、もう少しここで待ってて。タタルさんも、時間があれば、奈々に付き合ってあげてください」

「い、いえ」奈々はあわてて手をひらひらと振る。「私は大丈夫」

しかし崇は、

「まだ話の途中だから」と言って煙草に火を点けた。「その続きでも」

「そうですか」晴美は二人に背を向けた。「じゃあ、よろしく！」

4

そう言って、またしても晴美が走り去ってしまうと、崇はプカリと煙を吐《は》きながら、再びパンフレットの本殿図に視線を落とした。

眼鏡をかけ直しながら、その図を覗き込み、

「これが、出雲大社の本殿と殆ど同じ造りなんですね」

と頷く奈々に、

「きみは」と崇が尋ねてきた。「出雲大社や、大国主命に関しては?」

その問いに肩を竦めながら「あんまり……」と首を傾げた奈々に向かって、

「じゃあ、ごく簡単に説明しておこう」と言って崇は口を開いた。

「出雲大社の主祭神は、さっきも言ったように、大怨霊の大国主命だ。大国主命は知っての通り、天孫降臨の際に自分の統治していた国を奪われた。しかも、二人の子供たちのうち、一人の事代主神《ことしろぬし》は、入水《じゅすい》自殺。もう一人の建御名方神《たけみなかた》は、両腕を引きちぎられて国を追われ、長野・諏訪大社に幽閉されてしまった。そしてその後、当人の大国主命も殺害されるという、日本史上に名を残す大怨霊だ」

それは凄《すご》い。

奈々は、因幡《いなば》の白兎《しろうさぎ》の話くらいしか知らなかったが、この話が本当なら、確かに大怨

霊になってもおかしくはない。

「だからこそ朝廷は」崇は続ける。「出雲国の端の端、海や河川に囲まれた場所に、天を衝くような高い足場を造って、その上に神殿を建てて大国主命を祀った。しかも神殿の前には、彼を閉じ込めるために、太さ約三メートル、長さ約八メートル、重さ約一・五トンともいわれる、日本一巨大な注連縄《しめなわ》を飾りつけた」

奈々は、またしてもわけの分からない知識を披露する崇の顔を、啞然《あぜん》として眺める。

こんなことに詳しい薬学生なんて、初めて見た。いや。それ以前に、こういった薬学系では何の役にも立ちそうにない話を、どうして覚えているのだ？

そんな奈々の思いを、全く気にもかけないように、

「ゆえに」と崇は、パンフレットを見せた。「大国主命は、こうやって念には念を入れて、しっかりと本殿の奥に閉じ込められている。座敷牢《ざしきろう》みたいなものだな」

「座敷牢って……」

「もし御神座から脱け出そうとしても、目の前には父神たちが見張っている。たとえ、そこを何とか通り抜けたとしても、左に九十度、もう一度左に九十度、そして最後に右に九十度と、逆『コ』の字を描くように何度も折れ曲がらなくてはならない。さっきも言ったように、怨霊は斜めには進めないからね」

「ということは——。ここの神社の祭神の大物主神と宇迦之御魂神も、それほどまでに人々から恐れられていたというわけですね」

〔本殿平面図〕

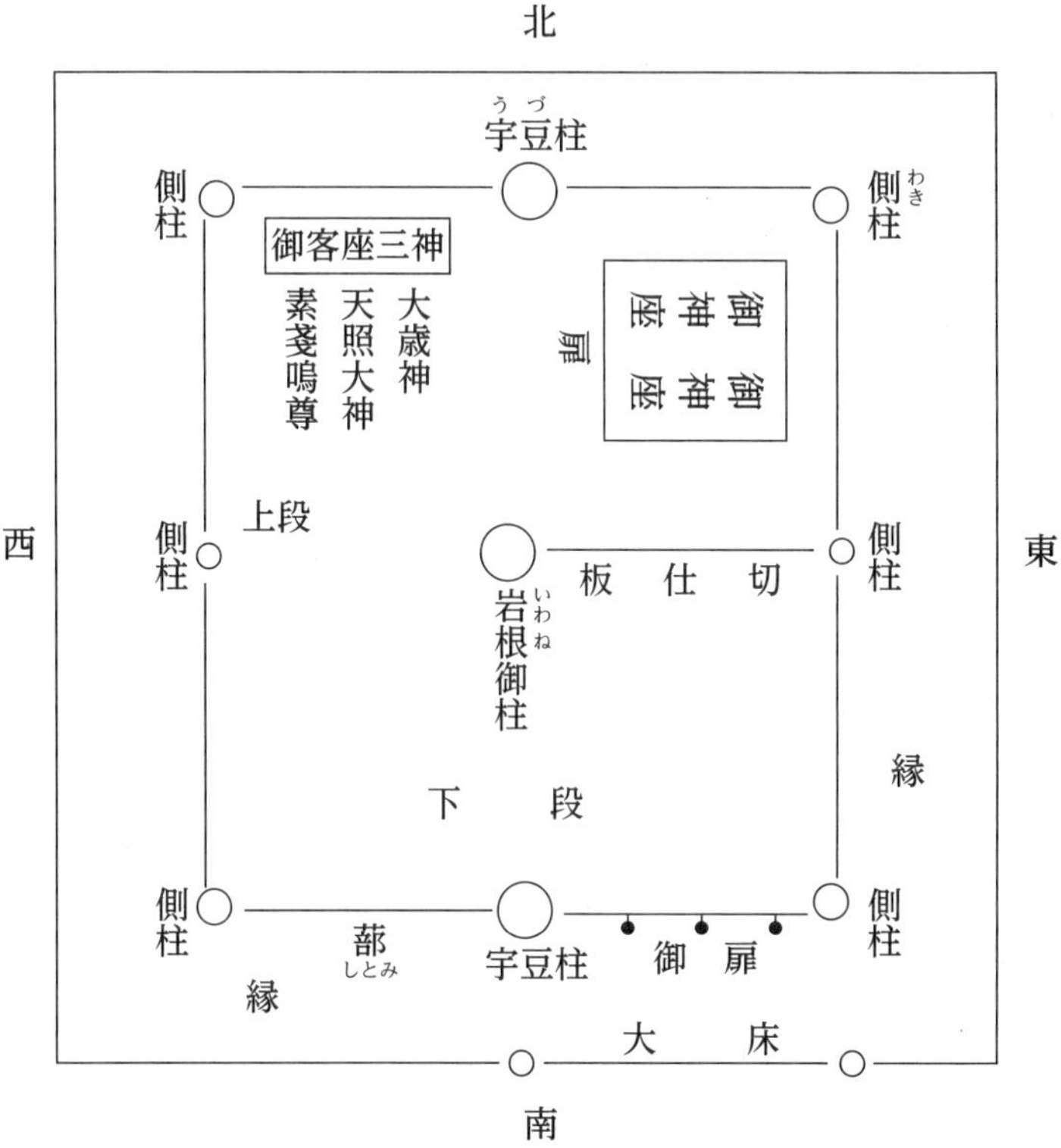
北
宇豆《うづ》柱
側柱
側《わき》柱
御客座三神
大歳神
天照大神
素戔嗚尊
扉
御神座
御神座
西
上段
側柱
側柱
板仕切
東
岩根《いわね》御柱
縁
下段
側柱
側柱
蔀《しとみ》
宇豆柱
御扉
縁
大床
南

「そうだ。ただ、この男女神に関しては大変な話になってしまうから、もしも何か機会があれば説明する」

はい、と奈々はパンフレットに目を落とす。

大変な話は、また日を改めてもらおう。というより、何かの機会も何も、いつまた崇に会えるのかは不定だったが。

「でも」と奈々は微笑む。「この神々は男女神だし、神徳――御利益《ごりやく》も『縁結び。安産・子育て』なんですから、きっと仲良く暮らした幸せな夫婦神だったんでしょうね」

すると崇は、

「全く逆だ」

と言って、煙草を灰皿に放り込んだ。

「えっ」奈々は、思わず崇の顔を覗き込む。「逆……？」

「神々は、自分の身に降りかかった不条理な災厄、あるいは自分たちが受けた悲劇を、我々から取り除いてくれようとするんだ。それが、神徳だ」

そんな話は、初めて聞いた。そんなことは今まで一度も耳にしたことはなかった。というより、神々が受けた悲劇？

そんなものがあるのか。

啞然とする奈々を軽く見返すと、崇は再び口を開いた。

「これも、全て百パーセントそうだというわけじゃないし、時代が下るにつれて、さまざまな神徳がつけ加えられたりもしているからね。しかし、基本はそうだ」

「そう……なんですね」

「もちろん、素直にその祭神の徳を称《たた》えている神社もある」

「天神さまですね」

奈々は即答した。

さすがにそれくらいは知っている。去年、大学入試に備えて晴美と一緒に、「日本三天神」の一つといわれている、鎌倉の荏柄《えがら》天神社にお参りした。そしてその後、小町《こまち》通りのお洒落《しゃれ》な店でランチをして帰った。

「菅原道真は、学業が非常に優秀だったと聞きました」

「天満宮に関しては」崇は、ほんの少し顔を曇らせた。「あらゆる点で非常に複雑だから、また別の機会があった時にしよう」

「……はい」

単純そうな話も良く知らないのに、これで複雑になってしまったら、とても話について行かれそうもない。

そう思って素直に頷いた奈々に、

「たとえば」と崇は言った。「家族を離散させられてしまったり、土地や国を無理矢理奪われてしまった神は『家内安全』『国土安穏』という神徳を持つことになる。菅原道真の北野《きたの》天満宮や、楠木正成《くすのきまさしげ》の湊川《みなとがわ》神社。そして豊臣秀吉《とよとみひでよし》を祀っている豊国《とよくに》神社などだ。この道真に関して言えば、今きみが言ったように『学問成就』という神徳があるが、この点に関しても、道真が『学問を最後まで成就できなかった』からとも考えられる」

「なるほど……」

大きく頷く奈々に、崇は続ける。

「あと、若くして亡くなってしまった神は『延命長寿』。その原因が病気であれば『健康長寿』。事故や怪我《けが》や争いの結果であれば『航海安全』『交通安全』や『災難除《よ》け』なども加わってくる。こちらもやはり、天満宮が有名だな。あとは、国土を奪われてしまった神々が祀られている神社もそうだ。たとえば、きみの神奈川県ならば、寒川《さむかわ》神社などがそうだろう」

「そう……なんですね」

「また、財産を不当に奪われてしまった神は『商売繁盛』『金運上昇』の神徳を持っている。代表的なのは、秦《はた》氏の奉斎している、稲荷社や八幡宮《はちまんぐう》だ。彼ら一族は、問答無用で殆どの財産を朝廷に強奪されてしまった」

「でも、そうすると……ここの神社の神徳は」奈々は眼鏡をかけ直して、パンフレットを覗き込む。「縁結び、安産、子育てですから、もしかして——縁を裂かれた？」

その通り、と崇は真剣な顔で頷いた。

「夫婦、あるいは恋人との縁を切り裂かれた。その結果、子孫を残すことができず、あるいは子供も小さいうちに殺されてしまった」

「そんな！」

思わず声を上げてしまった奈々に、崇は静かに言った。

「非常に初期の信仰として、陰陽――つまり、男根や女陰を祀っている神社が多くある」

「は……」

「確かに」その言葉に目をパチクリさせる奈々を、気にも留めずに崇は続けた。「そういった神社は、子宝・安産などを神徳としているが、それ以外で縁結びや安産を謳《うた》っている神社は、みな不幸な神々を祀っていると考えて間違いない」

「そ、そう……なんですね」

「事実、縁結びを神徳として掲げている最たる神社は、出雲大社と伊勢神宮だ。国を奪われ、子供たちを殺されてしまった大国主命と、そして、夫婦の仲を裂かれた天照大神《あまてらすおおみかみ》を祀っている」

大国主命の話は聞いたけれど、

「天照大神が？」

更にキョトンとする奈々を放って、崇は続けた。

「その他に有名なところでは、やはり稲荷だ。財産を全て奪われた後に、子孫を離散させられたことは、歴史上の事実だ。また少し変わったところでは、遊女たちを多く祀っている寺院などは『縁結び』に『恋愛成就』も加わる場合が多い。あとは、京都の野宮《ののみや》神社も有名だな」

「そこは誰を？」

「主祭神は、やはり天照大神なんだが、それよりここはもともと、伊勢神宮の斎宮《いつきのみや》となられる方たちが身を清めた場所だった。つまり、これより先は、恋愛とも子育てとも縁がなくなる女性たちがいらっしゃった神社だ」

「ああ……」

ということで、と崇は軽く嘆息して言った。

「ここ『鬼王神社』の主祭神である、大物主神と宇迦之御魂神も、そういう目に遭っている神々だ」

そういうことか。

だから「鬼」になったのかも知れない――。

心の中で呟《つぶや》いた奈々の前で、崇は言った。

「俺たちが神様に願い事をすることは一向に構わないし、もちろん神々も、俺たちの願い事を叶《かな》えてあげようと思ってくれている。しかし、だからこそ俺たちは、どうして神々がそう思ってくれるのか、ということに思いを馳《は》せなくてはならない。つまり俺たちには、そんな神々の悲しい過去を思いやる義務があるんじゃないか」

そう言って煙草に火を点けた崇の言葉に、奈々は虚を突かれた。

神様のことを思いやる義務――？

奈々は、今まで一度もそんなことを考えたことがなかった。

全く知らなかったし、気にもしていなかったから、そういった思考回路すら持っていない。神様の前に立ったら、ただ自分の願い事を祈れば良いのだとばかり思っていた。

しかし、今までの祟の話が真実だとしたなら——。

奈々は急に恥ずかしくなって、祟から視線を逸《そ》らせると眼鏡をかけ直すフリをしながら俯いた。

この神社の神様に関しても、一体どんな悲しい歴史を持っているのかは知らない。それでも後から調べてみよう。調べて分かるものなのかどうかも、分からない。

でも、少なくともこの二柱の神は、きっと、奈々の想像を超えるような辛い過去を持っているのだ。

そして、そんなことも知らない自分は……。

やっぱり「優等生」なんかじゃない。ただの子供だ。

奈々は再びマフラーに顔を埋めながら、心の中で思った。

5

やがて晴美が、先ほどの神職——橋本健吾と一緒に奈々たちのもとへ走り寄って来た。

そこでお互いに簡単な自己紹介をすると、健吾はペコリと頭を下げた。

「晴美さんから聞きました。折角いらしていただいたのに、すみません、こんなことになってしまって」

「とんでもないです」と奈々は首を振る。「私たちより、そちらの方が大変でしょう。何か盗難に遭われたとか」

「まだ犯人は捕まっていませんが、金村宮司の話では、何もなくなっていないようです」

「じゃあ、その犯人はあわてて何も盗らずに逃げ出したというわけですね。取りあえずは、良かったです。巫女さんのお怪我は?」

「そちらも、ショックか軽い脳震盪だったようで、すぐに意識も回復して、今は病院に」

「不幸中の幸いでしたね」

「最初」と晴美が苦笑する。「巫女さんが『鬼が、鬼が……』といううわごとを呟いていたというから、健吾さんたちも驚いたんですって」

「ええ」と健吾は頷いた。「春江さんが階を転げ落ちた音だったんでしょうが、本殿から大きな音がしまして、何事かとぼくらが駆けつけると、階の下に彼女が俯《うつぶ》せに倒れていて……。本当に驚きました。それで、やはり駆けつけて来た高岡《たかおか》禰宜が、すぐに金村宮司を呼びに行くようにおっしゃって、それからずっとバタバタでした」

「それにしても」と奈々が言う。「犯人は、最初から鬼のお面を用意していたんですね。確かに節分の日ですから、持って歩いていても不審がられはしないでしょうけど」

いや、と健吾は奈々の言葉に首を振った。

「その鬼の面なんですが、どうやらここの神宝——室町時代から伝わっている品だったようです」

「えっ」

「もしやと思った宮司が御神座内の台座下の引き出しを開けて見たら、鬼の面がいつもと違う位置に置かれていた。そこで、面を春江さんに見せて確認したところ、まさにその顔だったと」

「ではお面は、犯人が前もって用意していたのではなくて、その場にあった物を咄嗟につかんだ」

「というより犯人は、その面を盗みに入った可能性もあるのではないかと、宮司もおっしゃっていました。でも、春江さんに発見されそうになって、大急ぎで逃げ出したんだろうと」

「御神座に、鍵は掛かっていなかったんですか?」

「普段は掛かっていて、宮司しか持っていないんですけど、祭礼の日は朝からずっと扉が開かれています」

「そうだったんですね……」

納得しながら頷く奈々の横で、
それならば、と崇が呟くように言った。

「何故、犯人はそのまま盗み去らなかったんだろう」

「えっ」と健吾は崇を見た。「ですから、自分の姿を春江さんに発見されて——」

「その巫女さんは」と崇は尋ねる。「犯人に突き飛ばされたわけではなく、ご自分で階を転げ落ちたと言われましたが」

「本人も、そう言ってました」

「たとえ突き飛ばされたにしても、自分で転げ落ちたにしても、その時、犯人の目の前から人目が消えたわけだ。それなら、充分に盗み去る余裕があった。というより、すでにその神宝——面を手にしていたんだから」

「きっと……」晴美が言った。「実は、犯人はそのお面が目的じゃなくて、他の物を盗もうと思っていたのかも」

「他にも神宝が？」

崇の問いに、

「はい」と健吾は答えた。「ぼくは委細を承知していないんですが、あと何点か保管されていたようです。古い短刀とか、それこそ、もちろん神像とか」

やっぱり、と晴美は崇に言う。

「犯人は、巫女さんに目撃されそうになって、思わず近くにあったお面を被った」

「だが、どちらにしても、すぐに巫女さんは気を失ってしまった。充分に時間はある」

「それは無理です」と奈々が言った。「巫女さんが階を転げ落ちる大きな音がして、すぐに健吾さんたちが走って来たんですから。よく逃げられたなというくらいのタイミングじゃないですか」

「なるほど……」崇は、微笑みながら頷いた。「面白い」

面白い？

盗難未遂事件が？

何という不謹慎な男だろう。

奈々は、先ほど抱いた、少しだけ良い男性かも知れないというイメージが吹き飛んだが、

「でも」と晴美が言った。「音は響いたけど、まさか巫女さんが失神しているとは思わなかったから、犯人はすぐに逃げ出したんでしょう」

「警察へは？」

「今、宮司や禰宜、それと地元の町会長が相談してる。でも、もう少しきちんと確認してからの方が良いのではないかと」

「どうして？」

うん、と健吾は顔を曇らせた。

「本殿の内部からは、怪しい足跡が見つからないんだ」

「えっ」

「たとえ犯人が、靴跡を残さないように靴を脱いで上がったとしても、何らかの足跡は残るはずだろう。でも、床に残っている足跡は、ごく普通にぼくらが穿いている足袋《たび》のような物ばかりでね――」

「じゃあ！」と晴美がその意味を察して叫ぶ。「まさか、ここの神社の神職の誰か？　それとも巫女さんとか」

「いや……それは、信じられないし、考えたくもないけど……」

それで、できるだけ警察を入れたくないというわけか。

納得する奈々の隣で、

「確かに」と崇が言った。「この混雑だから、本殿にこっそり侵入するのは簡単だったろう。だが、すぐに健吾さんたちが駆けつけたわけだから、逃走は難しい」

「それでも」晴美が頬を膨《ふく》らませた。「事実として、あっという間に逃げられちゃった」

「一つお訊きしたいんですが」崇は、晴美の言葉を全く無視するように健吾を見た。「その鬼の面は、能面のようにつけることはできないんでしょうね」

「一応、面紐《めんひも》はついているようなんですが、どちらにしても一人でつけるのはちょっと難しいでしょう」

「それで犯人は、その面を手袋をはめた手で持ち、磐根御柱の陰から覗いたというわけですね」

「しかし」と健吾は眉根を寄せた。「春江さんの話によれば、その犯人は面の下にも、白いマスクのようなものをつけていた気がすると……」

「どういうことですか？」晴美が健吾を見る。「マスクをしていたのに、更にその上に鬼のお面を被ったというんですか！　念には念をいれたとか？」

「分からないね」健吾は顔を曇らせた。「でも普通に考えても、市販のマスクだけだったら、目から上は見えてしまうわけだし。春江さんが見れば誰だか分かるような人間だったんじゃないかと……」

そうなると、やはり内部関係者の犯行の可能性が高くなる。確かにこれでは、警察の介入を避けたくなるのも理解できる。

でも、と晴美が異議を唱えた。

「そうしたら、最初からマスクで顔を隠す意味ないじゃん」

「……だよね」

と頷いて健吾が苦笑いすると、

「こちらの神社では」と崇が唐突に尋ねた。「神職さんや巫女さんは、何人ほどいらっしゃるんですか」

「ええ」と健吾は答える。「金村宮司と、高岡禰宜、そして宮司の息子さんの貴博《たかひろ》さんと、ぼくですが、今日はその他に、見習いの方や学生さんも数名、お手伝いに来ていただいています。巫女は、春江さんと草間《くさま》さんという女性二人で、あとはアルバイトでやはり数名」

「みなさん、非常に仲が良い？」

はい、と健吾は首肯する。

「貴博くんとぼくは、年齢が近いこともあって、友だちのような関係ですし。高岡禰宜もとても良い方で、彼やぼくのことを自分の子供のように可愛がってくれています。ただ、金村宮司は貴博くんが一人っ子ということもあるようで、かなり厳しく指導していらっしゃるようですけど」

それは仕方ないだろう、と奈々は思った。神社の跡継ぎとして、しっかり勉強して欲しいと思うのは、親としても当然だ。

「宮司さんの息子さんの神職身分は、当然まだ三級ですね」

「は、はい」

と健吾は答えたが、奈々は何が「当然」なのかは分からない。しかし崇は、

「なるほど」と大きく頷いた。「そういうことか」

「何が、なるほどなんですか？」

不審そうな顔で見つめる健吾に向かって、崇は言った。

「この件は、その高岡禰宜さんにお訊きになられると良いでしょうね」

えっ、と全員で崇を見た。

「高岡禰宜に？　またどうしてですか」

「その方が、全てご存知だと思うからです」

「でも」と健吾は苦笑する。「まさか禰宜が、神宝を盗み出そうとするなんて考えられません」

「そうよ！」と晴美も叫んだ。「一度だけお目にかかったことありますけど、とっても穏《おだ》

やかで良い人だったですよ。そんな人が、神宝を盗むなんて！」

「俺は、そんなことは一言も口にしていない」

「だって今——」

「禰宜さんが全て知っているんじゃないか、と言ったんだ」

「やっぱり、盗んだっていうことですか？」

「すぐそこにご本人がいらっしゃるというのに、俺が説明するというのも変だ」

「また、そんなことを言って！　ちゃんと説明してくださいっ」

食ってかかる晴美に向かって、

「とにかく」と崇は言った。「今回の事件は、ここで警察が入ると面倒なことになると思います。ちなみに俺は個人的に、犯罪性はとても低いのではないかと考えています。だから、大事《おおごと》になる前に決着させてしまった方がいい」

「それならばなおさら、きちんと説明してくださいよっ」

「そうかな……」

と言って晴美を見る崇に奈々は、

「私も、そう思います」と言った。「この状況では、健吾さんも高岡禰宜さんに、何をどう尋ねれば良いのか分からないでしょうから」

その言葉に大きく頷いた健吾を、そして奈々たちを見て、

「つまり」崇は肩を竦めた。「逆ではないかな」

「逆というと？」

訝《いぶか》しげに問いかける健吾に、崇は答えた。

「おそらく禰宜さんは、その神宝の面を返しに来られたんでしょう」

「何だって」

「何故ならば、犯人はその面を、とても大切に扱われていたと思えるからです。というのも――」

「マスクか！」健吾は叫んだ。「そして、白い手袋だ」

その言葉に首を傾げる奈々と晴美の横で、

「そういうことです」と崇は頷く。「息が掛からないように和紙製のマスクをかけ、指が直接触れないように、きちんと手袋を嵌めて扱った」

「例大祭の時と同じだ！」健吾は目を見開いた。「神像を遷《うつ》し奉る際には、宮司と禰宜がそうやっている」

「そもそも」と崇がつけ加える。「盗み出そうとするのに、軍手ではなく白い手袋を嵌めるのもおかしいが、それはまだ良いとしても、白いマスクはかけないでしょう。顔を隠したければ、もっと便利な物がある。この季節であれば、ニットの目出し帽とか。つまり『犯人』は、鬼の面を盗み出そうとしたわけではない」

「で、でも！」健吾は問いかける。「確かにあの時、禰宜はぼくらと一緒にいらっしゃいました。でも、もしも禰宜が犯人だったとしたら、それこそ春江さんを突き飛ばしてでも逃げてしまえば良かったんじゃないんですか」

「顔見知りの巫女さんだったから」晴美が言う。「乱暴なことをするのが可哀想だったとか」

「違う」

崇は煙草を取りだして火を点けた。

「禰宜さんは、板仕切りの外側に出られなかったんだ」

「どうして？」

もちろん、と崇は煙を吐く。

「袴を穿いていたから」

「神職さんだけでなく、手伝いの学生さんたちも、全員穿いていますよ。すぐに紛《まぎ》れ込《こ》める——」

しかし、

「あっ」と健吾は目を見開いた。「そういうことか……」

「何がそういうことなんですか？」

尋ねる晴美に「うん」と言って健吾は説明する。

「袴の色が違うんだ」

「え？」

うん、と健吾は説明する。

「ぼくらや貴博くんや、今日も手伝いに来てくれている神職の袴の色は浅黄色や白と決まってる。でも、神職一級の宮司の袴の色は紫に藤の紋入り。二級の禰宜の袴の色は紫、という規定がある。そしてこれは、日本全国共通なんだ」

「そう……なんですね」

「春江さんを突き飛ばして逃げて、その時に浅黄色の袴や巫女の緋袴をチラリと見られたとしても、犯人の特定はできない。でも、宮司と禰宜は問答無用、一発で分かってしまう。いちいち、一人ずつ問い詰めるまでもなく」

「つまり、犯人は宮司さんか禰宜さんの、どちらかというわけ！」

いや、と崇があっさり否定する。

「この場合、宮司さんの可能性はない」

「どうして？」

「最初に言ったように、その人物はこの日でないと実行に移せなかった。たとえ昇殿できたとしても、御神座には鍵が掛かっている。しかし、御神座の鍵を持っている宮司さんなら、いつでも可能だ」

「ああ」

それに、と崇はつけ加えた。

「宮司さんならば、神宝を手にしていても何の不思議もない。確認していたんだと答えればすむ」

「確かに……」

「ゆえに犯人は、その場にいても何の不自然さもなく、神職や巫女さんと同じように足袋の足跡しか残さない。しかも、神宝を非常に丁寧に扱っているが、御神座の鍵を持っていない。しかし今日、その扉が開けられることを知っていた。そして、顔を見られなくても、その袴の色で簡単に特定されてしまう人物」

それは！　と健吾は息を呑《の》むと、

「……高岡禰宜」

脱力したように静かに答えた。

その前でプカリと煙を吐いた崇を眺めて、奈々は心の中で呟く。

〝これで証明終わり《QED》──〟

「し、しかし！」健吾は、崇に詰め寄る。「どうして高岡禰宜が、そんなことを」

「分かりません」崇はあっさりと答えると、煙草を灰皿に放り込んだ。「だから、ご本人にお訊きくださいと言ったんです。早くしないと、やはり警察に通報しようという話にもなりかねない」

「す、すぐにそうします。ありがとう！」

そう言うと健吾は、境内の玉砂利を蹴って走って行く。その後ろを、

「私も行きます！」晴美が追いかけた。「奈々、ちょっと待っていてね」

「う、うん」

奈々は頷きながら、崇を見たが、

「今日の豆まきは、かなり遅れそうだな」崇はポケットに手を突っ込むと、鳥居に向かって歩きだした。「じゃあ、また」

「帰られるんですか！」

いや、と崇は振り向きもせずに答えた。

「もう一ヵ所、寄ってみたい神社があるから」

神社――節分の豆まきのハシゴ？

「ちょ、ちょっと待ってください」奈々は、あわてて問いかける。「桑原さんは、何故その禰宜さんがそんなことをしたんだと思いますか？」

「さあね」崇は立ち止まって、奈々を振り返った。「想像なら、いくらでもできるが、今言ったように、本人がいるんだから直接尋ねればいい。でも『鬼神に横道なし』だ。禰宜さんは、間違ったことをしていないとは思う。何度も言うが、神宝をあれほど丁寧に取り扱っていたんだしね」

そう言い残すと、崇は軽く手を挙げて境内を後にした。

6

数週間後——。

藤沢鬼王神社の盗難未遂事件は、やはり高岡禰宜が関与していたと晴美から聞いた。崇の言った通り、神宝の鬼の面を、こっそり御神座に戻そうとしたということだった。

では、なぜそんなことをしたのかといえば、宮司の息子の貴博が絡んでいたのだという。彼が宮司のもとから鍵をこっそり持ち出して、鬼の面を盗み出したのだった。

本当の動機は分からない。というより、他人の心中を推し量るなどという行為は不可能だ。奈々自身だって、往々にして自分の心が分からなくなることもあるのだから。

しかし、取りあえずの動機としては、宮司の厳しい教育指導に嫌気が差したからなのだという。節分を控《ひか》えて、直前に鬼の面が消失したとなると、宮司の責任問題にも発展する。そうして父親である宮司を困らせて、おろおろする姿を見たかったのだろうと、健吾も言っていた。まだ子供なのだ、と。

実際に貴博も、その面を壊してしまおうとか、どこかに売りさばいてしまおうということは考えていなかったようだったから、それが真実なのかも知れない。

「こんなに閉じられて、閉塞している家はもう、うんざりだったんだ！」

と貴博は訴えたらしい。

確かに、一人っ子の貴博にしてみれば、生まれた時点からほぼ人生が決められてしまい、ただ敷かれたレールの上を走るだけ。端から見れば楽に思えるが、本人の内心はどうなのか。しかも、今まで親に向かって反抗したりすることもなかったというから、かなり自分を抑圧していたのだろう。ところがここにきて、その鬱屈《うっくつ》した心に限界が来てしまったというわけか。

とにかく貴博は、こっそりと鍵を手に入れて、鬼の面を盗み出した。最初は、いい気味だと思っていたらしい。しかし、その面を独《ひと》りで眺めているうちに、やはりこれは、まずいことをしてしまったと思い始めたらしい。この心変わりに関して健吾は「神宝の力じゃないか」と言っていたらしいが、奈々には何とも分からない。

だが、とにかく貴博は、神宝が紛失したことが発覚した後の騒ぎにようやく思いが至り、酷《ひど》く後悔し始めた。かといって、もう一度宮司の手元の鍵を盗みに行く勇気はない。節分までの発覚を恐れて、盗み出した後の御神座に鍵を掛けてしまったことも、非常に悔《く》やんだという。

そこで――いつも優しく接してくれている高岡禰宜に、全てを告白して相談した。最初は禰宜も驚愕《きょうがく》したが、貴博の心中を慮《おもんぱか》って、

「私が代わりに、こっそり戻しておきましょう」

と言ってくれたのだという。

「このお面は、御神座内の台座下の引き出しの中に仕舞われていましたね」

確認する禰宜に、貴博はただ無言のまま何度も頷いたらしい。それを確認して禰宜は、「節分の朝、宮司が御神座の鍵を開けたら、すぐにこっそり戻しに行きます」と言うと、貴博に向かって、「誰にも言わなくて良いですよ」

と微笑んでくれたらしい。

但しその時、宮司が万が一引き出しを開けてお面を確認してしまったら、犯行が発覚する。その時は、全て正直におっしゃってください、と告げた。

そして、その通りに実行したのだという。しかし、たまたま通りかかった巫女の、春江友里に見つかってしまい……先日のような事件に発展してしまった――。

そんな話を、晴美は奈々に伝えて、

「一応、タタルさんにも話しておいてね」

と言う。しかし、もちろん奈々は連絡先を知らない。

すると晴美は同好会名簿を調べて、崇の実家の電話番号を教えてくれた。それでもためらう奈々に晴美は、

「いいから、いいから。お願い」と言う。「タタルさん、奈々には優しいみたいだから」

えっ。

聞き間違いかと思った。

今まで一度たりとも優しくされたことなどない！

そう主張したのだが、晴美は笑いながら「よろしくね」と言って電話を切ってしまっ

た。そこで奈々は仕方なく渋々《しぶしぶ》、崇に電話を入れて、事件の顛末《てんまつ》を伝えた。すると崇は、

「古く大きな伝統を受け継いでいる家の子息が、大抵一度くらい道を外してしまう例は、どこにでも見られる。家という閉じられた館に対して反抗するという行為だ」

と事もなげに言った。

「しかし彼も、本気で『家』を壊すつもりはなかったんだろう。あくまでも、宮司さんを少し困らせたかっただけで」

「どうして分かるんですか?」

尋ねる奈々に、崇は答えた。

「肝心の神像に、手を出さなかったからね。本気であの家を壊したかったなら、神像を盗み出してしまえばいいんだからな」

「ああ……」

納得する奈々に、崇は冗談交じりのように言った。

「しかし、そうすれば閉じ込められた鬼神も、座敷牢という館から解放されただろうに」

「また、そういうことを……」

と、奈々は言ったが。

確かにその通りだったのかも知れない。

しかし、さすがに貴博も「神」に手を出せなかったのか。それとも、あえて出さなかったのか。おそらくそれはきっと、奈々たちには分かり得ない次元の話なのだろう——。

奈々は複雑な思いのまま、崇との電話を切った。

そういえば。

奈々は、ふと思う。

奈々の地元近くの江の島にも、江島《えのしま》神社がある。あそこの神社の神徳も「縁結び」だったはずだ。

今の崇の説に従えば、この弁才天も愛する人との仲を引き裂かれた仏尊ということになるのだろうか。悲しい歴史を持っている天女なのか……。

今度改めて、きちんとお参りしてみよう。沙織を誘っても良いし、一人でも良い。きっと何か、新しい発見があるに違いない。

そんなことを考えて、奈々は微笑む。

今回は奈々にとって、ほんのちょっとだけ心に引っかき傷を作られた、大学一年の春休みになった。

（了）

参考文献

『古事記』次田真幸全訳注／講談社
『日本書紀』坂本太郎・家永三郎・井上光貞・大野晋／岩波書店
『土佐日記　蜻蛉日記　紫式部日記　更級日記《さらしなにっき》』長谷川政春・今西祐一郎・伊藤博・吉岡曠校注／岩波書店
『全譯《ぜんやく》　吾妻鏡』貴志正造訳注／新人物往来社
『鬼の大事典』沢史生／彩流社
「出雲大社の本殿」出雲大社社務所
観世流謡本『大江山』丸岡明／能楽書林

＊なお作中に登場します「藤沢鬼王神社」は、実在しておりません。島根の「出雲大社」と、東京の「稲荷鬼王神社」を参考にさせていただきました。

綾崎　隼

『時の館のエトワール』

綾崎隼（あやさき・しゅん）

二〇〇九年、第一六回電撃小説大賞選考委員奨励賞を受賞し『蒼空時雨』でデビュー。「君と時計」シリーズ、「花鳥風月」シリーズなど、人気シリーズを多数刊行している。

1

時間が狂う館があるらしい。

親友の啓《けい》ちゃんがそんな噂《うわさ》を聞きつけてきたのは、修学旅行の宿泊希望先を決定する前日のことだった。

木漏《こも》れ日《び》館、星座館、双子館、花冠館、夢見月館、時の館。

二日目に訪れるリゾートパークには、不可思議な名前を持つ宿泊施設が六つ併設されており、グループごとに宿泊先を第三希望まで選ぶよう言われていた。特定の宿に希望が集中した場合は、第二希望以下の宿が割り当てられることもあるらしい。

自由行動時間のグループは、最少で二人から組むことが出来る。気を遣うのも嫌だったし、私は中学時代からの友人である啓ちゃんと二人で行動することに決めていた。

どの館も宿泊料は一律だ。パンフレットを見る限り、室内設備やアメニティグッズの差も些細《ささい》なものに見える。

クラスメイトたちは外観や館の特徴を基準に、希望先を選んでいるようだったし、私たちは名前がファンシーという理由で、木漏れ日館を第一希望にしようと考えていた。

しかし、土壇場で奇妙な噂を聞きつけてきた啓ちゃんが、ほぼ決まりかけていた第一希望を覆《くつがえ》す。パークのパンフレットを広げ、鼻息を荒くしながら啓ちゃんが指さしたのは、【時の館】なる建物だった。

「去年の先輩、この館に泊まって過去に戻ったらしいよ」

「何それ。そんな話、本当に信じてるわけじゃないよね？」

「だって書いてあったんだもん。去年の文集に」

白鷹《しろたか》高校の修学旅行では、例年、旅行後に感想文の提出が求められる。集めた感想文をファイリングして、簡易的な文集を作るためらしい。

小学生じゃあるまいし文集なんて誰が読むんだろうと思っていたわけだが、意外にも該当人物は身近にいたようだ。

「ほら、伊藤巧《いとうたくみ》先輩が言ってるんだよ」

「誰よ、伊藤巧って。知り合い？」

「いや、知らない人。でも、見て。ここに書いてあるでしょ。【時の館】で目覚めたら、三ヵ月前に戻っていて、後悔していたことをやり直せたって」

啓ちゃん、文集なんて何処《どこ》から持ってきたんだろう。

「時間が戻るなんて、おとぎ話じゃん。この伊藤先輩って人が、後輩をからかったんじゃないの。もしくは同級生を騙《だま》そうとしたとか。感想文なんて先生もいちいちチェックしていないだろうし、ほかにも適当なことを書いている人がいるんじゃないかな」

「ひかりは現実的だなぁ。そりゃ、私だって本気で信じているわけじゃないけどさ。三ヵ月前に戻れるなら、やり直したいことがあるんだよね」

「具体的には？」

「毎晩、誘惑に負けて夜食を食べてしまったこと。今月だけで二キロ太りました」

「あ、やっぱり太った？　そうかなって思ってた」

「否定してよー。気にしてるんだからー」

過去に戻ってやり直したいことが、夜食を食べたこと……か。

啓ちゃんの悩みは今日も平和だ。

「ひかりは体重の悩みとは無縁だもんね。羨《うらや》ましい」

「努力してるもん。太ったプリマなんて見たことないでしょ？」

私はダンサーを目指していた母の影響で、小学生になる前から、クラシックバレエを習っている。十七歳になった今も現役で踊っているし、将来的にもこの道で生きていきたいと考えている。

突き動かされた衝動の先にあるのは、一握りの人間しか成功出来ない、狭く険《けわ》しい道である。だが、少なくとも今はまだ、どんな可能性にも拒絶されていない。

自分に見切りをつけてバレエをやめていく仲間たちを沢山見てきたけれど、私はまだ自分と未来を信じる力を失っていない。

「ひかりはやり直したいことってないの？」

そんなの、あるに決まっている。

直近なら三週間前の捻挫《ねんざ》がそうだろうか。あの捻挫のせいで、私は目標としていた国内最高権威のコンクールに、今年は出場出来なかった。

不戦敗は敗北以上に悔《くや》しい。感情のやり場がないから苦しい。

時間を巻き戻せるなら、私は迷わず、あの日の失敗をやり直すだろう。

時間が狂う館があるらしい。そんな話、私は信じない。信じるはずがない。

しかし、啓ちゃんの熱意に押し切られる形で、私たち二人は一ヵ月後のその夜を【時の館】にて過ごすことになった。

そして、待ち受けていたのは……。

2

修学旅行、二日目。

宿泊先となった【時の館】は、左右非対称の奇妙な外観の建物だった。

西棟の外壁には楕円《だえん》形の時計が幾つも埋め込まれており、東棟の外壁には歪《ゆが》んだ時計の絵が描かれている。

似たような絵を美術の教科書で見たことがあった。作者はサルバドール・ダリだったっけ。確か『柔らかい時計』とか、そんな名前だったはずだ。この建物、著作権的には大丈夫なんだろうか。

「なんか変な建物だね」

やっぱり木漏れ日館とか花冠館とか、もっと可愛《かわい》い名前の施設にすれば良かった気がする。チェックインの前から、早くも私は後悔し始めていた。

今日、この二日目の夜に、啓ちゃんは奇跡みたいな何かを期待している。

そんな彼女を子どもみたいだと思う一方で、根拠なき期待を抱いているという意味では、私も似たようなものだった。

最近、お喋《しゃべ》りをするようになったクラスメイト、辻川誠二《つじかわせいじ》君も同じ宿泊先だったら良い。実に十七歳の女子らしい願いを、私は抱いていたからだ。

辻川君は大所帯のサッカー部において、花形ポジションのレギュラーを務める背の高い男子である。外見的な見栄えもあり、一年生の頃から、格好良い男子として噂で名前を聞く程度には有名な男の子だった。

二年生になり同じクラスになったとはいえ、名字が折谷《おりたに》である私と辻川君では、五十音順で決められた最初の座席からして離れている。改めて見る彼は、噂になるのも納得な容姿や性格をしていたのだけれど、私たちの間に接点が生まれることはなかった。

風向きが変わり始めたのは、五月の中旬のことだった。

私が所属するバレエスクールでは、毎年、ゴールデンウィーク明けに、市民会館で定期公演が行われる。

それなりの年数を踊り続けた者たちだけが舞台に立つとはいえ、講師の先生を除けば、ほとんどが素人《しろうと》である。公演と言うよりは発表会と言った方が相応《ふさわ》しいのだけれど、入場料も安いし、友達を気軽に誘える機会ではあった。

バレエというのは、ある意味、閉じられた世界だ。見に来てくれるのは、そもそもバレエに興味がある人間だけである。隔離された世界に未来などない。経営陣もそれは理解しており、教室に通う私たちには、例年、観客を増やすことが求められていた。

担任の許可を取り、教室の掲示板に公演の広告を貼《は》らせてもらったが、そんなことをしたって見に来てくれるのは、普段、喋る機会のある女子くらいである。今年もチケットのノルマは達成出来そうにない。そう思っていたのに……。

啓ちゃんの発声を受け、今年は幸運にも目立つあたりの男子グループが、公演に興味を持ってくれた。その上、なんと辻川君までもが、サッカー部の友達を誘って見に来てくれたのである。

多分、それが、すべての始まりだった。

バレエの公演以降、挨拶《あいさつ》を交《か》わすようになり、そんな関係性は六月の体育祭を経《へ》て、さらに少し先へと進む。

バレエ一筋で生きてきた私は、運動能力にもそれなりに恵まれている。自慢になってしまうがクラスの女子では足も一番速い。昨年同様、大一番であるクラス対抗リレーの選手として選抜されることになり、アンカーである辻川君の前を走ることになった。

そして、迎えた本番の最終レース。

私たちが一人ずつ追い越し、二年六組は大逆転でクラス対抗リレーを制する。


改めて考えてみても、バトンを繋《つな》ぐというのは、不思議な行為だと思う。

バトンを介して、手の平に信頼みたいな何かが伝わってくる。

言葉を交わしたわけでも、直接触れたわけでもないのに、背中でも押されたみたいに勇気が湧いてくる。

レースが終わった直後から、バトンを渡した手の平だけが熱かった。確かな熱を持っているような、そんな感覚に襲われるようになった。

体育祭以降、私と彼の関係性は、ただのクラスメイトから友人へと変化した。

休憩時間に啓ちゃんも交えて、お喋りをするようになったし、定期テストの出題予想とか明日の天気みたいな、何てことのない話題で話しかけられるようにもなった。

私が少なからず彼を気にしているように、彼も私のことを少しくらいは……。そんな希望的観測は、きっと思い込みじゃない。そう思いたい。

私は自由に選べる二日目の宿泊先が彼と重なるよう、今日まで願っていた。

男子と女子の部屋は、それぞれ一階と二階に分かれている。お互いの部屋を行き来することも禁止されている。ただ【時の館】には一階に広い談話室があり、そこでならば夜間でも交流が出来る。

教室ではない場所で、お互いが私服姿で会えたなら、多分、私たちの関係性は変わる。そんな予感があったわけだが、私の甘い期待は、その日、もろくも霧散する。

辻川君が友人と共に選んだ宿泊先は、どうやら木漏れ日館だったらしい。もともと私が第一候補として考えていた施設である。啓ちゃんが変な噂を真《ま》に受けていなければ、今頃、私たちも同じ施設にチェックインしていたことだろう。

人生というのは、本当に、些細なことから、ままならないものだと思う。

私の乙女的な期待を知っていた啓ちゃんは、

「明日は六組全員が同じホテルなんだから良いじゃん」

と笑ったけれど、そもそも君が噂話を真に受けなければ、今日だってお喋り出来たかもしれないのだという事実を胸に刻んで欲しかった。

親友として、彼女は大いに反省し、真摯《しんし》に謝罪し、せめて談話室でチョコレートくらいは奢《おご》るべきだろう。

辻川君がいないと知った瞬間から、修学旅行二日目の夜は、代わり映えのしない普通の夜に変貌《へんぼう》を遂げた。

私にとっては意味のない夜になった。

少なくとも、その瞬間が訪れるまでは、そう思っていたのだけれど……。

その時は、突然にやってきた。

理屈では説明出来ない、不可思議な出来事が始まったのは、午後五時過ぎ。

食堂へと向かうため、女子部屋を出て階段を下りたところで、一人の男子と鉢合わせになった。咄嗟《とっさ》に避けたものの、バランスを崩し、手にしていた館内の地図が記されたパンフレットを落としてしまう。

廊下に落ちたパンフレットに先に反応した男の子が、「すみません」と囁《ささや》きながらそれを拾い、

「ひかりさん？」

私を見て、顔色を変えた。

彼は幽霊でも見つけたみたいな顔で、私を凝視し、固まっている。

「知り合い？　一年生の時のクラスメイト？」

啓ちゃんに尋《たず》ねられたけれど、思い当たる節がなかった。

パンフレットを受け取り、マジマジと見つめてみたが、やっぱり知らない顔である。元クラスメイトの顔を数ヵ月で忘れるほど、失礼な人間ではない。と、思いたい。一年生の時に同じクラスだったということはないはずだ。

目の前で固まっているのは、中背、痩《や》せ型の少年。長めの前髪からわずかに覗《のぞ》く目は細く、利発そうな印象を受ける。会ったことがあれば覚えていると思う。

彼は私のことを「ひかり」と呼んだ。六組のクラスメイトにも、一年生の時のクラスメイトにも、私をファーストネームで呼ぶ男子はいない。

彼は何者なのだろう。一体、何処《どこ》で私と……。

気まずい沈黙が数秒続いた後で、

「ごめんなさい。すみません」

早口でまくしたてると、彼はそのまま逃げるように去って行ってしまった。

「何か変な子だったね」

「……啓ちゃん。あの人、何組の生徒か知ってる？」

「ううん。知らないなー。見たことがある気はするけど」

本日、この【時の館】は、うちの高校の貸し切りになっている。彼が白鷹高校の二年生であることは間違いない。物凄《ものすご》く童顔な若い教師でもない限りは。

本当、あれは誰だったんだろう。

気にはなったが、もはや確かめる術《すべ》もない。結局、そのまま私たちは食堂へと向かい、夕食を満喫している内に、すっかり彼の存在も忘れてしまう。

しかし、その日の深夜、私は不可思議な物語の続きと、再び遭遇することになった。

3

午後十時。

小腹が空《す》いた私たちは、一階の談話室に行ってみることにした。

扉を開けると、見知った顔が幾つも視界に飛び込んでくる。

同じ噂を耳にして、興味本位で宿泊先を決めたのだろう。談話室には六組の生徒の姿が目立っている。とはいえ、七、八人で固まっている女子たちはグループが違うし、辻川君以外の男子とはほとんど喋ったこともない。ほかのグループに交ざろうという気にはなれなかった。

談話室の壁には二十を超える数の掛け時計が、無作為に掛けられていた。

外観を見た時も思ったことだが、いわゆる芸術性みたいなものは感じない。しかも規則性、一貫性がないせいで妙に落ち着かない。

……本当に変な館だと思う。

食堂は空いていて快適だったけれど、それも単純に宿泊希望者が少なかったからだ。

隅《すみ》っこの方に空席を見つけ、啓ちゃんと二人で席を取る。

「へー。あんな人たちも修学旅行には参加するんだね」

併設されていた売店でアイスと菓子パンを買い、椅子《いす》に腰掛けると、啓ちゃんが斜め前方にいた男女の二人組を見つめながら、そう言った。

部活動に所属していない私は、クラスメイト以外の知り合いがほぼいない。だが、その二人組は、交友範囲の極端に狭い私でも知っている有名人だった。

二年二組の草薙《くさなぎ》千歳《ちとせ》と火宮《ひのみや》雅《みやび》。

入学以来、首席と次席の座に君臨し続ける、奇妙な男女二人組である。

白鷹高校では定期テストの度に、各科目、総合、それぞれの上位勢が得点と共に公表される。入学以来、私たちの学年で、いつも圧倒的な成績で最上位を占有しているのが、あの二人だった。

うちの高校は県下一の進学校である。そんな私立高校にあって、他を寄せつけない成績を残しているというだけでも注目されるには十分過ぎるわけだが、あの二人が目立つのは何より火宮さんの容姿が特異なせいだろう。

理系科目で満点の成績を連発する彼女は、北欧の血を引いているらしく、名前とは裏腹に容姿は完全に欧州人なのだ。ブロンドの髪に小さな顔、青い瞳《ひとみ》。わずか数メートルの距離で見る彼女は、精巧な人形のように現実感のない容姿をしていた。

火宮さんと一緒にいるせいでファーストインプレッションこそ劣《おと》るものの、対面に座る男子、草薙千歳もまた一種異様な生徒ではある。百八十センチを余裕で超える長身のせいで女子に見間違えることはないが、肩の辺りまで伸びた長髪をなびかせており、心配になるくらいに痩せている。

聞いた話では、あの二人は互い以外の友人を作ろうとしないらしい。

噂話を鵜呑《うの》みにするのは褒《ほ》められた話ではないけれど、火宮さんの方は特に性格がきついと聞いたこともある。口調は丁寧なのに、発せられる言葉が辛辣《しんらつ》で、誰もが近付き難《がた》く感じているらしい。余計なお世話だろうが、おとぎ話の登場人物みたいな容姿をしているのに、もったいないなと思う。

「ねえ、あれってチェスだよね」

周囲の雑音になど耳も貸さずに、二人は真剣な顔で盤面を見つめていた。

「高校生が修学旅行でチェスって、キャラ立ち過ぎでしょ」

当然ながら宿泊する部屋は、男女で完全に分かれている。【時の館】にも他の館にもシングルルームはない。私と啓ちゃんが二人部屋であるように、彼らにだって同室のクラスメイトがいるはずだ。しかし、彼らの周りには奇妙な空間があいており、誰もが距離を置いている。カップルでもないと聞くし、噂通りの奇妙な二人だった。

「駄目だ。私、パン一個じゃ我慢出来ない」

売店は二十三時まで、談話室は二十四時まで利用出来る。

体重を気にしているくせに、啓ちゃんは追加で二つの菓子パンを買っていた。

いや、一つは総菜パンか。ソーセージの入った、またカロリーの高そうな物を……。

修学旅行、三日目も日程は詰まっている。足を踏み入れた時には三十人以上の姿があった談話室から、三分の一ほどの生徒が去っていた。ちょうど見ていたバラエティ番組も終わったところである。そろそろ戻ろうかと立ち上がったところで、啓ちゃんが囁いた。

「ひかり。あの子、さっきの男子じゃない」

「さっきの？」

啓ちゃんの視線の先を追う。

「ほら。階段の下でぶつかりそうになった子。一人で何してんだろ」

私たちとは反対側の隅に座り、夜食を食べるでもなく、彼は一人きりで佇《たたず》んでいた。

あの位置からではテレビも見えない。近くに友人がいるようにも見えない。そう言えば、パンフレットを拾ってもらった時も彼は一人だった。

私たちが談話室に入った時から、あそこに人はいたんだったっけ。

「もしかして友達いないのかな」

「啓ちゃん、それは失礼だよ」

「じゃあ、同室の友達と喧嘩《けんか》でもしたのかな。それで部屋にいづらいとか」

そっちの推理の方が自然な気はする。

その時、あくびをしながら室内を見回した彼と目があった。

自分を見つめていた二人組に気付いたのか、彼の動きが止まる。

それから、気まずそうに視線を逸《そ》らすと、彼はその場で立ち上がった。

「今、絶対に目があったよね？」

「うん。あった気がする」

「露骨に目を逸らされたよね」

「露骨かどうかは分からないけど、逸らされた気はするね」

背中を見つめられていることに気付いているのか、いないのか。彼は扉の前まで歩き、ドアノブに手をかけたところで天を仰いだ。それから……。

ドアノブから手を離し、振り返った彼と、再び目があった。

見られているとは思わなかったのだろう。視線が交錯し、彼の頰《ほお》が引きつる。

もう勘違いではないだろう。向こうも明らかに、こちらを意識しているようだった。

「ねえ、あの子、ひかりに一目惚《ひとめぼ》れでもしたんじゃない？」

小声で囁いた啓ちゃんの言葉は、年頃な女子の根拠なき妄想に過ぎないだろう。

とはいえ彼は私のことを知っていた。その上、廊下で会った時、面識のない私をファーストネームで呼んできた。外見だけで男の子に好かれるような、自分がそういう女子だとは思えないけれど……。

小さく唇《くちびる》を噛《か》み締《し》めるような仕草《しぐさ》を見せた後で、彼はこちらに向かって歩いてきた。

目的は私たちだろうか。振り返ると、後ろにも談笑しているグループが二組いた。どちらも男子のグループだが……。

「あの、失礼ですけど、あなたのお名前は折谷さんでしょうか?」

鼓膜に飛び込んできたのは、私の名字だった。

やっぱり人違いではない。彼は私たちの前に、いや、私の前に立っている。そして、今度は名前ではなく、名字で私を呼んできた。

「……はい。あってます」

「そっか。やっぱり折谷さんか」

どういう意味だろう。苦虫を噛み潰《つぶ》したような顔で、彼はうつむく。

「あの、凄《すご》く変なことを聞くので、頭のおかしな奴《やつ》だって思われるかもしれないんですけど、その、折谷さんは十七歳ですか? あ、まだ十六歳かもしれないけど、つまり高校二年生ですかという意味で」

「はあ。そりゃ高校二年生ですよ。そうじゃなきゃ、修学旅行に参加しないですし」

「……本当に高校二年生ですか?」

いぶかしむような眼差《まなざ》しで再度、問われる。

「はい。間違いなく」

「そう……ですよね。ごめんなさい。すみません。何だろう」

彼は頭を押さえる。

「多分、折谷さん、こっちのことなんて知らないのに、突然、意味の分からない質問をされて、気味が悪いですよね。失礼しました。忘れて下さい。それじゃあ」

「え、ちょっと待って下さいよ」

きびすを返した彼を呼び止めたのは啓ちゃんだった。

「訳が分かんないんですけど。て言うか、名前くらい教えて下さいよ」

「あ、そうですよね。質問だけして名乗りもしないなんて、失礼な行為でした。私……あ、俺は、森下海都《もりしたかいと》と申します。『海』に『都』と書いて、『かいと』です。所属はサッカー部で、クラスは二年……八組だったはずです」

「はずって自分のクラスを覚えてないんですか？」

「すみません。間違いではないとは思うんですが」

申し訳なさそうな顔で彼は苦笑いを浮かべた。


この奇妙な違和感は何だろう。

私たちをからかっているようにも、嘘《うそ》をついているようにも見えない。

だけど、会話が意味不明過ぎる。

自分の所属クラスが曖昧《あいまい》ってどういうことだろう。若年性健忘症？

「あの、私も質問して良いですか?」

「はい。もちろん」

「森下君はどうして私のことを知っているんですか? 喋ったこと、ありましたっけ」

「えーと、何て答えたら良いんだろう。あると言えばあるんですが、ないと言えばないし、困ったな。どう説明したら良いのか」

啓ちゃんと顔を見合わせる。それから、私の思いを汲《く》み取ったのか、

「はっきり言って下さい。意味がまったく分かりません」

強めの口調で啓ちゃんが告げる。

「て言うか、君はちょっと変です。新手のナンパか何かですか?」

「いえ、それは違います。誤解です」

慌《あわ》てたように彼が首を横に振る。

「本当にそんなことはなくて、不信感を抱かれてしまうことも不本意なんですが、ただ、どう説明すれば良いのか。信じてもらえるとも思えないし……」

「そんなこと話してみなきゃ分からないじゃないですか。言って下さいよ。それに信じるか信じないかを決めるのは、君じゃなくて私たちの方です。ね、ひかり」

「私もそう思います。このまま何も分からない方が、気味が悪いです」

「そう……ですよね。そうだと思います。じゃあ、思い切って話しますけど、ほかの人に

は聞かれたくないから……」

談話室を見回す。ピーク時より減ったとはいえ、まだ室内には生徒が多く残っている。会話を聞かれたくないと言うのなら、

「あの二人の隣の席かな」

近付き難いせいだろう。火宮さんと草薙君の周囲にだけ、妙に空間があいている。

「そうですね。じゃあ、あの席で」

変わり者の二人組は、今もチェス盤を挟んで難しい顔を作っている。あれ、持参したんだろうか。盤面に集中しているようだし、会話を聞かれる心配もないだろう。

私と啓ちゃんが並んで座り、小さな机を挟んで、森下君が腰を下ろす。

「回りくどい話はやめて率直に言いますね。信じてもらえるとは思えないけど……。俺、実は三十二歳なんです」

4

「と言うのは冗談で、本当は、どういうことなんですか?」

さすがは啓ちゃんである。一瞬で切り返す。

「ですよね。冗談としか思えないのも当然だと思うんですけど」

森下君の顔には、変わらず不安そうな眼差しが浮かんでいた。少なくとも嘘をついている人間の顔には見えない。

「森下君、どう見たって高校生じゃないですか」

「それは認めます。鏡を見て自分でも確認しましたから。俺は今、高校生で、ここは修学旅行先で、でも、違うんです。俺、本当に三十二歳で、それなのに目覚めたら、この館のベッドの上で……」

「いや、だから、そんなのは……」

「ちょっと待って」

彼の話を反射的に否定していく啓ちゃんを制す。

「似たような話を、私、一ヵ月前に聞いたよ」

「あ……」

思い出したのだろう。小さく口を開けて啓ちゃんが固まる。

「似たような話？　何ですか、それ」

「修学旅行の後、感想文を書かされて、それが文集にまとめられるじゃないですか」

「ああ……。そんなこと、ありましたっけ」

「はい。あるんです。それで宿泊先を決めるために、啓ちゃんが去年の文集を読んでいて見つけたんです。【時の館】に泊まって、三ヵ月前に戻ったっていう先輩の体験談を」

「……三ヵ月前に戻った？」

「詳しいことは書いてなかったし、私たちも冗談だと思っていました。でも、もしも過去に戻れるなら面白いなって思って、それで私たちはここに」

「そんな話が……」

唇に手を当てて、森下君は考え込んでしまう。


普通に考えたら、過去に戻るなんて有り得ない。

文集の体験談は、伊藤先輩の悪ふざけで。

三十二歳だと告げた森下君も、私たちをからかっているだけで。

そう考えるのが自然だと思う。

三十二歳である彼の精神が、十七歳の彼の頭の中に発現した。現象としては、いわゆるタイムリープと呼ばれるものなんだろうけど、そんなのフィクションの話だ。タイムリープだとか、タイムトラベルだとか、そんなこと現実に起こるわけがない。

分かっている。頭では理解出来ている。でも……。

だとしたら、最初に会った時、面識もない私のことを、彼がファーストネームで呼んだのは何故《なぜ》だ？

それに、ずっと、彼の口調は妙に堅苦しかった。少なくとも同い年の高校生に対する話し方ではなかった気がする。

「ごめんなさい。正直、森下君の話は信じられません」

「当然だと思います。俺が逆の立場でも、そう思いますから」

「ただ、気になることもあって。夕方に会った時、私のことを『ひかりさん』って呼びましたよね。あれって何だったんですか。森下君は私と会ったことがあるんですか」

私の目を見つめ、しばしの黙考を経て、彼は頷《うなず》いた。

「はい。あります」

「私たち、いつ、何処で会ったんでしょうか」

「荒唐無稽《こうとうむけい》な話になります」

「構いません」

「では、それでも良いなら……いや、ここまで話したんだ。俺もちゃんと聞いて欲しいです。えーと、啓ちゃんと呼ばれていましたよね。あなたのお名前も伺って良いですか？」

「私？　私は東堂啓子《とうどうけいこ》です」

「では、東堂さん。俺の話を聞いて、変だと思ったら彼女に警告してあげて下さい。俺、混乱していて、自分でも頭の中の記憶が本物なのか、よく分からなくなってきたから」

「分かりました。大丈夫です。私はひかりの味方ですから」

任せろとでも言わんばかりの顔で、啓ちゃんは胸を叩《たた》いた。

「良かった。じゃあ、話します。俺が折谷さんに初めて会ったのは、今からだと……十四年後の秋のことになるのかな。場所はパリです」

「パリ……？　それは、つまりフランスってことですか？」

神妙な顔で彼が頷く。

「はい。そして、俺が会った時、折谷さんは一人ではありませんでした。六歳になる娘さんと一緒にいたんです」

「私、結婚していたってことですか？」

「そうです。順を追って話しますね。まずは自分の話からすべきなのかな。俺、子どもの頃からサッカー選手になりたかったんです。と言っても、自分の実力は分かっていたし、高校生、つまり今の年齢になる頃には、もう諦《あきら》めていました。ただ、サッカーが大好きだったから、何か関われる職に就《つ》きたくて、結局、ジャーナリストを目指すことにしたんです。大学卒業後に出版社に就職して、そこで出来た伝手《つて》を頼って、二十代の後半にはフリーランスのスポーツジャーナリストに転身していました。それから最初はブンデスリーガ、あ、日本でいうところのＪリーグです。そのドイツのリーグで日本人選手の活躍を主に追っていたんですけど、力を入れて取材していた選手が移籍したタイミングで、彼を追いかけて俺もフランスに拠点を移しました。それが三十歳の時です」

「なるほど、だからパリに」

「はい。彼が移籍したチームがパリ・サンジェルマンだったんです。向こうでの暮らしが始まって、一年が経《た》った頃、行きつけになっていたパン屋で、同じ日本人客のことを聞きました。要するに、それが……」

「私ってことですか？」

「はい。そういうことです。店員さんがあなたのことを『ひかり』と呼んでいたので、紹介された後は、俺も自然にそちらの名前で呼んでいました。地域的にもファーストネームで互いを呼び合うのが普通でしたから」

謎《なぞ》は少しずつ解けてきたが、混乱はまだ拭《ぬぐ》い切れていない。と言うより、最初に聞いた話が衝撃的過ぎて、頭がよく回っていなかった。

三十一歳の私は既に結婚していて、六歳になる娘がいた。

単純計算で妊娠は、二十四、五歳。結婚はその前だろう。

私、いつ、誰と結婚したんだろう。

同じ思考過程を辿《たど》っていたのか、

「森下君が会った時、ひかりの名字って何でしたか？」

前のめりになって啓ちゃんが質問した。

「それは答えられません。答えられないというか、知らないんです。ただ、自己紹介をした時に、故郷だけじゃなく、年齢や高校まで同じだったって分かったから、その時に旧姓は聞きました。俺が忘れているだけで、クラスメイトだったこともあったりするのかなって思ったので。結局、クラスも違いましたし、一度、聞いただけだから、名字もあっているか自信がなかったんですけど」

「ひかりの名字は折谷で正解でしたね。気になるなぁ。誰と結婚したんだろう。その年齢で六歳の子どもがいるってことは、学生時代の恋人と結婚したのかな」

「啓ちゃん、食いつき過ぎだよ」

「だって気になるじゃん。ひかり、気にならないの？」

「そりゃ、気にはなるけどさ」

学生時代の恋人、か。そんな人、もちろん、今の私にはいない。

だけど、付き合えたら素敵だなと思う人ならいる。多分、今、啓ちゃんが私の相手として頭に思い浮かべているのも、その人、辻川君だろう。

「私、どうしてパリにいたんですか？」

「知りたいですか？　知りたいなら話しますが」

「はい。知りたいです」

「バレリーナだったと言っていました」

聞き間違いではないよね？

思わず、息を飲み込んでしまっていた。

「折谷さん、バレエをされているんですか？」

頷く。

そうか……。私は、夢を叶《かな》えたのか。叶えることが出来たのか。

「何て言うバレエ団だったかな。それも聞いたんだけど、すみません、門外漢《もんがいかん》だから詳しい話は憶《おぼ》えていないんです。お子さんが生まれるまで、プロとして活動していたみたいです。喋った時は、教室で子どもたちを教えていると言っていましたね」

「凄いね。良かったね！」

嬉《うれ》しそうに啓ちゃんが私の背中を叩く。

「夢、叶ったんじゃん。海外で通用するバレリーナになりたいって言ってたもんね。あ、でも、フランスで暮らしているってことは、旦那《だんな》さんもフランス人なのかな」

森下君が首を横に振る。

その顔に憂《うれ》いが落ちたように見えたのは、気のせいだろうか。

「日本人だったはずです。学生時代から交際していたと言っていましたし、娘さんも純日本人の容姿をされていましたから」

「森下君はひかりの旦那には会ってないの？」

「はい。と言うか、折谷さんに会ったのも、二回だけなんです。同じタイミングで来店した時に、お店の人に紹介されて。それから、何ヵ月後だったかな。町で偶然、会いました。お互い時間があったから、その時に通りでお茶を」

「へー。大人ですねー。パリってことは、もしかしてシャンゼリゼ通り？」

「よくご存じですね。正解です」

「凄い！　お洒落《しゃれ》！　行ったことないけど、何かもう名前が、お洒落！」

当事者でもないくせに、啓ちゃんは妙な盛り上がりを見せていた。

森下君は話し始める前に、おかしいと思ったら指摘して欲しいと頼んでいた。しかし、啓ちゃんは既に、彼の話を完全に信じているようだった。

……まあ、その気持ちも理解出来ないではない。

理性ではタイムリープなんて有り得ないと思っているのに、あまりにも彼の話に具体性があり過ぎるせいで否定しにくいのだ。創作にしては手が込み過ぎている。何より、こんな作り話を、彼が私に語る必然性がない。何しろ今日まで、いや、十四年後まで、私たちの間には接点などないのだから。

「ひかりの旦那について、もっと詳しく教えて下さいよ。ほかに何か聞いていることはありませんか？　お礼に菓子パン、奢りますから」

「何のお礼よ」

「だって、こんな興奮する話、なかなか聞けないじゃない。もっと知りたいもん」

「あんまりがっつかないでね。森下君、困ってるじゃない」

ううん。困っているのは彼だけじゃない。私だって同様だ。

将来、自分が結婚する相手のことなんて、知りたいけど、知りたくない。聞いてしまうことで変わってしまう運命だってあるかもしれない。

「本来、こういう話はするべきではないのだと思います」

私の気持ちを汲み取ったのか、真剣な眼差しで森下君が告げる。

「幸福な未来が待っているなら、俺が余計なことをするべきじゃない」

「うん。私もその通りだと思うな。聞きたい気持ちはあるけど、それ以上に、何だろう、ちょっと怖い」

ちゃんと結婚出来ると聞けただけで十分だ。

そう考えるべきな気がする。

「分かった。じゃあ、ひかりは耳を塞《ふさ》ぎなよ。それなら良いでしょ。森下君とひかりは三十過ぎまで会わないわけだし、私が黙っていれば、未来が変わっちゃうこともないじゃない。ほら、早く耳を塞いで。談話室、あと三十分で閉まっちゃうんだから」

「そういう問題じゃないでしょ。親友にだって聞かれたくないよ」

「どうしてさー」

「だって、啓ちゃん、絶対、余計なお世話を焼くもん」

「酷《ひど》いー。森下君も酷いと思いません？　人の親切を、余計なお世話と決めつけるなんて、プリマの所業とは……」

「すみません。実は、もう少しだけ聞いて欲しい話があるんです」

啓ちゃんの抗議を遮《さえぎ》って、彼が低い声色で告げる。

「さっきも言った通り、本来なら、こういった話は告げるべきじゃないと考えます。ただ、俺は自分が高校生に戻っていると気付いた時、すぐに折谷さんのことを思い出しました。俺が過去に戻ったなら、あなたも戻っているんじゃないかって思ったから」

ん？　どういう意味だろう。

「ベッドの上で目覚めて、鏡を見て自分の肉体年齢に気付いて、最初に折谷さんのことを考えました。考えざるを得ませんでした。それでも、その時は折谷さんに話しかけるつもりはありませんでした」

「どうしてですか？」

「だって信じられないでしょ。未来から来たなんて言われても」

「そりゃ、まあ……。でも、森下君は話しかけてくれたじゃないですか」

「はい。話しかけました。それは気付いてしまったからなんです」

「気付いた？　何にですか？」

「さっきも言いましたよね。本来なら、未来の話なんて、折谷さんにするべきじゃないんです。でも、俺は伝えなきゃいけなかった。いや、もしかしたら、この話を伝えるために俺の精神は過去に戻ったのかもしれない。そう思った」

「さっきから何を言っているんですか。分かりやすく話して下さい」

「ごめんなさい。良い説明の言葉が見つからなくて。折谷ひかりさん。将来、あなたは学生時代の恋人と結婚します。旦那さんの顔も、名前も、俺は知りません。日本人であることは間違いありませんが、旦那さんの仕事も故郷も分かりません。ただ、一つだけ、はっきりしていることがあります」

彼の顔が奇妙に歪み……。

「三十二歳の夏、あなたは旦那さんに殺されるんです」

5

談話室が閉まるまで、あと十分弱。

その奇妙な夜の終わりに、私は森下海都君と二人きりで向き合っていた。

まだ、彼の話を信じたわけじゃない。

精神が過去に戻るなんて有り得ない。頭では、理性では、そう思っている。

だが、続きを聞かないわけにはいかなかった。そして、その続きだけは、親友である啓ちゃんにも知られたくなかった。

最後に彼と二人だけで話をさせて欲しい。私の頼みに、啓ちゃんは良い顔をしなかったが、先に三人で連絡先を交換することを条件に、席を外してもらえることになった。


今日という日に残された最後の十分間。

「もう時間がないので手短に話します」

真剣と言うよりは深刻と言った方が相応しい眼差しで、森下君が話し始める。

「折谷さん、あなたは夢を叶えてバレリーナになります。その後、学生時代の恋人と結婚し、一人娘をもうけますが、三十二歳の夏に、その男性に殺されてしまいます」

「私はどうやって死んだんでしょうか?」

悲痛な面持ちのまま、彼は首を横に振る。

「詳しい話は俺も知らないんです。こんなことになるって分かっていたら調べたんですけど。俺が話を聞いたのは、事件から三ヵ月後でした。折谷さんと引き合わせてくれたパン屋の店主に聞かされて、それで」

「そう……だったんですね」

「はい。店主も犯人が逮捕済みということ以外は知らなかったようです。俺は折谷さんの結婚後の名字も、住所も、聞いていませんでした。異国の地で発生した殺人事件です。根気よく調べれば、ある程度の概要を知ることは出来たと思うんですけど、正直、知り合いが殺されたっていう事実がショックで、それ以上のことは……」

「何となく分かるような気がします」

犯人が捕まっていないならともかく、既に逮捕された後だったなら、もう彼に出来ることはない。悪意というものは、たとえ自分に無関係でも、その存在だけで人の気持ちを落ち込ませる。似たような状況に置かれたとしたら、私だって能動的に情報を集めようとはしなかっただろう。

「たった二回会っただけの知人です。友達と呼んで良いのかも分からなかった。娘さんだって誰かに引き取られているだろうし、俺に出来ることなんてない。これ以上は考えても仕方がない。どれだけ強く俺が後悔したところで、何も変わりはしない。そう頭では分かっていたつもりだったんですけど」

彼の顔に乾いたような笑みが浮かぶ。

「心ってコントロールが利かないんです。思い出してしまう。異国の地で知り合った彼女の顔が、嫌でも脳裏《のうり》に浮かんでしまう。その日を境に、寝つけないようになってしまって、時々、悪夢も見るようになりました。考えちゃうんです。折谷ひかりは何かSOSを発していたんじゃないだろうか。彼女に迫っていた危機に、同じ日本人である自分なら気付けたんじゃないだろうか」

「そんなこと……森下君に責任なんて……」

「あの日の君を救えた位置に、そういう場所に、俺は住んでいました。少なくとも、それだけは事実です。それが本当に苦しくて、申し訳なくて。だからなのかな。こんなおかしなことが起きたのは」

頭に手を当てて、彼がうつむく。

「信じてくれとは言いません。馬鹿《ばか》みたいなことを言っているって、自分でも思いますから。でも、十七歳の君に伝えられて良かった。こんな話、嘘になってくれるなら、それが一番良いんです。本気にしてくれなくて構いません。ただ、少し先の未来まで、頭の片隅《かたすみ》に置いてもらえたなら、それで」

きっと、救えなかった命を思い、彼は今日まで自分自身を責め続けてきたのだろう。

そして、懊悩《おうのう》の夜を幾つか越えた後で、タイムリープとしか表現出来ない現象が、その身に発生した。

まだ友達でも顔見知りでもなかった時代。

しかし、確実に同じ時を生きたはずの高校時代。

十七歳の肉体に三十二歳の精神が宿り、彼は再び、折谷ひかりの前に姿を現した。


「もうすぐ二十四時だ。談話室も閉まりますね」

顔を上げると、少し離れた席から、啓ちゃんが心配そうにこちらを気にしていた。

「そうだ。最後に一つだけ聞きたいことがあったんだ」

「はい。何でしょう」

「折谷さんって切り絵をされているんですか?」

「切り絵? いえ、やってないです」

首を横に振る。

それは、あまりにも明後日《あさって》からの話題だった。

「そっか。違うのか。カフェテリアでお茶をした時に、折谷さんの娘さんが見せてくれたんです。凄く上手だったんですよ。こっちで先生に師事しているみたいなことも言ってたかな。切り絵の文化ってフランスにもあるんだって思って、驚いたんです。てっきり折谷さんも昔から、そんな趣味があったのかなって」

「思い当たる節はないです。切り絵なんてやったこともないですから。あ、でも……」

その先を続けることは出来なかった。談話室閉鎖の時間がきてしまったからだ。

鍵《かぎ》を持った管理人に追い立てられるように、並んで部屋から退出する。

生徒が異性のいる階に移動しないよう見張るためだろう。廊下には教師が立っていた。

「就寝時間です。全員、速やかに部屋に戻って下さい」

もう少し、あと少し、話したいことがあった。

しかし、廊下で立ち話を出来る雰囲気ではない。

「話が出来るのは、ここまでかな」

「そうみたいですね」

「本当、変な話を聞かせてしまってごめんなさい。それじゃあ」

「はい。おやすみなさい」

森下君は私たちに頭を下げ、自室のある方角へと去って行く。


「聞きたかったこと、ちゃんと聞けた？」

ツインルームである自室に戻ると、椅子に座るより早く、啓ちゃんに問われた。

「うーん。どうかなぁ。森下君もそんなに詳しい話は知らなかったみたいだから。事件の後で、パン屋さんに聞いたんだって」

「そっか。又聞きだったんだ」

「私を殺した人は逮捕されたみたいだよ」

「そう。それは良かったって言えば良いのかな」

「少なくとも捕まらないよりは良かったのかもね」

動揺を隠せない私を心配してくれているのだろう。啓ちゃんは備え付けのポットでお湯を沸かし、ティーバッグで紅茶を淹《い》れてくれた。

熱いお茶に口をつけると、身体が芯《しん》から温まっていく。

いつの間にか、私の肉体はこんなにも熱を失っていたらしい。

カップの紅茶を飲み干した後で、

「もしかしたら、森下君の話、本当かもしれない」

嘘偽りない、今の思いを吐《は》き出した。

「私の子どもがね、切り絵を習っていたんだって」

「切り絵？」

「そう、切り絵。最初は意味が分からなかったけど、すぐに気付いたよ。啓ちゃん、昔、切り絵を習っていたじゃない。中学生の頃、何度も見せてくれたよね。私、その度に、凄いなー。手先が器用な人は良いなーって、羨ましく思ってた。多分、その頃の気持ちが大人になっても残っていたんじゃないかな。フランスで切り絵を習えるっていうのは、ちょっと意外だったけど」

「それ、そんなに不思議な話じゃないかも」

「そうなの？」

「うん。切り絵ってさ、中国が発祥の地で、そこから日本やスイスに伝わっているんだよね。今は協会だってあるし、ヨーロッパでも親しまれているの。私の好きだった切り絵アーティストもフランスに住んでいるよ。芸能事務所と契約するレベルの人が移住するくらいだから、フランスでも流行《はや》っているんだと思う」

「そっか。じゃあ、子どもが切り絵を習っていても不思議じゃないのか」

「十五年後のことは分かんないけど、不思議じゃないと思う」

「私の子どもが切り絵を習っているって聞いた時に思ったの。そんなこと本当に私たち親子に会ってなきゃ分かるわけない。嘘とか冗談で出てくる話題じゃない。だから、やっぱり、将来、私が結婚相手に殺されてしまうっていう話は、本当なんだと思う」


森下君は、私が殺されたと聞いた日から、なかなか寝つけなくなったと言っていた。

私の死に対し、罪悪感を抱いているのは明白だった。

そんな優しい彼だから、この【時の館】で奇跡が起きた。多分、そういうことなんだと思う。

精神が時を遡《さかのぼ》ったなんて、まともな神経で信じられる話じゃない。

だけど、今は事実を事実として受け止めるしかない。

理解するしかない。

私は将来、愛する人に殺される。

三十二歳の折谷ひかりには、そういう未来が待っているのだ。

6

ベッドに入っても、瞼《まぶた》を閉じても、彼の言葉が頭から離れなかった。

殺されてしまった友人を救うために、精神が過去に飛んだ。

字面《じづら》だけなら、ただのＳＦだ。そんなこと現実に起こるはずがない。有り得ない。

きっと、彼も最初はそう考えたことだろう。だけど……。

森下君の語った折谷ひかりの未来が、ただの妄想だったとは、もう思えない。

彼はベッドの上で目覚めたら、三十二歳の自分になっていたと言っていた。

十七歳の森下君は、旅行の疲労から、チェックイン後に昼寝でもしたのだろうか。起床後、彼が思い出したのは、やけに長いリアルな夢の記憶だった。もしくは、疲労から見た白昼夢だった。理屈で片付けようとするなら、真相はそんなところだろう。

しかし、問題はここが、彼が目覚めた場所が、【時の館】であることだ。

去年の文集の件もある。前例のある場所で、似たような事例が起きたとなれば、嫌でも疑ってしまう。

彼が語った未来は、真実なのかもしれない。

私は三十二歳の夏に殺されてしまうのかもしれない。

明日も日程は詰まっている。早く眠らなければならない。

そう思うのに、焦れば焦るほど頭は冴《さ》えていき、明け方、ようやく眠りに落ちたと思ったら……。

ナイフを持った男に襲われるという、ステレオタイプとも言える悪夢を見て、飛び起きてしまった。

夢の中で、私の夫なのだろうその男は、よく知っているクラスメイトの顔をしていた。

恋人ですらないクラスメイトを、私の頭はそういう風に置き換えていた。


ろくに休めもしないまま起床時間を迎える。

一つ、夜を越えたというのに、頭の中はやっぱり昨日聞いた話でいっぱいだった。

「ひかり、目の下に隈《くま》が出来てるよ」

「うん。ほとんど眠れなかった」

「そうかなって思ってた」

「啓ちゃんは眠れた？」

「私、どんな時でも、どんな場所でも、眠れちゃう体質みたい」

「だよね。いびき、凄かったもん」

「嘘。私、いびきかいていたの？」

「……嘘だよ。静かに寝てた」

「もう、そういう冗談やめてよ」

正直に白状するなら、啓ちゃんがいびきをかいていたというのは嘘じゃない。でも、親友の気持ちを思えば、本当のことなんて言う必要がないだろう。

世の中には、聞く必要のない真実と、聞かなければならない真実がある。

そして、私が森下君に聞いた真実は、どう考えても後者だった。


ロビーに下りたところで、啓ちゃんに袖《そで》を引っ張られた。

「ひかり。あれ、見て」

促《うなが》されて横を向くと、森下君がソファーに座っており、その前に、目立つ二人組が立っていた。ブロンド碧眼《へきがん》の火宮さんと、長身長髪の草薙君だ。

草薙君が身振り手振りを交えて、森下君に熱心に語りかけており、そんな彼を火宮さんが後ろから真顔で見つめている。一体、何の話をしているんだろう。

草薙君と火宮さんは理系のツートップ、森下君は八組と言っていたから文系だ。クラスだって違うし、折れそうなくらいに細い草薙君がサッカーをやっているとも考えにくい。接点があるとは思えないが……。

「昨日の話を聞いていたのかな。聞いていたというか、聞こえていたというか」

私たちはチェスをしていた二人の後ろで喋っていた。会話が聞こえていても不思議ではない。普通に考えたら冗談にしか聞こえないような話だったわけだけれど……。

遠目に見た感じ、森下君は会話に乗り気ではなさそうだった。草薙君は生き生きとした表情を浮かべているが、森下君は明らかに面倒くさそうに対応している。


一晩の眠りを経た今も、昨日聞いた話に対する私の思いは変わっていない。

森下君の話は整合性が取れていた。矛盾《むじゅん》だってなかった気がする。

何より、見知らぬ私に対して、彼が作り話をする理由がない。

もう一度、彼と話をしてみたい。

整理した疑問を、ぶつけてみたい。

そう思うのに、草薙君と火宮さんが森下君の前から立ち去る気配はなく、話に割って入る勇気もなかった。出発する時刻も近付いている。

結局、私は啓ちゃんと共に、彼より一足早く【時の館】を後にすることになった。


将来、夫に殺されるなんて話、簡単に忘れられるはずがない。

寝不足による影響はほとんど感じなかったけれど、有名な観光地を訪れても、楽しみにしていた名産物を食べても、目の前のそれに集中出来なかった。何をしていても森下君の話が頭から離れない。

昨日の続きを聞けないかと、視界の何処かに彼の姿を探してしまう。

しかし、移動ルートが異なっているのだろう。ホテルに到着するまで彼を見かけることはなく、曖昧模糊《あいまいもこ》とした感情に支配されたまま、その日の旅程を終えることになった。

今日は一日中、啓ちゃんも集中力を欠いていたような気がする。きっと、私の将来を思い、似たような精神状態でいてくれたのだ。

修学旅行三日目の宿泊先は、クラスごとに分かれている。

私と啓ちゃんは二年六組、森下君は八組であり、泊まるホテルも異なる。少なくとも今夜は、もう一度、喋ってみたいという願いは叶わない。


「折谷さん、こんばんは。旅行中は全然、会わないねー」

チェックインを済ませると、エントランスで辻川君に話しかけられた。

二日振りに会った辻川君は、当たり前だが、私が知っている彼と寸分違わぬ姿をしていた。そのせいだろうか。変わらぬ笑顔を目の当たりにした後で、急に自分だけが歳を取ってしまったような感覚に襲われた。

嬉しいはずなのに。

この修学旅行で、もっと、お喋りがしたかったはずなのに。

身体が強張《こわば》ってしまう。

夢想かもしれない未来図が脳裏をよぎり、警戒してしまう。

私は自分を殺す未来の夫と、学生時代から付き合っていたという。

それが、高校生なのか、大学生なのかは分からないけれど……。

「ごめん。私、荷物を部屋に置きたいから、もう行くね」

辻川君には何の罪もないかもしれないのに、おざなりな応対をしてしまった。

そっけない言葉を告げて、逃げるようにその場を立ち去ってしまう。


私の罪悪感を察したのだろうか。

「ひかり。あれで良かったんだと思うよ」

彼から離れた後で、啓ちゃんが囁いた。

「辻川には悪いけど、もう、あいつとは……」

「うん。分かってる」

今はまだ気になっているだけだ。いや、気になっていただけだ。

引き返せる。気持ちに折り合いをつけることが、今なら出来る。

だが、これ以上、親しくなってしまったら、誤魔化せなくなるかもしれない。そういう未来を選びたいと考えてしまう日がくるかもしれない。

その先に待ち受ける未来が、森下君の語った言葉の通りなら……。

「男なんて三十五億もいるんだから」

「それは極論だよね」

「でも事実だよね」

「うん。事実だ」

私だって年頃の十七歳だから、人並み程度には恋について考えている。甘えたり、甘えられたりという関係性に憧《あこが》れることがあるし、いつかは自分だって真実みたいな恋をするのだと思っている。

けれど、少なくとも今日この日まで、身を切られるような恋心を覚えたことはない。好きになった人が心臓の位置を教えてくれると、いつか何かの本で読んだけれど、正確な位置までは、まだ知り得ていない。

未来を知ったのが昨日で良かった。きっと、このタイミングで良かったのだ。


この愛のためなら死んでも構わない。

そんな風に強い想いを抱けたら、素敵だと思う。

そんな人にいつか巡り合いたいとも思う。

でも、殺されるのは嫌だ。たとえ、それが真実の愛みたいな何かであっても、私にとってはそれが最上の幸福なのだとしても、やっぱり殺されたくなんかない。身体が動かなくなるまでバレエを続けたいし、親に先立つような真似《まね》もしたくない。

だから、私は森下君に感謝しなければならないのだろう。

私の死に絶望してくれて、ありがとう。

私の死を悔《く》やんでくれて、ありがとう。

君が後悔してくれたお陰で、やり直したいと願ってくれたお陰で、タイムリープという名の奇跡が起きた。そのお陰で、十五年後の私が救われるのだ。

7

旅立ちから四日目の夜。

白鷹高校の正門にバスが到着し、修学旅行の全日程は終了となった。

解散の合図と共に、森下君の姿を探し始める。

あんな荒唐無稽な話を、知り合いですらない異性に話すなんて、凄く勇気が必要だったはずだ。どうしても家に帰る前に感謝を伝えたかった。

疲れているがゆえに、皆、急ぎ足で正門から帰っていく。

人の流れに逆《さか》らいながら、二年八組の生徒を乗せていたバスに向かい、彼の顔を探す。

背伸びをして、暗闇《くらやみ》に消えていく人混みにも目を凝《こ》らし……。

男子の集団から少し遅れて、一人、正門に向かって歩く彼を発見した。

「森下君！」

その腕を摑《つか》み、呼び止める。

振り返った彼は、私を見て、もともと細い目を一層細くした。

街灯の光は私の後ろから差している。この位置関係では、私の顔が分からなかったからだろうか。いぶかしむような眼差しが突き刺さる。そして……。

「すみません。誰ですか？」

鼓膜に届いたのは予期せぬ言葉だった。

顔が見えるように街灯の光が当たる位置に移動しても、不審の眼差しは変わらない。

「……私のこと、覚えてないんですか？」

「え。何処かで会いました？」

「折谷です。折谷ひかり、一昨日の夜、【時の館】で喋った」

「……人違いじゃないですか？　俺、一昨日は体調が悪かったから、宿泊先では部屋にこもって、ずっと寝ていましたよ」

ずっと寝ていた？　どういうことだ？

二日前と同様、冗談を言っているような顔には見えない。

あの夜の出来事を覚えていないのか？

二日前に喋った彼と、今、目の前にいる彼は、文字通り別人ということだろうか？

……いや、そんなことはない。私と啓ちゃんが喋ったのは、彼で間違いないはずだ。

「あなたは森下海都君ですよね？」

「はい。そうですけど」

「あの……じゃあ、三十二歳の記憶はありますか？」

「三十二歳？　何の話ですか」

彼の顔に、はっきりと苛立《いらだ》ちが滲《にじ》んだ。

「俺、からかわれてます？　もしかしてサッカー部の奴らに悪戯《いたずら》を頼まれました？」

首を横に振る。

どうやら彼は、あの夜のことも、未来の記憶も、同時に失っているようだった。

森下君の身にタイムリープ状態が発現したのは、あの【時の館】の中だけだったということだろうか。

「すみません。最後にもう一つだけ、質問しても良いですか？」

「はぁ」

彼の顔は完全に不審者を見つめるそれになっていたけれど。

「昨日の朝、草薙千歳君と火宮雅さんに話しかけられていましたよね？」

「草薙？　ああ、理系の天才コンビか。そんなこともありましたね」

「何を話していたんですか？」

「あれ、俺もよく分かんないんですよね。地震がどうだとか時計部がどうだとかって言ってたけど、意味不明だったし気持ち悪かった。しかも、やたらとしつこいし。折谷さんでしたっけ。君もあの二人の仲間？」

「いえ、話したこともないです。ただ……えーと、すみません。大体、分かりました。変な質問をしちゃって申し訳ないです」

「じゃあ、もう行って良いですか？　体調良くないんで、さっさと帰りたいんです」

「はい。呼び止めてしまって、ごめんなさい」

訳が分からないのだろう。

首をひねりながら、森下君はそのまま振り返ることもなく去って行った。


もう間違いないだろう。

あの奇妙な出来事は、【時の館】でのみ発生した小さな奇跡だったのだ。

殺されてしまった故郷の友を救うために、未来の彼が願った奇跡。

そういう、おとぎ話みたいな何かだった。


修学旅行、二日目の夜。

最後に二人きりで喋る前に、ＳＮＳのコミュニケーションアプリで連絡先を交換している。一晩の奇妙な交流を経て、友達になれたと思ったからだ。

もう少し話を聞いてみたかった。このまま夢に向かって走るために、その自信を失わないために、将来の私の様子だって聞いてみたかった。

定められた死を回避するために結婚相手を替えたなら、きっと、彼が見た娘とも会えなくなる。少なくとも私から生まれてくる娘は、彼が見た少女とは別人になるはずだ。だったら、やっぱり、その娘のことだって聞いておきたかった。

私のせいで運命を変えてしまうのかもしれない彼女を忘れないために、未来の記憶を胸に刻んでおきたかった。

けれど、もう、そんな幾つかの願いは叶わない。

私に出来ることは、あの日の森下君の勇気を無駄にしないよう、与えられた道の上を、慎重に、誠実に、歩いていくことだけだ。

人混みに消えていく彼の後ろ姿を見つめながら、私は小さく頭を下げていた。

修学旅行が終わり、いつもの平凡な日常が戻ってきた。

旅行の終わりからは三日が、例の夜からは既に五日が経っている。

そろそろ頃合いだろうか。

お昼休みも後半に差しかかり、学生食堂から喧噪《けんそう》が引き始めていた。

ポケットから携帯電話を取り出し、SNSのアプリを立ち上げる。

『友だち』の一覧、最上位に最近追加された名前が表示されていた。

彼女とは、去年も、今年も、クラスが違う。

修学旅行以前には、一度も話したことがない。


『折谷です。折谷ひかり、一昨日の夜、【時の館】で喋った』


修学旅行の全日程が終わり、解散になった後で、正門を出ようとした俺に、彼女がそう話しかけてきた。

その時は『人違《あ》いじゃないですか?』と、返したわけだけれど……。

折谷ひかり宛てのチャット欄を開き、メッセージを打ち込んでいく。

『こんにちは。二年八組の森下海都です。この前は話しかけられた時に、変な対応をしちゃって、ごめんなさい。あの時は何のことか分からなかったんだけど、正直なところ、それは今もそうなんだけど、アプリを立ち上げたら君のアカウントが登録されていました。これって俺たちが連絡先を交換していたってことですよね。と言うことは、あの夜、君が言っていたことも本当だったのかなって思って』

画面に並んだ文字列を精査してから、続きを入力していく。

『あの日のことを、何も覚えていないんです。でも、それが逆に怖くて。夕方、チェックインしてすぐに眠ったのに、気付いたら朝になっていたから。さすがに十二時間以上も寝ていたってのはおかしいなって。俺、君と何を話したんでしょうか。迷惑でなければ教えてもらえませんか？』

送るべき文面が完成する。

後はこのメッセージを送信するだけだ。

しばしの逡巡《しゅんじゅん》を経て、送信ボタンを押したその時、

「森下海都君」

フルネームを呼ばれ、振り返ると意外な顔が立っていた。

草薙千歳と火宮雅。一年生の頃から首席と次席の座に君臨し、二年生になった今でも、ほぼすべての理系科目で満点を連発している二人組だ。単純に目立つ容姿をしていることもあり、人付き合いの希薄な俺でも、その名を知っている二人である。

とはいえ折谷ひかりと同様、修学旅行以前には、彼らとも喋ったことがない。向こうがこちらを認識しているということもなかったはずだ。

「先日は不躾《ぶしつけ》な質問をしてしまい、申し訳なかったね。例の件について、僕らなりに調査をしてみたので、もう一度、話をさせて欲しいんだ」

「例の件って……俺が三十二歳だとかどうだとかって話？」

笑顔で彼が頷く。

もう一人の少女、火宮雅は無表情のまま俺を見つめている。北欧の血を引いているという彼女は、小顔で髪の色も目の色も俺たちとは違う。ただ、そこに立っているだけで妙な存在感と迫力があった。

「話すことなんてないよ。答えはこの前と同じだ。君が何を言っているのか分からない。俺は十七歳だし、三十二歳の記憶なんてない。そもそも修学旅行の二日目は、乗り物酔いが酷くて、すぐに寝たんだ。だから夜の記憶はない」

「三日目の朝に、ロビーで聞いた話と変わらないね」

「君たちは二年前の地震について調べているんだったっけ。何でそんなものを調べているのか知らないけど、力にはなれそうにないよ。期待に応えられず申し訳ない」

「いや、むしろ逆さ」

彼の顔に張り付いた笑顔は曇らない。

「君があの夜のことを覚えていないというのなら、それは、むしろ福音《ふくいん》だ」

「……福音？」

「あの夜、僕と雅がチェスを指していた隣で、君は二人の女子、六組の折谷ひかりと東堂啓子と話をしていた。僕と雅が同時に聞き違いをするなんてことは有り得ないし、人違いでもない」

「じゃあ、俺が嘘をついているとでも言いたいわけ？」

「それも逆だよ。僕は君の言葉を信じたいんだ」

「どういうことだよ」

さっきから何が言いたいのか、さっぱり分からない。

変わり者であるという噂に違わず、その真意がまったく読めなかった。

「あの夜、君は確かに【時の館】の談話室にいたし、自分が三十二歳であると宣言し、有している記憶について、折谷ひかりと東堂啓子に語っていた。言い換えれば、その時、君はタイムリーパーを自称していたわけだ。しかし、翌日、目覚めた時には、十七歳、本来の森下海都に戻っており、前夜のことをまったく覚えていなかった。以上が君の身に起きた事象の要約となる」

「……よく分かんないけど、じゃあ、それで良いよ。夜の記憶がないことだけは、俺にとっても事実だ」

「そうだね。では、本題に入ろう。以前に自己紹介した通り、僕は【時計部】という部を作り、時空にまつわる謎を追っている。詳細は省くが、つまり君の身に起きた現象に大いに関心があるということだ。だが、いや、だからこそ大前提として確証が欲しい」

「……確証？」

「君が嘘つきではないという確証さ」

草薙千歳の顔から笑みが消える。

怜悧《れいり》な瞳が、真《ま》っ直《す》ぐに俺を捉《とら》えていた。

「失礼な奴だな。しつこく絡んできたかと思ったら、やっぱり目的は俺を嘘つき呼ばわりすることかよ。何で俺が嘘なんてつかなきゃいけないんだ」

「そう願いたいよ。やっと見つかったかもしれない手がかりなんだ」

「付き合ってらんないな。これ以上、話せることもない」

「それで構わないさ。事実、あの夜のことを忘れているなら、君から聞き出せる情報はもうないだろう。会いに来たのは、君の話を聞くためじゃない。僕らの推理を聞いてもらうためだ。君だって知りたいだろう？　あの夜、突然、自分の中に三十二歳の精神が宿り、翌日には前夜の記憶もろとも忘れていた理由を」

答えようがなかった。

より正確に言えば、何と答えるべきなのかが、すぐには分からなかった。

沈黙を肯定と取られたのか、彼が言葉を続ける。

「僕はすべての始まりが、この文集にあったと考えている」

彼がテーブルに置いたのは、修学旅行の感想文がまとめられた文集だった。もちろん、今年の物はまだ編纂《へんさん》されていないから、目の前に置かれたのは去年の物だ。

「僕も雅も修学旅行になど、さしたる興味を抱いていなかった。欠席しても良いとも思っていたんだ。だが、旅行の一ヵ月前に、この記述を知った」

付箋《ふせん》が貼られたページが開かれる。

「当時、二年七組の所属だった伊藤巧。彼の感想文には、こう書かれている」

『二日目の夜、【時の館】で目覚めたら、三ヵ月前に戻っていた。そのお陰で、後悔していた出来事をやり直すことが出来た』

「実に要領を得ない話だ。どうやってやり直したのかも、何をやり直したのかも書かれていない。そもそも三ヵ月前に戻ったというのが、位置の話なのか、時間の話なのか、はたまた人間関係の話なのかさえ分からない。奇妙な感想文だ。だが、時間にまつわる不可思議な言及である以上、無視するわけにはいかなかった。【時の館】という名の建物にも興味があったしね。だから、実際に泊まって調べてみることにしたのさ」

「……小学生じゃあるまいし、感想文なんて真面目《まじめ》に書いている奴の方が珍しいだろ。ただの悪ふざけだ」

「しかし、何事も確かめてみるまでは分からない」

「と言うか、何でこんな文章に気付いたんだ？」

「噂話になっていたからだよ。去年の文集に不思議なことが書いてあるとね」

「へー。聞いたことなかったな」

「それはそうだろう。この噂は主に二年六組の中で広まっていたようだからね」

「……六組で？　じゃあ、どうやって聞いたんだよ。あんたは理系だろ」

一組から五組までが理系、六組以降が文系だ。

「一年次のクラスメイトが、親切にも教えてくれたのさ。彼は時計部である僕が、この手の話に強い興味を抱いていると知っていたからね。さて、この感想文を読み、僕はすぐに執筆者に確認を取りに行った。ところが会うことは叶わなかった。彼は三年生に進級するタイミングで留学していたんだ。彼と直接、連絡を取りたかったが、修学旅行も迫ってい たしね。まずは【時の館】に泊まってみて、自分たちの目で確かめてみることにした。そして、僥倖《ぎょうこう》にも、あの夜の出来事を目撃するに至ったというわけだ。談話室でねばった甲斐《かい》があったよ」

「それで、結局、その話は何に繋がるんだ？」

「要は『時間が狂う館がある』という文集の記述が、真実なのか否かということだ。分かりやすく言い換えるなら、現在、白鷹高校に在籍していない伊藤巧なる男が、本当にあの感想文を残したのかということだな」

こいつは何を言っているんだ？　目の前で、そのページが開かれているじゃないか。

「感想文の提出を義務づけ、実行委員に文集をまとめさせるのは、生徒に思い出を共有させるためじゃない。教師が修学旅行の記録を手っ取り早く残すためだ。文集が生徒に配付されないこと、印刷所を介した製本ではなく、ただファイリングされているだけであることからも、そう推測出来る」

「何の話をしているんだ？」

「図書室、教務室、視聴覚室に文集は保管されており、自由に借りることが出来る。つまり生徒が自由に手に出来る文集は三冊あるわけだが、実はもう一冊、保管用の文集があるんだよ。ここまで言えば、僕の指摘したいことが分かっただろう？」

「……いや、さっぱりだ」

「とぼけるつもりか。まあ、良い。用務員が管理する倉庫に保管されていた、最後の一冊を借りてきた。それが、これだ」

バッグからもう一冊の文集が取り出され、同じページが開かれる。

俺が目を落とすと……。

「ご覧の通りだ。伊藤巧の感想文はすり替えられている」

目の前に提示されたページに、【時の館】なんて単語は登場していなかった。

「伊藤巧は既に白鷹高校を去っている。この不可思議な記述の真相を本人に確かめるには、二手、三手の労力が求められる。そんなことをするまでもなく、大抵の人間は興味を引かれた場合、自分で泊まってみようとするだろう」

「よく分かんないな。ページが差し替えられているのは、これを見れば分かるけど、一体そんなことをして何の意味があるわけ？」

「なるほど。面白い反応だ。では、話を続けよう。僕は説明が嫌いではない」

文集から顔を上げると、火宮雅が相変わらずの無表情で俺を見つめていた。

「文集の差し替えに、僕たちは出発前から気付いていた。だから、そもそもさしたる期待は抱いていなかった。【時の館】で不可思議な現象など発生しない。そう考えていたというわけだ。しかし、興味はあった。図書室、教務室、視聴覚室に保管されていた文集は、三冊とも伊藤巧のページのみ差し替えられていた。誰が、何の目的で、そんなことをしたのか。そして、何故、彼のページにまつわる噂が、二年六組に流れたのか。ちなみに僕にこの話を持ってきた一年次のクラスメイトは、『サッカー部の男子から話を聞いた』と言っていたんだが、君もサッカー部のようだね」

「所属人数が一番多い部だ。大抵のクラスにサッカー部は何人かいるだろ」

「確かに僕のクラスにも二人いる。さて、以上の前提条件を踏まえて、あの夜のことを思い出してみよう。【時の館】に宿泊していた人間の約三割が、二年六組の生徒だった。君が談話室で話しかけた人間、折谷ひかりと東堂啓子も六組の生徒だ。そして、君は折谷ひかりに対し、十四年後の君を知っていると告げた」

「何度も言っているだろ。俺はその日、部屋で寝ていたんだ。談話室になんて行ってないし、仮に行っていたとしても覚えていない」

「そう。君はその出来事を覚えていない。しかし、僕らが目撃した出来事は、以下の事実を示している。【時の館】に宿泊した森下海都の身には、何らかの理由で時間の狂いが発生し、目覚めると頭の中には三十二歳の精神が存在していた。そして、面識すらなかった別のクラスの生徒、折谷ひかりの運命を記憶していた」

「だから知らないんだって。折谷ひかりの運命って何だよ」

「将来、君はスポーツジャーナリストになり、渡仏《とふつ》するらしい。折谷ひかりもまた、バレリーナとしてフランスに移住しており、そこで一児の母となっている。パリで暮らす君たちは、同じ日本人ということで引き合わされ、やがて高校の同輩であることを知ったらしい。これは僕の主観になるが、折谷ひかりと東堂啓子は、君の話を信じていたようだ。噂を聞き、去年の文集を読んでいたからだろう。僕や雅以外に、あんな馬鹿げた話を本気で信じようとする人間がいるとは思えなかったが、少なくとも突飛な話に対するクッションはあったわけだ。彼女たちは君の話を興味深そうに聞いていたよ」

「て言うか今更だけどさ、盗み聞きとか、あんまり性質《たち》の良い趣味じゃないよな」

「その意見には概《おおむ》ね同意する。だが、その時、僕が疑問を口にしなかったことに、君は感謝するべきかもしれないね」

「感謝?」

「パリの都で出会った日本人が同郷の出身者だった。その程度であれば驚きはしない。ただ、その二人が同じ高校の同輩だったというのは、いくら何でも出来すぎた偶然だろう。君の身にタイムリープが起きたという事実と同レベルで疑わしい」

「俺にはタイムリープだとかって話の方が、よっぽど信じられないけどな。まあ、何でも良いよ。そもそもそんな話をした記憶がないんだ。肯定も否定もない。なあ、この話はいつまで続くんだ。昼休み、あと五分で終わるぜ」

もう食堂に残っている生徒は三人だけだ。

「では、そろそろ結論を告げよう。仕組まれていたすべての事象が、ある一点に集約されると僕は考えている。留学した伊藤巧の感想文を差し替え、二年六組に【時の館】の噂を流し、折谷ひかりと東堂啓子の前に、三十二歳だと名乗る男が現れた理由。それは、折谷ひかりに、将来、夫に殺されるという運命を信じ込ませるためだ」

俺は今、どんな反応をすれば良いのだろう。

どんな表情を作るのが、正解なのだろうか。

「……何が言いたいのか分からない。折谷さんは殺されるのか？」

「ああ。君がそう言ったんだ。彼女は学生時代の恋人と結婚し、その夫に三十二歳の夏に殺されるらしい」

「仮にその話が本当なら、彼女は聞けて良かったじゃないか。将来の死を回避出来る」

「そう願いたい。最初に言った通りだ。僕は君が語った話を一から十まで信じたいし、真実であって欲しいと願っている。だが、状況を整理すればするほどに、奇跡ではなくエゴイストの自演に見えてしまう」

「エゴイストって俺のことか？　何が言いたい……」

「君は折谷ひかりが好きなんだろ？」

　俺の両目を見据えて、草薙千歳はそう言った。

「恋愛感情というのは、時に絶対的であり、時に相対的でもある。一目惚れだけが恋の始まりじゃない。選別から始まる恋もある」

「今度は哲学かよ」

「君の目的は明確だ。残り一年半の高校生活、続く四年間の大学生活、五年半の間に学校という場で知り合うだろうすべての男を、彼女の恋愛対象から抹殺したかったんだ」

「喋ったこともない相手だぞ。そんな相手を……」

「君がいつ、どういう理由で、恋に落ちたのか。そんな情報に興味はない。要は一連の出来事すべてが、君の妄執的な恋心で説明出来るということだ」

「説明？　こじつけの間違いだろ？　あんたが言った通り【時の館】にまつわる噂は、六組に広まっていたのかもしれない。だけど時間が戻るなんて与太話にも程がある。そんな話を彼女たちが真に受ける確率はどれくらいだ？　宿泊先の候補は六つあったんだぞ」

「原初の確率なら単純に五十パーセントだよ。君はまさか僕たちがそんな根本問題の裏取りを怠っていると思ったのか？　二日目の宿泊先については、全生徒が第三希望まで書くよう求められていた。その上で、各施設の宿泊人数がなるべく均等になるよう、修学旅行の実行委員が宿泊先を割り振っている。君が実行委員の一人であることも確認済みだ。好奇心を刺激される奇妙な噂が立った館を、第三希望までの間に書き込まない確率が、むしろどの程度あったと君は考えている?」

言葉につまった俺に、草薙千歳はさらに続ける。

「君が彼女に語った最後のエピソードについても調べはついている。三年前、新聞社が主催する切り絵コンクールにて、東堂啓子は小さな賞を受賞していた。折谷ひかりの親友について調べている内に、君も同じニュースを読んだんだろ? 人間の脳というのは不思議なもので、どんなに突飛な推論でも、自らの思考で辿り着いた結論であれば、案外、簡単に信じ込んでしまうものだ。君は自らの話に客観性を持たせるため、あえて簡単な推理が必要となる情報を、最後に口にしたのさ。もう一度、重ねて言うぞ。一連の出来事はすべて、君の妄執的な恋心で説明出来る」

これは確認ではなく、弾劾《だんがい》だったのだろうか。

「君は彼女を振り向かせるために、まずはライバルになり得る男たちを排除しようと考えた。これは、要するに、ただそれだけの事件だ」

その時、テーブルに置いていた携帯電話がメッセージの受信を告げた。

画面に表示されていたのは……。

『折谷ひかり：こんにちは。六組の折谷です。良かったー。実は私も森下君と、もう少し話したいと思っていたんだよね。変なことを言ったことも謝り…』

草薙千歳と火宮雅の視線も、俺の携帯電話に落ちている。

画面に映ったのはメッセージの冒頭だけだが、

「なるほど。出会いも兼ねていたと考えるべきだったようだな」

確信に至るには十分過ぎる状況証拠だったのだろう。

「実に残念だ。君が卑怯《ひきょう》な嘘つきでないことを、切実に願っていたのに」

二冊の文集を手に、彼が立ち上がる。

「行こう、雅。時間の無駄だった」

そう告げると、振り返りもせずに、草薙千歳は学生食堂から去って行った。


行こうと声をかけられたのに、火宮雅はその場から動かなかった。

目の前に現れた時から、彼女はずっと無表情のままだ。

怖いくらい微動だにせずに、俺を見つめている。

その顔と頭で何を考えているのか、まるで分からない。

ただ、吸い込まれそうなほどに透き通った青い瞳で、俺を一心に見据えていた。

そして、彼女はたった一言、低い声色で吐き捨てるように告げ、草薙千歳の後を追って去って行った。

奇妙な二人組が去り、昼休みの終了を告げるチャイムが鳴る。

何故だろう。弛緩《しかん》したように全身から力が抜けていった。

一つ、深い溜め息が零《こぼ》れ落ちる。

何とでも言えば良い。

女が化粧で自らを虚飾するように、俺は未来の可能性を飾っただけだ。その賽《さい》はまだ振られていない。何だって起こり得る。真っ赤な嘘をついたわけじゃない。

切実なる想いの前では、どんな行為だって正当化されてしかるべきだ。

俺はただ、この想いのために最善を尽くしただけでしかない。

どんな言葉も俺を止められない。

誰にも責められる謂《い》われがない。


整理の出来ない感情と共に帰宅し、夕食も食べずに、自室に引きこもる。

修学旅行、実行委員の仕事を思い出していた。

二日目の宿泊希望先を書かせた紙には、二枚、第一希望しか書かれていないプリントが交じっていた。確か『時の館に泊まれなければ修学旅行は欠席する』という添え書きまでされていたはずだ。

宿泊先として【時の館】を第一希望にしていた生徒は少なかった。当座、何の問題もなかったし、その時は特に気にすることもなかったのだけれど……。

今思えば、あの身勝手な要求は、草薙千歳と火宮雅のものだったのだろう。

ふざけやがって。卑怯者だって言うなら、お前らだって同じじゃないか。

目的のためには手段を選ばない。俺とお前たちと何が違うって言うんだ。


ベッドの上で仰向けになり、無機質な天井を見つめながら、ただ、愛とか恋というものについて考えていた。正解みたいな何かを探していた。

あれは、五月のことだったろうか。

辻川の奴がクラスメイトに動員を頼まれたとかで、サッカー部の連中をバレエの公演に誘ってきた。

あの日、俺は何で誘いに乗ったんだったっけ。

それまでクラシックバレエなんて見たことがなかった。興味だってなかった。

多分、その日の誘いに乗ったのは、部活もない休日が死ぬほど暇だったとか、そんな理由だ。ほかの連中だって、ただ女子が踊る姿を見てみたいとか、そんな程度の理由で辻川について行ったはずだ。


それなのに……。

このご時世にバレエなんてと、小馬鹿にするような気持ちすら抱いていたのに。

その日の公演に、身体を貫《つらぬ》かれたみたいな衝撃を受けた。

美しいと思った。

過去、この目に映った景色の中で、一番美しかったと思った。

中心にいたのはトゥシューズで踊る少女。辻川のクラスメイトだという、名前も知らない彼女が描き出すすべてに、心が囚《とら》われていた。


魂に焼き付いた景色は、どれだけの時を経ても色褪《いろあ》せない。

瞼を閉じるだけで、闇の帳《とばり》に、あの日の彼女が踊り出す。

だから、それは、ごく自然なことだったのだ。

折谷ひかりの美しさを、永遠に、俺だけのものにしたいと願ってしまった。


ベッドの上で何時間呆けていただろうか。

空腹を覚え始めた二十三時過ぎ、携帯電話がメッセージの受信を告げた。

手に取ると、送信者は折谷ひかりだった。

三時間前に俺が送ったメッセージへの返信だろう。そう思ったのだけれど、届いていたのは、日中、火宮雅に告げられたのと、一言一句変わらない言葉だった。

何度スクロールを試みても、立ち上げたアプリケーションの上部に表示された最新のメッセージは、たった一言だった。

『本当に気持ち悪い』

白井智之

『首無館の殺人』

白井智之（しらい・ともゆき）

二〇一四年、『人間の顔は食べづらい』が第三四回横溝正史ミステリ大賞の最終候補作となりデビュー。第二作『東京結合人間』は第六九回日本推理作家協会賞（長編及び連作短編集部門）の候補となり、つづく『おやすみ人面瘡』では、各種のミステリランキングの上位に入り、本格ミステリ界の若き鬼才として注目を集める。綾辻行人氏より『鬼畜系特殊設定パズラー』と称される。

1

首無館《くびなしかん》事件の犯人――梔子《くちなし》クチジロウは、幼少のころから乱暴な性格で知られていた。近くの川原に住んでいた老人の舌を引っこ抜いて鮒釣《ふなづ》りのエサにしたとか、女教師の膣《ちつ》に汚れた自転車のサドルを突っこんで掻《か》き回《まわ》して流産させたとか、同級生のまだ赤ん坊の妹に睡眠薬を飲ませて野良犬に頭を齧《かじ》らせたとか、その手の逸話には枚挙にいとまがない。

ところが十四歳のとき、母親が死んだのをきっかけにクチジロウは豹変《ひょうへん》する。人が変わったように動物や植物を可愛《かわい》がるようになり、学校では目の色を変えて勉学に励《はげ》んだ。もともと持っていた人体への強い興味が、医療薬学の分野へ向いたのだろう。ヒマラヤ大学の薬学部に入学すると、四年後に薬剤師国家試験に合格。その二年後には祖父の代から続く梔子製薬を継ぎ、三代目の社長となった。

この年、のちに「東京げろ風邪」と呼ばれる感染性の胃腸炎が大流行をおこした。これを好機と見たクチジロウは、「梔子げろげろ丸」という安価な胃腸薬を大量生産し、全国の薬屋に売り込んだ。「梔子げろげろ丸」は飛ぶように売れ、梔子製薬はまたたくまに国内有数の製薬会社へと成長した。

若くして富を築いたクチジロウが、宮城県の南西、朽《くち》ヶ峰《がみね》のふもとに建設したのが梔子《くちなし》館《かん》だ。本館と別館からなるゴシック式の洋館なのだが、神戸の異人館を手入れせずに三十年放置したような、蔦《つた》まみれの薄汚い外観をしていた。設計とデザインには、妻のちくみがうるさく口を挟んだと言われている。壁を覆《おお》いつくす蔦は、「げろかわいい」というちくみの意見により採用されたらしい。クチジロウとちくみは、休暇のたびにこの梔子館で静養するようになった。

さて、クチジロウの成功に気分を悪くしたのが、クチジロウの父であり先代の社長でもある梔子リンドウだった。リンドウはクチジロウを失脚させるため、静養中のクチジロウを罠《わな》に嵌《は》めようと考えた。山間《やまあい》の集落で虐《いじ》められていた薄汚い身なりの少年に小銭をつかませ、クチジロウをたぶらかすよう仕向けたのだ。少年は迷子になったふりをして梔子館へやってくると、深夜にクチジロウ夫妻の寝室へ忍び込んだ。

「お礼をさせてください」

少年はベッドにもぐりこむと、クチジロウの陰茎をしゃぶった。妊娠三ヵ月のちくみも、ベッドのとなりで横になっていたという。我慢できなくなったクチジロウは別館に少年を連れ出し、ホールで一晩かけて少年を犯した。翌日の昼過ぎにクチジロウが目を覚ますと、少年は煙のように姿を消していた。

翌週、週刊誌に「げろげろ丸社長の少年レイプ現場」と題するスクープ写真が掲載された。クチジロウが少年を犯しているさまがはっきり撮影されており、梔子製薬は日本中から非難を浴びた。「梔子げろげろ丸」の不買運動が巻き起こり、クチジロウは社長退任を余儀なくされたのだった。

仕事をやめて梔子館でひっそり暮らし始めたクチジロウに、リンドウはさらなる追い打ちをかけた。渦中の少年の母親に連絡を取り、クチジロウを訴える裁判を起こさせたのだ。開廷日を前に示談が成立したものの、クチジロウは少年に膨大な慰謝料を支払うことになった。梔子館の売却を決めたとき、クチジロウは赤ん坊のように泣いたという。

もっともクチジロウは、父であるリンドウへは一抹の疑いも抱いていなかった。週刊誌の写真を誰が撮ったのか不思議に思っていたが、悪趣味な覗《のぞ》き魔《ま》が出版社に写真を売ったのだろうと考えていた。

悲劇のきっかけは、クチジロウが大学時代の友人に頼まれ、新薬の治験に協力したことだった。梅毒の治療薬の副作用を調べる検査で、クチジロウが無精子症であることが発覚したのだ。このとき、ちくみは妊娠八ヵ月だった。

目の色を変えて梔子館へ駆けつけたクチジロウは、ちくみに詰め寄って赤ん坊の父親を質《ただ》した。

「決まってるじゃない。リンドウさんよ」

ちくみが苦笑しながら答えた瞬間、クチジロウはすべてを理解した。このとき、クチジロウの中に眠っていた残虐な性格が目を覚ましたのだ。

クチジロウはちくみを全裸にしてベッドに縛りつけると、包丁で首を切り落として殺害。さらに臍《へそ》と陰部の間に切りこみを入れると、傷口から胎児を引っ張り出し、こちらも首を切り落として殺した。

クチジロウの怒りは収まらず、紙袋に包丁を入れてリンドウの住む吉祥寺《きちじょうじ》へ向かった。だが中央線のホームをうろついているところを職務質問され、警官に包丁を見つけられてしまう。クチジロウは銃刀法違反の疑いで逮捕され、取り調べでちくみの殺害を自供した。

梔子館に駆けつけた警官が寝室に立ち入ると、絨毯《じゅうたん》のうえに首無し死体が二つ転がっていた。テーブルには二つの首が並び、ベッドは血と羊水でべとべとになっていたという。

その後もクチジロウが反省の態度を見せることはなく、裁判が始まる直前、留置場で首を吊《つ》って自殺した。

これが梔子製薬元社長による首無し殺人事件——いわゆる首無館事件の顚末《てんまつ》である。

＊＊＊

「——首無館事件の再調査?」

スタミナ太郎《たろう》は「実録・日本エロググロ殺人事典」を閉じると、三人の女子高生を見回して言った。

「そうです。いまでもクチジロウの冤罪《えんざい》を唱える専門家は少なくありません。ちくみさんとお腹の子どもを殺した犯人は、この国のどこかでのうのうと暮らしているんです」

女子高生の一人、熟れたアボカドみたいにテカテカした顔の少女が唾《つば》を飛ばして言った。採光窓から射《さ》した夕陽《ゆうひ》が、ほっぺのにきびを照らしている。

「そんな証拠はないでしょ」

「いえ、ここにはきっと手がかりが残っているはずです」

「三十年前の事件だよ？　警察だって抜かりなく捜査したはずだし。いまさら調査しても仕方ないと思うな」

「そんなことありません。再調査にはみなさんの協力が必要なんです。どうか力を貸してもらえませんか」

スタミナ太郎は俯《うつむ》いたまま眉間《みけん》をつねった。探偵事務所を開いてから三年が過ぎたが、こんなに熱烈な言葉をかけられたのは初めてかもしれない。

「きみたちは首無館事件と何の関係もないよね。どうしてこの事件を調べたいと思ったの」

「それは――」少女が口をまごつかせた。「あたしたち、妻殺し研究会っていうのをやってて。旦那《だんな》さんが奥さんを殺した事件について調べてるんです」

スタミナ太郎は椅子《いす》にもたれて息を吐《は》いた。子どもの遊びに付き合うほど暇ではない。ポケットから果物ナイフを取り出し、少女たちの顔に向けた。

「きみが代表？」

「そうですけど」

「無断でここへ侵入したことについてどう思ってるの」

「それは、反省してます」

「分かった。きみたちをどうするかは話し合って決める。それまで部屋で大人しく──」

「うぐうぐうぐ！」

耳をつんざくような轟音《ごうおん》に、少女たちはぎょっと目を丸くする。

別館の玄関ホールに、しほりんの地鳴りみたいな唸《うな》り声《ごえ》が響き渡った。


モモヒコがスタミナ太郎とハセちんの二人を誘って、雑居ビルに探偵事務所を開いたのが三年前のこと。三人とも探偵小説がべらぼうに好きな三十代のフリーターで、ビデオ屋のアルバイトで出会って意気投合したのがきっかけだった。

開設から半年後、探偵事務所はあっさり看板を下ろすことになる。「家から逃げたガラガラヘビを見つけてほしい」と相談にきた五十過ぎのデリヘル嬢を、ヘビ嫌いのハセちんがボコボコに殴ってしまったのだ。女は事務所を訴え、スタミナ太郎たちは気が遠くなりそうな額の賠償金を払わされた。

ほうぼうから借金をして糊口《ここう》を凌《しの》いだものの、三人はビルを追い出され、ドヤ街のタコ部屋みたいな宿泊所を渡り歩く日々が続いた。そんなときに声をかけてきたのが、アオガクという小ぎれいな男だった。

「借金はすべて肩代わりします。その代わり、ある女の世話をしてほしいんです」

スタミナ太郎たちが二つ返事で承諾したのは言うまでもない。

こうして三人は、朽ヶ峰のふもとに位置する洋館——いわゆる梔子館で、しほりんの世話をして暮らすことになったのだった。


女子高生たちを一人ずつ客間に押し込み、マスターキーで錠を閉める。少女たちの態度は三者三様で、腹をたてたり、怯《おび》えたり、混乱したりしていた。

ホールを抜けて玄関を出る。レンガ敷きの小道を歩いて本館へ戻った。

別館が二階建てのこぢんまりとした趣《おもむ》きなのに対し、本館は三階建ての荘厳な雰囲気を醸《かも》している。ただし、どちらも鬱蒼《うっそう》とした蔦に覆われているので、閉園になったテーマパークみたいな安っぽい印象は拭《ぬぐ》えない。

本館にたどりつくと、玄関ポーチをぬけてラウンジへ向かった。ハセちゃんがソファに転がって爪楊枝《つまようじ》を咥《くわ》えている。モモヒコは緊張した顔で電話をしていたが、やがて受話器を置いて長い息を吐いた。

「誰と話してたの」

「アオガク」

「何て？」

「ワセダが旅行中で連絡が取れねえんだと。とりあえずおれたちで閉じ込めとけってさ」

モモヒコは舌打ちして、天井に吊るしたチュッパチャプスみたいな照明を見つめた。

ワセダというのはアオガクの上役のことだ。スタミナ太郎たちも会ったことはないが、関東圏で勢力を広げる売春グループの元締めらしい。素性は謎《なぞ》に包まれているが、警察やヤクザとも親密な関係を築いているという。しほりんの世話役を見つけるようアオガクに命じたのもワセダで、二人はいつも小まめに連絡を取り合っていた。

「女の子たちは、どんな感じ？」

ハセちんが鼻の下を伸ばして言う。若い女のことになると、ハセちんはいつもすけべそうな顔をした。

「無断で館へ入ったことは反省してたよ。高校の妻殺し研究会なんだって」

「つまようじ？」

「首無館事件のことを調べに来たんだとさ。調査に協力してくれって頼まれたよ」

「アホか。自分たちの立場が分かってねえな」

モモヒコが苛立《いらだ》たしげに口を挟む。

スタミナ太郎は今朝の出来事に思いをはせた。しほりんに朝食を与えようと、ポークソテーをしこたまバケツによそって別館へ向かったのが十時過ぎのこと。扉を開けたところで、見慣れない人影を見つけ愕然《がくぜん》とした。三人の少女がガラス戸に顔をくっつけて、しほりんのいる食堂を覗き込んでいたのだ。

「とりあえず、客間に閉じ込めといたよ。へたなことを考えないように、一人ずつバラバラの部屋に入れてある」

「首無しちゃんは見られたのか」

「うん」

「じゃあ仕方ねえな。へまをやらかしたらおれたちの首が飛んじまう」

モモヒコの言葉に、スタミナ太郎も頷《うなず》いた。首無しちゃんというのはしほりんの渾名《あだな》だ。脂肪が多すぎて首が見当たらないのが由来である。

「ところでさ」ハセちんが真顔で言う。「あの子ら、おっぱいつんつんしたら怒るかな」

「バカ。おれたちの仕事は首無しちゃんの世話だ。余計な真似《まね》をしたらワセダに殺されるぞ――」

モモヒコは玄関ポーチを睨《にら》んだ。擦りガラスの向こうに人影が見える。

ドン、ドン。

玄関の扉をノックする音が聞こえた。

2

「助かったわ。マジで遭難するかと思った。ありがとー」

ブタのふぐりみたいな顔の男が、目を細めて笑った。もじゃもじゃの蓬髪《ほうはつ》の下に大粒の汗が浮かんでいる。腹は樽みたいに突き出て締まりがない。知らない男だった。

「誰？」

「井上《いのうえ》っす。井上ギン。朽湖《くちこ》に行こうと思ったんすけど、途中で迷っちゃって。雪が強くなったらどうしようと思いましたよ。マジで助かりました」

男が頰《ほお》の肉をぷるぷる揺らして言った。モモヒコが眉間に十本くらい皺《しわ》を寄せる。

「帰れ」

「は？」

「帰れって言ったんだよ」

「いやいや。おれ死んじゃいますよ」

井上がなぜか笑い声をあげる。

「死ねよ。死んでカラスのクソになれ」

「ちょっと、勘弁してくださいよー」

井上はモモヒコの肩をぱんぱん叩《たた》いていたが、隙《すき》をついてするりと玄関ホールへ入りこんだ。ハセちんが奇声をあげる。井上はラウンジを見渡すと、両手を広げて暖炉《だんろ》へ駆け寄った。

「あったけえ！」

「調子乗んな」

モモヒコが井上めがけてバケツを放り投げた。

「いてっ」

後頭部にバケツがぶつかり、井上はよろよろと姿勢を崩した。暖炉に立てかけてあった火《ひ》掻《か》き棒《ぼう》が顔に突き刺さる。耳の後ろからチンアナゴみたいに先端が飛び出した。

「あれぇ」

井上は顔に刺さった棒を引き抜こうとしたが、おもむろに血を吐いて床に倒れた。

「やっちった」

モモヒコが苦笑する。井上は白目を剝《む》いてぴくぴく震えていたが、すぐに動かなくなった。

「すごい、映画の殺し屋みたい」

ハセちんがソファの上で両足をばたつかせる。

「これ、アオガクさんに怒られるんじゃないですか」

スタミナ太郎が死体を見おろして言うと、

「仕方ねえだろ。ドラム缶に詰めて捨てちまおうぜ」

モモヒコが口早に言って、井上の顔を蹴《け》った。

3

七時の時報を聞きながら、スタミナ太郎は玄関ポーチをくぐった。両手にバケツを提げて別館へ向かう。

外に出ると、殴るように雪が吹きつけた。小道に敷かれたレンガも雪に埋もれている。ラジオの積雪情報によれば、日付が変わるころまで吹雪が続くらしい。スタミナ太郎は身震いしてフードをかぶった。

別館までは五メートルほどしかないのに、たちまち雪まみれになった。身体が吹き飛ばされそうになり、両足に力を込める。

自分たちが移り住んだころ、本館と別館の間にロープがつないであったのを思い出した。強風が吹いたとき身体を支えるための工夫だったのに、ヘビ嫌いのハセちんが「似てる」という理由で捨ててしまったのだ。

「――あのバカ」

スタミナ太郎は息を切らして、転げるように別館へ駆け込んだ。

呼吸を整えてから、バケツを一つ持って食堂へ向かう。マスターキーで錠を開けると、しほりんが壁にもたれて鼾《いびき》をかいていた。

身長は百九十三センチ、体重は百七十キロ。もともとプロレスラーみたいな体型だったのを、スタミナ太郎たちが倍に太らせたのだ。いまでは輪郭《りんかく》が歪《ゆが》み、首や関節がどこにあるのか分からない。かつては都内の私立大学に通う医大生だったのだが、父親が女子中学生をレイプして逮捕されてから借金地獄に陥《おちい》り、ソープランドで働いていたところをワセダに見初められたらしい。ワセダはよほどデブ好きなのだろう。

「首無しちゃん、ごはん」

スタミナ太郎が竿《さお》で頬を突くと、しほりんは重たそうな目を開いた。竿にバケツをくくりつけ、しほりんの胸元へ差し出す。今日の食事はエリンギのバター醤油炒め丼《じょうゆいためどん》だ。しほりんが足を組み替えると、股間《こかん》から汗とクソを煮込んだような臭いがした。

「うぐうぐ」

食べないと殴られるのが分かっているので、しほりんは黙ってバケツを口元へ運んだ。バリウムを飲むみたいに、大量のコメとエリンギを喉《のど》へ流し込む。嚥下《えんか》するたびに、おっぱいと腹の肉が揺れた。油汁が顎《あご》から床へ滴《したた》る。

「お疲れさん」

食事が終わると、バケツを受け取って食堂を出た。

ガラス戸を閉めようとしたとき、しほりんが発情期の牛みたいな顔でげっぷをした。


玄関ホールへ戻ると、もう一つのバケツを持って客間へ向かった。

三つの客間に一人ずつ少女を閉じ込めてある。彼女たちに食事をやる義理はないのだが、残りものくらいあげてもバチは当たらないだろう。バケツには今朝作ったポークソテーの余りが入っていた。肉を刻んで炒めただけの代物だが、少女たちも贅沢《ぜいたく》は言わないはずだ。

客間は全部で六つあった。一階に二つ、二階に四つだ。どれも六畳ほどの手狭な部屋だが、家具は高級品で、トイレやシャワーまでついている。少女は一階に二人、二階に一人、それぞれの部屋に閉じ込めてあった。

　スタミナ太郎は客間を回って、紙皿によそったポークソテーを与えた。

「お腹《なか》ぺこぺこだったの。道に迷っちゃって、二日もご飯食べれなかったんだよ。ありがと」

　女子高生の一人がソテーを頬張りながら言った。さきほど首無館事件の再調査を熱く訴えていた、妻殺し研究会の代表だ。女子高生とは思えない肝の据わりようである。

「あたし、昔はすごいデブだったの。ダイエットして十五キロも痩《や》せたんだよ。偉くない？」

「お前、監禁されてるんだぞ。分かってんのか」

「慣れたよ。そうだ、あの大きい裸のひとは誰？」

「知らないほうがいい」

「はぐらかさないで。あのひと監禁されてるんでしょ。ばれるとまずいから、あたしたちも閉じ込めたんだ」

　スタミナ太郎が曖昧《あいまい》に首を振ると、少女はますます勢いづいた。

「最近の女子高生をなめちゃダメだよ。株とかビジネスもやるくらい大人なんだから。そうそう、窓から見えたんだけど、さっき本館へ来たおじさんは誰？　あのひとも仲間なの？」

ずいぶんと好奇心が旺盛《おうせい》らしい。井上ギンならドラム缶の中で冷たくなっているが、そんなことは口が裂けても言えない。

「大人しくしてたほうが長生きできるよ」

スタミナ太郎は紙皿を取り返すと、捨《す》て台詞《ぜりふ》を吐いて客間をあとにした。

本館へ戻ると、ハセちんが食事の準備を整えていた。エリンギのバター醬油炒めにご飯とスープをくわえたエリンギ定食だ。三人は重たい表情で食卓を囲んだ。

「今日は来客が多かったね」

ハセちんが採光窓を見上げて言う。吹雪で空が白く染まっていた。

「アオガクさん、ワセダさんと連絡できたのかな」

「ダメだろ。旅行中に連絡するとブチ切れるらしいぜ。あと一週間は無理だろうな」

モモヒコは苦い顔で言って、エリンギを口に放り込んだ。

「前もそんなことあったよね。しほりんがヘルニアで死にかけたとき」

「ああ。平日の日中はアオガクも連絡できないらしい。ワセダのやつ、表の顔はお堅いサラリーマンだったりすんのかもな」

「ぼく、知ってるよ」ハセちんが得意そうに言う。「学校の先生だと思う」

「なんで?」

「アオガクさんが電話でワセダさんと話してるときに、スピーカーからチャイムの音が聞こえたんだ」

「本当かよ？　教え子にも売春させてんのかな」

モモヒコがふんと鼻を鳴らす。

「あの女の子たちも勘弁してほしいよ。こんな山奥にのこのこやってきて、勝手にひとの家に侵入するなんて」

スタミナ太郎が別館に目を向けてぼやくと、

「イマドキの女子高生はおませさんだから」

ハセちんが鼻息を荒くして言った。

「もう殺す？　あの子たち、首無しちゃんのことも見てたし」

「やめとけ。売るか犯《や》るか殺すか決めんのはワセダだ」

「井上ってひとはもう殺しちゃったけどねぇ」

ハセちんがおどけた声で言うと、モモヒコがいきなり箸《はし》を投げつけた。

「仕方ねえだろ、死んじまったんだから」

「……ごめん」

「ああいうやつはすぐ殺《や》んねえと面倒なことになんだよ」

モモヒコはしばらくハセちんを睨んでいたが、舌打ちして食堂を出ていった。

スタミナ太郎はハセちんと顔を見合わせ、短くため息を吐《つ》いた。

十一時過ぎまでラウンジのラジオで暇を潰《つぶ》したあと、シャワーを浴びて寝室へ戻った。吹雪が窓をカタカタ鳴らしている。スタミナ太郎はベッドに倒れ、薄汚れた天井を見上げた。

いつまでこんな生活が続くのだろう。肩代わりしてもらった借金の分くらいは働いた気がするが、ワセダに文句を言って殺されたら元も子もない。

結局のところ、ワセダがしほりんを太らせる目的もよく分からなかった。初めはワセダの性的嗜好《せいてきしこう》だと思っていたが、いまだにワセダが姿を見せないということは、なにか他に狙《ねら》いがあるのだろう。売春させたところで買い手がつくとも思えない。あれだけ尻《しり》が大きくなると性行為もできないだろう。

スタミナ太郎は寝返りを打った。今日は妙な胸騒ぎがする。

ふと、ズボンのポケットにマスターキーが入っていないことに気づいた。

「――――」

血の気が引いた。

とっさに床を見回してみても、マスターキーは見当たらなかった。別館のどこかに落としたのだろうか。少女に抜き取られていたとしたら大変なことになる。

慌てて廊下へ出ようとして、思わず悲鳴をあげた。

いつのまにか扉が開き、それが包丁を片手にこちらを見ていた。

4

しずくは扉をノックする音で目を覚ました。

窓から煌々《こうこう》と陽が射している。身体を起こすと、朽ヶ峰がまっ白い雪に覆われているのが見えた。空は透き通るように青く、昨晩の吹雪がうそのようだ。

ベッドから下りたところで、扉が手前に開いた。人形みたいに小柄な少女が廊下からこちらを覗いている。ぺこちゃんだ。

「うそ。どうして?」

しずくはぺこちゃんに駆け寄った。昨日の夜、靴底みたいな顔の男が食事を持って現れたとき、帰りがけに錠を閉めていたはずだ。

「あたしの部屋も一緒。起きたら錠《かし》が開いてたの」

ぺこちゃんも不思議そうに首を傾げた。

二人は息を殺して廊下に出た。一階の客間は二つしかない。しずくとぺこちゃんが一階の部屋に閉じ込められていたから、さくらこは二階にいることになる。

廊下のはずれにエレベーターがあったが、故障していて動かなかった。廊下を見渡しても、二階へ上がる階段が見当たらない。

「あれかな」

ぺこちゃんがテラスを指して言った。ガラス張りの扉を開けると、ステンレスの階段が外壁にくっついているのが見えた。エレベーターが故障したせいで階段を建《た》て増《ま》したのだろう。

二人はテラスに出ると、足音を殺して階段を上った。身を切るような冷風が吹きつける。

階段は屋上まで続いていたが、二階のテラスから屋内に入った。絨毯に埃《ほこり》が積もっている。一階より窓が少なく、見世物小屋みたいに薄暗い。防音壁が使われているらしく、風の音も聞こえなくなった。かつては楽団員でも泊めていたのだろうか。

手前の扉をゆっくり開けると、ベッドのすみにさくらこの姿が見えた。

「さ、さくらこ！　よかった」

二人がベッドに駆け寄る。我らが妻殺し研究会の代表は寝ぼけ眼で欠伸《あくび》をしていたが、にわかに鳩《はと》が豆鉄砲をくらったような顔をした。

「え、どういうこと？」

「なんでか分かんないけど、いまなら逃げれそう。早く行こ」

さくらこは頷いてベッドから這《は》い出《だ》したが、そのままふらふらと床にくずおれた。身体がぶるぶる痙攣《けいれん》する。さくらこは滝のようにゲロを吐いた。

「だ、大丈夫？」

肩に触れるとひどい熱があった。にきびでテカテカした顔が赤く火照《ほて》っている。

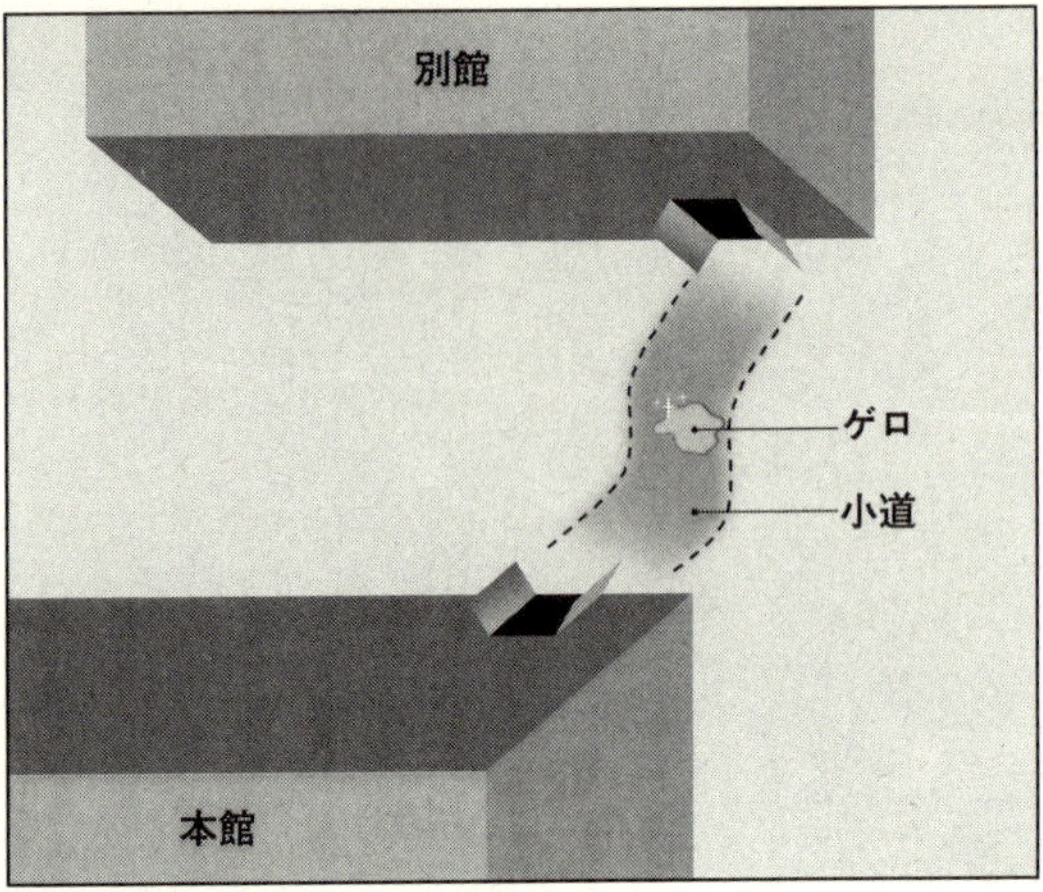

「あたし、ここで休んでる。ふもとで助けを呼んできて」

さくらこは苦しそうに息を切らして言った。

思わずぺこちゃんと顔を見合わせる。一人だけ置いていくのは不安だが、この状態で雪山を下りられるとは思えない。

「分かった。絶対戻ってくるね」

しずくはさくらこの手を握って言うと、ゲロまみれの身体を抱《かか》えてベッドに運んだ。

ぺこちゃんと二人で部屋を出ると、階段を下りて玄関から外へ出た。見渡す限り、はるか向こうの山並みまで雪に覆われている。あたりに足跡は一つもない。男たちの姿も見当たらなかった。

「なにあれ」

ぺこちゃんが足元を指して、くぐもった

声を出した。本館と別館の中間あたりにゲロが落ちている。どんぶり一杯分くらいありそうな大ゲロだ。よほど勢いよく吐いたらしく、飛沫《しぶき》があちこちに散らばっていた。黄土色の固形物はエリンギだろう。

「やだ。早く行こ」

ぺこちゃんに促《うなが》され、雪の上に足を踏み出した。足首まで雪に沈み、なかなか前に進めない。少しずつ梔子館を離れ、山のふもとへ下りる道へ向かった。まっさらな雪に二人の足跡が増えていく。

「待って」

ぺこちゃんがしずくの肩を叩いた。振り返ると、歯をカチカチ鳴らしながら本館一階の窓を指している。目を向けると、部屋の床に赤黒いものが見えた。喉から嗚咽《おえつ》が洩《も》れる。

おそるおそる本館に歩み寄り、カーテンの隙間から部屋を覗いた。すさまじい量の血が床を埋め尽くしている。蔦から水滴の落ちる音が耳に残った。

「どういうこと?」

ぺこちゃんが窓に顔をつけて囁《ささや》く。

ラウンジの床に、首の無い死体が三つ並んでいた。

5

「――クチジロウの幽霊？」

別館の玄関ホールに戻るなり、ぺこちゃんが震え声で言った。

「三人とも首が無かったでしょ。梔子クチジロウの幽霊が、ちくみさんやお腹の子どもと同じように首を切り落としたんだよ」

ぺこちゃんは青白い顔で言って、小さな肩をぶるぶる震わせた。

「違うよ。あたしは仲間割れだと思う」

しずくは語気を強めて言った。

「仲間割れ？」

「うん。あたしたちが閉じ込められたとき、ガラの悪い男が三人いたでしょ。そのあと小太りでもじゃもじゃ髪のおじさんが訪ねてきたから、本館には全部で四人いたはず。三人が殺されてるってことは、残りの一人が犯人ってことだよ」

「そっか。幽霊なわけないか」

「部屋の錠を開けてくれたのもその人だと思う。動機は分からないけど、犯人はあたしたちの味方だよ。怯えなくても大丈夫」

「よかった」ぺこちゃんは胸を撫《な》で下《お》ろすと、へなへなと床にくずおれた。

「どこかに電話があるはずだよ。警察に通報しよう。さくらこの熱を下げる薬もあるといいな」

「そうだね――」

「うぐぐぐぐ！」

鼓膜をつんざくような奇声が響いた。ぺこちゃんが腰を抜かして引っくり返る。食堂に閉じ込められていた女が目を覚ましたのだろう。

「や、やっぱり逃げよう。襲われるよ」

「落ち着いて。あのひとも監禁されてただけだと思う」

しずくは背中をさすってぺこちゃんを落ち着かせると、彼女を玄関ホールに残し、食堂へ続くガラス戸のノブをひねった。ここも錠が外れている。

「うぐうぐうぐ」

黄ばんだ毛布にくるまって、巨大な女がうずくまっていた。乾燥ワカメに油をまぶしたみたいな髪が顔に張りついている。身体のあちこちに痣《あざ》や瘡蓋《かさぶた》ができていた。

「あのー」

しずくが声を張ると、女は太い指で髪をかきわけ、しずくを見返した。脂肪でつぶれた鼻が息を吸うたびに膨《ふく》らんで、壊れた掃除機みたいな音を立てる。

「あたし、しずくって言います。あたしたち、昨日ここへ来て、この館に監禁されました。あなたもこの部屋に閉じ込められてたんですよね」

女は口を開いたが、しばらく待っても言葉は出てこなかった。黄色っぽい歯がでこぼこに並んでいる。

「安心してください。あなたを閉じ込めた人たちは死にました。この館で何があったのか教えてくれませんか」

しずくの言葉に、女はぎょろりと目を剝いた。

「ワセダが死んだんか？」

かん高い声が響いた。脂肪のバケモノみたいな見てくれだが、声は子どもみたいに幼《おさな》い。

「ワセダ？　名前は分からないけど、三人とも死んでました」

「三人？　そいつらは違う。ワセダじゃねえ」

「どういう意味ですか」

女はぎょろぎょろ目玉を動かしながら、ワセダが関東のあちこちに手を広げる売春組織を率いていること、三人組の男たちがアオガクを介してワセダに雇われていたこと、自分もワセダに身請けされたしほりんというソープ嬢であることを説明した。

「け、警察ともつながってるの？」

「そうじゃ。告発しようとして行方不明になった子もいる」

しずくは身震いした。それが本当なら、110番通報するのは相手の懐《ふところ》に飛び込むようなものだ。死体を見つけて通報しないというのも非常識だが、背に腹は代えられない。

「やっぱりあたしたち、口封じのために閉じ込められたんだね」

「でも分からん。なんでモモヒコたちは殺されたんじゃろ」

しほりんが間延びした声で言った。

「あたしは仲間割れだと思うんだけど」

「仲間割れ？　三人とも死んだんじゃろ」

「あたしたちが閉じ込められたあと、ぽっちゃりしたおじさんが本館を訪ねてきたの。あのひとが犯人じゃないかな」

「ぽっちゃりしたおじさん――？」

しほりんは首を捻《ひね》って、太い指で太腿《ふともも》を掻きむしった。おじさんに心当たりがないらしい。股間から気の遠くなりそうな臭いがしてくる。しずくが鼻をつまむと、しほりんはおもむろに腰をあげた。

「あたし、本館に行ってみるべ」

「へ」

しほりんは贅肉《ぜいにく》をたぷたぷ揺らして立ち上がり、扉を開けて廊下に出た。玄関ホールにいたぺこちゃんが悲鳴をあげる。しほりんの体臭で気分を悪くしたのか、テラスに顔を出してゲロを吐いた。

「まぶしい」

採光窓から射す陽光に、しほりんが目を細くした。

6

雪のうえにゾウが暴《あば》れたみたいな足跡が残っていた。しほりんの後ろを歩いていると、自分が小人になったような気分になる。

本館へ続く小道をぬけ、ポーチの下で深呼吸をする。覚悟を決めてドアノブをひねった。

ラウンジは凄《すさ》まじい量の血でおおわれていた。テーブルのうえに三つの首が並んでいる。三人組の男たちに間違いない。板張りの床には三つの首無し死体が無造作に転がっていた。「実録・日本エログロ殺人事典」に描かれていた、ちくみと胎児の殺害現場に似ている。

「うぐうぐ」

しほりんは唸りながらラウンジに入ると、死体をまじまじと観察した。しずくもおそるおそる死体に目を向ける。

三人は首を切られただけでなく、服のうえから下腹部を切り裂かれていた。臍の下にぱっくり傷が開き、赤黒い血が溢《あふ》れている。ちくみの死体と同じだ。犯人は本当に首無館事件を真似ようとしたらしい。テーブルの下には包丁が三つ落ちていた。

しほりんは腰をかがめて死体を見比べていたが、おもむろに立ち上がってラウンジを見回した。座椅子からキャビネットまで、あらゆるものに血飛沫がくっついている。棚に並んだ「梔子げろげろ丸」のラベルも赤く染まっていた。

しほりんは険《けわ》しい顔でラウンジをうろついていたが、ふとレンガ造りの暖炉に目をとめ、ゆっくりと歩み寄った。犬みたいに四つん這いになって、じっとレンガを見つめる。

「どうしたの?」

「ぐう。ここにおかしな跡があるんじゃ」

しほりんがレンガを指して言う。目を凝《こ》らすと、天板の下に血を擦《こす》ったような跡がついていた。

「おかしいのう」

しほりんが首を捻る。にわかに腰をあげると、頬をぺたぺた叩きながらぐるぐる回転した。異臭で意識が吹っ飛びそうになる。

「な、なにか分かったの?」

「うん。三人とも、殺されたときは意識があったみたいじゃ。犯人は喉を刺して失血死させたあとで首を切り落としたんじゃな」

「そんなこと分かるの?」

「うん。これでも医大生じゃからね」しほりんは回転を止めて笑った。「手のひらに切り傷が残っとるじゃろ。犯人に抵抗したってことは、襲われたとき意識があったってことじゃ。でも生きた人間の首を切るのは大変だべ。首を絞めて息の根を止めたのかと思ったけど、そんな痕《あと》も見当たらん。だから、まず喉を刺して相手を死なせ、首をちょん切ったと分かったんじゃ」

「すごい、名探偵みたい」

「照れるのう。ほれ、死後硬直が進んどる。死んで六、七時間ってとこじゃな」

しほりんが死体の腕を曲げて言う。

ラウンジを見渡すと、キャビネットのとなりに柱時計があった。短針はちょうど九時を回ったところだ。

「深夜の二時から三時の間くらいに殺されたってこと?」

「そんくらいじゃろね。気になることが三つあるよ」

「そんなに?」

「うん。まずこいつの指じゃ。ほれ、爪《つめ》が汚れとる」

しほりんは死体の腕をこちらに向けた。顔を近づけると、爪の裏に泥のようなものが挟まっているのが見えた。

「土でもいじったのかな」

「吹雪の夜に庭仕事とは思えん。何か作業をしたんじゃろ」

しほりんは腰を上げ、まっすぐ暖炉を指さした。

「次はさっきの暖炉じゃ。血を拭《ふ》き取《と》ったみてえな跡があるじゃろ。死体も凶器も置きっぱなしなのに、どうしてここの血だけ拭き取ったんじゃ」

なるほど、言われてみれば不思議だ。血痕《けっこん》の色は明るく、それほど古いものには見えない。

「もう一つ。あたしな、昨日の夜、窓から雪を見てたんじゃ。案外早くやんだのうと思って時計を見たら、一時くらいじゃった」

「一時？　死亡推定時刻より前だよ」

「そうなんじゃ。こいつらが殺されたとき、雪はもうやんどったことになる。さっき外の雪を見たら、本館のまわりはしずくちゃんとぺこちゃんの足跡しかなかった。三人を殺した犯人はまだこの館にいるってことじゃ」

心臓が喉から飛び出しそうになった。三人の首を切断した殺人犯が、すぐ近くにいるのだ。

「犯人って、あのぽっちゃりしたおじさんでしょ？　何してるんだろ」

「あたし、そのおじさんはもう死んどると思うんじゃ」

「へ？」

とぼけた声が洩れる。

「暖炉についとる血痕、これはおじさんのもんじゃと思う。三人がおじさんを殺して、死体を隠そうとしたんじゃ。そう考えればおじさんの姿が見当たらんことも説明がつく」

世界がぐらぐら崩れていくような気がした。しほりんの言葉が耳の奥で反響する。

「それじゃ、犯人はどこへ行ったの？」

「そうなんじゃ。おじさんが本当に死んどったとなると、三人を殺した犯人がいなくなっちまう。この館が大きな密室だったことになるんじゃ」

しずくとしほりんはラウンジを出ると、一階から三階まで、館内の部屋を順に見て回った。

クチジロウは頻繁に同僚たちを招待していたらしく、二階と三階にもたくさんの客間があった。ほとんどの部屋は使われていないようで、厚く埃が積もっている。キッチンや遊戯室には生活感があったが、人影は見当たらなかった。

三人組が使っていた寝室は、どれもベッドや絨毯に血痕が残っていた。犯人は寝室で彼らを刺し殺したあと、ラウンジへ運んでまとめて首を切ったのだろう。廊下にもぽたぽたと血が落ちていた。

「なんじゃ」

三階から屋上へ伸びる階段に目をとめ、しほりんがつぶやいた。大理石の階段の半《なか》ばにゲロが落ちている。飛沫がテカテカ光っているから、古いものではなさそうだ。量はお茶《ちゃ》碗《わん》半分くらいで、例によってエリンギが混ざっていた。

「誰が吐いたんじゃろ」

しほりんが腰をかがめて言う。べたべたの髪にゲロがくっついた。

「犯人?」

「うぐう。なんでこんなとこで吐いたんじゃ」

しほりんは首を捻ると、ゲロをまたいで屋上へ向かった。しずくも鼻をつまんであとに続く。

扉を開けると、目の前に青空が広がっていた。風がひんやり冷たい。裸のまま外へ出ていくしほりんはよほど脂肪が厚いのだろう。

本館の屋根には小学生のちんちんみたいな尖塔《せんとう》が二つ生《は》えていた。間のスペースが見晴らし台になっており、頑丈そうな鉄柵《てっさく》が四方にそびえている。

足元に目を落としてぎょっとした。見晴らし台の雪がぐちゃぐちゃに踏み荒らされている。

「誰かがここへ来たんじゃ。さっきのゲロもそいつのもんじゃろ」

「何しに来たのかな」

「分からん。不思議じゃ」

しほりんは雪のうえをふらつきながら言った。

しずくは背伸びしてあたりを見回した。鉄柵の前に立つと、別館の屋上を見おろすことができる。さらに視線を落とすと小道のゲロが見えた。

「ぎょええ」

しほりんが叫ぶ。振り返ると、すみに置かれたドラム缶を覗いて目を丸くしていた。

しずくも後ろに駆け寄り、背伸びして中を覗こうとする。ドラム缶は鋼鉄製で、しほりんの身長と同じくらい高さがあった。縁にしがみついて、内側に目を凝らす。雪に埋もれて、小太りの男が体育座りをしているのが見えた。もじゃもじゃの髪に見覚えがある。

「これがそのおじさん?」

「うん」

しずくは首を縦に振った。昨日、本館を訪ねてきた小太りのおじさんに間違いない。ドラム缶は三分の一くらいセメントが流し込まれており、おじさんの顔にも鼠色《ねずみいろ》の飛沫が固まってくっついていた。

「……死んでる?」

「そりゃそうじゃ」

しほりんが雪を掻き分けると、耳の後ろに穴が開いているのが見えた。血と脳の混ざった赤茶色のどろどろが、蓬髪に絡みついている。しほりんの推理通りなら、このおじさんは三人組の男たちに殺されたのだ。

「雪のせいでふにゃふにゃじゃ。これじゃいつ死んだのか分からん」

しほりんが死体の腕を曲げてぼやいた。

おじさんの顔に目を落とす。溶けかけた雪のせいで、おじさんが泣いているように見えた。

7

「飲んで」

しずくはガラス瓶《びん》の蓋《ふた》を開けると、ウサギのうんこみたいな黒い錠剤をさくらこに手渡した。本館のラウンジから持ってきた「梔子げろげろ丸」だ。

さくらこは錠剤の匂《にお》いを嗅《か》いで、唇《くちびる》をへの字に曲げた。

「本当に効くの？」

「たぶん」

さくらこは眉を顰《ひそ》めたまま、コップの水で錠剤を飲み込んだ。浣腸《かんちょう》を十本刺されたみたいな険しい顔で、ベッドにうつ伏せに倒れる。

「またね」

しずくは部屋を出ると、テラスを通って階段を下りた。本館の尖塔で風見鶏《かざみどり》がくるくる回っている。壁に張りついた蔦に隠れて、時計が十一時過ぎを指していた。

一階のテラスには新品のゲロがあった。ぺこちゃんがしほりんと鉢合わせした拍子《ひょうし》に吐いた、かわいらしいゲロだ。量はお茶碗一杯くらいだろうか。またしてもエリンギが一つ落ちていた。

玄関ホールへ戻ると、ぺこちゃんが目を丸くしてしほりんの話を聞いていた。すっかり打ち解けたらしく、しほりんの言葉に大げさな相槌《あいづち》を打っている。胸元にはゲロを洗い落とそうとした跡が残っていた。

「あたしも覚えてるよ。一時には雪やんでた。それじゃ、現場は密室だったの?」

ぺこちゃんが故障した水洗便器みたいに唾を撒《ま》き散《ち》らして言う。

「そうじゃな。犯人はどこへも逃げ出せんはずなのに、本館には人がおらんかった。こいつは雪密室じゃ」

「雪密室!」ぺこちゃんが雄叫《おたけ》びをあげた。「かっこいい!」

「あたしたち、ここにいて大丈夫なのかな」

しずくが口を挟むと、しほりんは悩ましげに唸り声をあげた。

「昨日の夜、人殺しが本館におったんは事実じゃ。でもいまは誰もおらん。警察に通報するわけにもいかんしな。さくらこちゃんが回復するのを待って、山を下りるしかないじゃろ」

「どうして通報しちゃダメなの」

ぺこちゃんが首を傾げる。しほりんは三人の男たちの正体と、親玉のワセダが警察とつながりを持っているらしいことを説明した。

「ひえー。あたしたちも殺されるのかな。こわいよう」

「すぐに命を狙われることはないじゃろ。まずは落ち着いて状況を整理するんじゃ」

「そっか。あたし、死体見てくる!」

ぺこちゃんは舌を出してホールを飛び出した。しほりんと顔を見合わせて苦笑する。

「しほりんは、本館で何が起きたんだと思う？」

「うぐう。考えられるパターンは三つじゃな」

しほりんはボロニアソーセージみたいな指を三本たてた。

「三つ？」

「うん。一つ目は、三人組が太ったおじさんを殺して、その三人組が別の誰かに殺されたパターン。二つ目は、太ったおじさんが三人組を殺して、そのおじさんが別の誰かに殺されたパターン。三つ目は、三人組と太ったおじさんがどっちも誰かに殺されたパターンじゃ」

「ちょっと待って」しずくは右手を突き出した。「てっきり一つ目だと思ってたんだけど」

「そうじゃな。四つの死体のうち、小太りのおじさんだけ様子が違っとった。死体をセメントで埋めたのも、暖炉の血を拭き取ったのも、みんな死体を隠すためじゃ。これは三人組の死体がラウンジに置きっぱなしにされてたのとえらい違いじゃな。おじさんを殺した犯人は、事件をなかったことにしようとしたわけじゃ」

「そうだよね」

しずくは大げさに首を振る。

「セメントが入れ途中だったことから、この犯人が隠蔽《いんぺい》工作の途中で殺されちまったことが分かる。何よりの証拠は、首無し死体の指についとった汚れじゃ。あれはセメントの洗い残しに間違いねえ。三人組がおじさんを殺し、死体を隠そうとしたんじゃな。やっぱり一つ目のパターンが正解ってことじゃ」

「なるほど」しずくは首を捻る。「なんで三人は殺されたんだろ」

「そうじゃなあ。首をちょん切られてたから、自殺や事故じゃありえんしのう。丁寧にお腹まで裂かれておった。あれはいったい何なんじゃ」

「首無館事件を真似したみたいだよね」

「そうじゃ。そんなことして、犯人に何の得があるんじゃろう」

しずくは考えを巡らせたが、もっともらしい仮説は浮かんでこなかった。しほりんもうずくまって考え込んでいる。

そうして三十分ほど過ぎたころ、

「死体！　死体！　あはははー」

玄関の扉が開き、ぺこちゃんがホールに駆け込んできた。首無し死体を目にして動揺しているらしい。両手を振り回して騒いでいたが、

「ぎゃー！」

テラスに目を向けて悲鳴をあげた。

「ちょっと、人のことバケモノ扱いしないでよ」

ガラス戸が開き、テラスからさくらこが部屋に入ってきた。一時間前とは別人のように表情が明るい。ぺこちゃんとお揃《そろ》いで胸元に黄色いシミがついていた。

「大丈夫？　熱は？」

「下がったよ。しずくの薬が効いたみたい。ダイエット中だからお腹もへこんでラッキー」

さくらこが頭を掻いて笑う。

「しほりんさんですね。初めまして。昨日は何もしてあげられずごめんなさい」

「とんでもねえ。研究会の代表さんじゃろ？　元気になってなによりじゃ」

しほりんがぺこりと会釈する。左右の乳房がぶつかってバチンと音が鳴った。

「早速ですけど、状況を教えてもらえる？　あの男たちはどこへ消えたの」

「死んだんじゃ」

しずく、ぺこちゃん、しほりんの三人は、死体を見つけてから現在までの経緯を細大漏らさず説明した。さくらこは相槌を打ちながら、鼻梁《びりょう》をつまんでじっと耳を傾けていた。

「死体を見ないと何も分からないわね」

さくらこは自分に言い聞かせるようにつぶやくと、踵《きびす》を返して玄関口へ向かった。三人もぞろぞろ後へ続く。

扉を開けると、雪の上に三人分の足跡が残っていた。今朝のまっさらな雪は跡形もない。

五メートルほどの小道を抜けて本館へ入る。ラウンジに三つの首無し死体が転がっていた。さきほどより身体が膨らんだように見えるのは、死後変化のせいだろうか。死体の腸管では腐敗ガスが生じると聞いたことがある。テーブルには血まみれの生首が並んでいた。

「これがその汚れね」

さくらこが死体の指先を見つめる。

「血痕はこっちだよ」

しずくは暖炉の天板を指さした。さくらこが顔を上げる。

「ありゃ?」

背後でしほりんが奇天烈《きてれつ》な声をあげた。腰を曲げて、胴体側の切断面をじっと覗き込んでいる。

「どうしたの?」

「変なのがある」

しほりんが傷口に指を突っこむ。奥から出てきたのは血まみれの葉っぱだった。

「うん?」さくらこが呻《うめ》く。「葉っぱ?」

沈黙がラウンジを満たした。一同は凍《こお》り付《つ》いたように葉っぱを見つめている。

ふと視線を落とすと、首の断面から身体の内側が見えた。思わず中を覗き込んでしまう。棒を突っ込んで掻き回したみたいに、内臓がぐちゃぐちゃになっていた。

「これも首無館事件の真似なの?」

さくらこが首を曲げる。

「葉っぱを入れたなんて聞いたことないけど」

「じゃ、犯人の趣味？」

全身の皮膚が粟立《あわだ》っていた。死体の中に葉っぱを突っ込む合理的な理由があるとは思えない。犯人は頭がおかしかったのだ——。

「ああ分かった！　犯人が分かったのじゃ！　犯人はお前じゃ！」

唐突にしほりんが叫んで、こちらを指さした。

「え？」

そのとき、誰かがしずくの背中を突き飛ばした。姿勢を崩し、頭をテーブルに打ちつける。生首がぼとぼと床に転がり、さくらこが悲鳴をあげた。

「死んじゃえ！」

かん高い声が響く。顔を上げると、ぺこちゃんがしほりんの喉に火掻き棒を刺そうとしていた。しほりんが足を滑《すべ》らせ、仰向けに引っくりかえる。火掻き棒が空を切った。

「何をするんじゃ」

「うっせーブタブタブタ、死ね！」

ぺこちゃんはしほりんの首に跨《またが》ると、棒の先っちょで顔を殴った。鼻梁が裂け、血と脂肪が噴《ふ》き出《だ》す。ぺこちゃんは棒を持ち替えると、喉元に向けてふりかぶった。

「いやじゃ」

しほりんは床に落ちていた生首を摑《つか》むと、ぺこちゃんの側頭部に叩きつけた。頭蓋骨《ずがいこつ》が弾《はじ》け、花火みたいに脳漿《のうしょう》が飛び散る。ぺこちゃんが引っくりかえった。

しほりんはとっさに身体を起こすと、残った二つの生首を摑んで、ぺこちゃんの顔をめちゃくちゃに殴った。頭頂部が裂け、間欠泉みたいに血が噴き出す。三つの脳が混ざってあたりがべちょべちょになった。

「なにこれ？　どういうこと？」

さくらこが間の抜けた声で言う。飛沫をかぶって顔がどろどろになっていた。

「ぺこちゃんがあたしを殺そうとしたんじゃ」

しほりんが肩で息をしながら答える。

「ど、どうして」

「決まっとるべ。こいつが三人組を殺した犯人だったんじゃ」

しほりんは吐き捨てるように言った。

ぺこちゃんの手足はぶるぶる震え続けていたが、一分くらいで動かなくなった。

8

窓から射した夕陽が、絨毯に三つの影を伸ばしている。

しずく、さくらこ、しほりんの三人が、客間の一つに集まっていた。三人とも、部屋に備えつけのシャワーで身体の汚れを落としたところだ。さくらこはゲロのついた服を着替え、本館から持ち出した男物のシャツを着ていた。しほりんも下半身にシーツを巻き、鼻には絆創膏《ばんそうこう》を貼っている。

「明日も晴れるみたい。朝から山を下りよう」

さくらこはそう言って、ラジオの電源を切った。しほりんも深く頷く。

「それが正解じゃな」

「山を下りてどうするの？　警察へは行けないんでしょ」

「素性を隠して生きるしかねえ。ここでワセダが来るのを待つよりましじゃ」

しほりんが真剣な顔で言った。やはり大変な事件に巻き込まれてしまったらしい。

「しほりんは、どうしてこの館に閉じ込められてたの」

「うーん。なんでじゃろなあ」しほりんが遠くを見つめる。「あたしな、大学生のときにお父ちゃんが捕まったんじゃ。にきび顔の女子中学生をレイプしたのがばれてね。大学に通うために水商売を始めたんじゃけど、一年くらいでワセダに売られたんじゃ。デブにされた理由はよう分からん」

客間に重たい沈黙が広がった。しほりんが慌てて首を振る。

「それどころじゃねえ。二人とも真相が知りたいじゃろ？」

「うん。どうして犯人が分かったの？」

さくらこが背筋を伸ばして尋《たず》ねる。しほりんは照れ笑いしながら、わざとらしく咳払《せきばら》いをした。

「難しいことは考えとらん。三人が殺された夜、本館は密室状態じゃった。あいつらが殺された深夜の二時から三時の時間帯、雪はもうやんどったからな。館に誰もおらんのに、あたりに足跡も見当たらん。犯人は魔法みたいに消えたことになっちまう。これは妙じゃ。犯人、つまりぺこちゃんは、ある仕掛けを使って本館と別館を移動したんじゃ」

「なんで？」さくらこが首を傾げる。「さっさと山に逃げればよかったのに」

「密室を作ったのにはわけがある。ドラム缶で見つかったおじさんを、犯人に見せかけるためじゃ」

「え？　死んでた人のこと？」

「そうじゃ。屋上で死体を見つけるまで、誰もおじさんが死んだことを知らんかった。それは犯人も同じじゃ。ぺこちゃんはどこかの客間でおじさんが寝てると思い込んどった。仮に屋上のドラム缶に気付いても、あの身長じゃ中を覗けんからな。だから本館を雪密室にすれば、おじさんを犯人に偽装できると考えたんじゃ」

「そういうことね」

さくらこが腕組みして頷く。

「じゃあ犯人は、どうやって本館と別館を移動したのか。こいつが問題じゃ。と言っても、別館から本館へ行くほうは難しくない。三人組の一人――ポークソテーを持ってきた兄ちゃんから鍵《かぎ》を盗んで、夜更けにそっと部屋を抜け出せばいい。雪がやむまえに本館へ移動できれば、足跡も残らんからな。

問題は、本館から別館へ帰る方法じゃ。犯行後に雪がやんでるのに気づいた犯人は、足跡をつけずに別館へ帰る方法を考えた。そこでとんでもない手段を見つけたんじゃよ。ヒントは、小道の真ん中に落ちてたゲロじゃ」

「どういうこと?」

「あのゲロは雪に埋もれとらんかった。ゲロが吐かれたとき、雪はやんでたわけじゃ。でも小道に足跡はなかった。雪がやんだあと、小道を通った人間はいないはずじゃ。あのゲロはどっから吐かれたんじゃ?」

「あ、分かったかも」

　さくらこがぱんと手を叩いた。

「本当かえ?」

「うん。本館と別館の距離って五メートルくらいでしょ。犯人はまず、バケツにゲロを吐いたの。で、キッチンの冷凍庫でバケツごとゲロを凍らせた。カチコチのゲロを取り出して玄関に戻ると、ちょうど小道の真ん中あたりめがけて、ゲロを放り投げた。本館の軒先からゲロめがけてジャンプすれば、ゲロのうえに着地できるでしょ。もう一回ジャンプすれば、別館の玄関にたどりつける。あとは夜が明けて陽が射すと、ゲロが溶けて発見時の状態になるってわけ」

　さくらこが手柄顔で鼻息を荒らげる。しほりんは真顔で話を聞いていたが、やがて残念そうに首を振った。

「違うのう。小道のゲロにはエリンギが混じっとった。あれはエリンギのバター醤油炒めを食べた人間のゲロじゃ。あんたたちが食べたのは余りもんのポークソテーじゃろ？　別館にいた四人のうち、エリンギを食べたのはあたしだけじゃ。あたしみたいなデブがジャンプをして、氷を割らずに着地できると思うかえ？」

「うーん」さくらこがしほりんの贅肉を見つめて唸る。「無理そう」

「さくらこちゃんは難しく考えすぎなんよ。本館の屋上にたくさん足跡があったじゃろ。犯人は三人組を殺したあと屋上へ出たんじゃ。あそこからは別館の屋上が見下ろせる。本館は三階建て、別館は二階建てじゃからな。水平距離はせいぜい五メートル。道具一つあれば飛び移れるじゃろ」

しほりんはそう言って、嬉《うれ》しそうに二人の顔を見比べた。

「分かった気がする」

しずくはおそるおそる手をあげた。

「どうぞどうぞ」

「ロープを使ったんじゃないかな。どこかの部屋からロープを持ってきて、端《はし》っこを鉄柵にくくりつける。で、ロープを摑んで、振り子みたいに屋上から飛び降りたの。別館の屋上にうまく着地したら、階段を下りて、テラスから自分の部屋に戻ればいい。だけど犯人は緊張しすぎて、飛び移る途中でうっかり吐いちゃったの。だから小道にゲロが落ちた」

「うぐう、いいねえ」しほりんが嬉しそうに両手をばたつかせる。「でもおしい。さっきも言ったじゃろ。小道のゲロにはエリンギが混じっとった。四人のうち、エリンギを食べたのはあたしだけじゃ。この巨体がターザンみたいに宙を飛べると思うんか」

「そっか。忘れてた」

「あと少しじゃ。犯人もターザン作戦は考えたはずじゃ。けど問題があった。この館にはロープがなかったんじゃ」

「ロープがない？」

しずくとさくらこの声が重なった。

「そうじゃ。三人組の一人――ハセちんが重度のヘビ恐怖症でな。細長いもんは何でも捨てちまうんじゃ。犯人は途方に暮れたじゃろ。どこを探してもロープが見つからんのじゃから。　でもそんなとき、ラウンジにちょうどいいロープがあることに気づいたんじゃ」

「ラウンジ？　犯行現場のこと？」

「そうじゃ」

しほりんが得意げに笑う。

「ロープなんてなかったけど」

「ある。腸管じゃよ。動物の腸管は、口から肛門《こうもん》までをつなぐ長い管じゃ。首と臍の下――つまり食道と直腸をちょん切れば、首の断面からするっと引っ張り出せる。犯人が死体の首を切ったのは、身体から腸を引っ張り出すためだったんじゃ」

しほりんが喉を指して満面の笑みを浮かべる。しずくは思わず口を開いたが、続く言葉が出てこなかった。

「三人分の腸管を撚《よ》り合わせれば頑丈なロープができる。くっついてきた邪魔な臓器は千《ち》切《ぎ》って元に戻せばいい。大人の腸管は六メートル以上あるから、三本あれば長さも強さも十分じゃ。犯人は汚さないように服をゴミ袋にでも詰めると、腸を身体に巻き付けて、本館の屋上から飛び降りたんじゃ」

「それじゃ、小道に落ちてたゲロは――」

「誰かが吐いたわけじゃない。腸管に入ってた晩ご飯がこぼれたんじゃ。階段に落ちてたやつも、運んでる途中にうっかり洩れちまったんじゃろ」

「待って待って」さくらこが調子はずれな声で言う。「回収は?」

「そうじゃ。このトリックにはどでかい難点がある。別館の屋上に着地したあと、本館の鉄柵にぶらさがった腸管を回収できないことじゃ。壁の蔦にまじってぶらぶらさせとくしか手がねえ。あらかじめ葉っぱを巻いときゃカモフラージュできるけど、放っておいたんじゃいずれ見つかる。だから死体が発見されたあと、こっそり回収しなきゃならんのじゃ」

「あっ」

思わず喉から声が洩れた。しほりんとさくらこがこちらを見つめる。

「どうしたんじゃ」

「二回目に本館へ行ったとき、死体の身体が膨らんだような気がしたんだけど」

「あはは。お腹がぽっこりしたせいじゃろ。屋上で腸を回収したぺこちゃんが、腹ん中に腸を突っ込んだんじゃ。くっついた葉っぱを見落としたんは手痛いミスじゃな」

しほりんが全身の肉を揺らして笑った。

「どうして犯人がぺこちゃんって分かったの」

さくらこが不思議そうに尋ねる。

「トリックが分かっちまえば簡単だべ。別館にいた四人の容疑者のうち、腸管を身体に戻す機会があったのは二人しかおらん。一人で死体を見にいったぺこちゃんと、お腹を壊して寝込んどったさくらこちゃんじゃ」

「あたしも？」

さくらこが目を丸くする。

「そうじゃ。テラスから一階へ下りて、こっそり本館へ戻った可能性が捨てきれん。でもすぐ思い出したんじゃ。ぺこちゃんが一階のテラスにゲロを吐いたじゃろ。あそこにエリンギが混ざってたんが不思議だったんじゃ。ポークソテーにエリンギは入っとらんからなあ。

犯人がこのトリックを使ったんなら、テラスに落っこちてたエリンギに説明がつく。本館から別館へ飛び移ったあと、犯人の身体は血やらゲロやらでべとべとだったはずじゃ。エリンギの一つくらいくっついててもおかしくない。部屋に戻る途中でエリンギが床に落ちたんじゃろ。もちろん犯人は、部屋に戻ってべとべとを洗い流したわけじゃ。

「でも考えてみ。さくらこちゃんの部屋は二階じゃ。さくらこちゃんが犯人なら、一階のテラスにエリンギが落ちてるのはおかしい。こりゃ犯人はぺこちゃんしかおらんってわけじゃ」

しほりんは腕を組んで、ふんと鼻を鳴らした。さくらこがほっと胸を撫で下ろす。

しずくはふと、「実録・日本エログロ殺人事典」で目にしたクチジロウのエピソードを思い出した。クチジロウは幼いころ、川で魚を釣るために老人の舌を引っこ抜いたり、自転車のサドルを洗うために女教師を破水させたり、野良犬を手懐《てなず》けるために赤ん坊の頭を囓らせたりしていたという。密室を作るために腸を引っこ抜いたぺこちゃんは、脳の作りがクチジロウと似ていたのかもしれない。

「あ、ダメかも」

「ごめん、あたしも」

しずくとさくらこは揃って立ち上がると、口を押えてトイレに駆け込んだ。

9

気がつくと、客間のベッドに横たわっていた。

しほりんがここへ運んでくれたのだろう。身体を起こすと、胸に黄色いシミがついているのが見えた。サイドテーブルには「梔子げろげろ丸」のガラス瓶が置いてある。しずくは思わず苦笑した。

明日はいよいよ下山だ。無事に朽ヶ峰を出ることができても、自分がどうなるのか見当もつかない。もう高校の教室に通うこともないのだろう。それでも生きるしかない。

瞼《まぶた》を閉じると、さくらことしほりんの顔が浮かんだ。二人が一緒なら大丈夫――と思いたいが、胸にこびりついた不安は拭い切れない。

一人きりだからこんな気持ちになるのだ。さくらこの部屋へ行こう。しずくはベッドを抜けてドアノブを捻った。

「――――」

錠が閉まっていた。

心臓が早鐘を打つ。なぜ閉じ込められているのだろう。

一日の光景が目まぐるしく脳裏を駆けめぐる。ふと疑問が浮かんだ。

三人組はしほりんのことを首無しちゃんと呼んでいた。贅肉のせいで首が無いように見えたから、そんな渾名をつけたのだろう。

でもテラスから玄関ホールに入ってきたとき、さくらこはこう言った。

――しほりんさんですね。初めまして。

なぜさくらこは、しほりんという呼び名を知っていたのだろう。二階は防音壁が使われていたから、しずくたちの会話も聞こえなかったはずだ。

しずくはベッドに戻ると、布団をかぶって息を殺した。言いようのない胸騒ぎが膨らんでいく。

そのとき、廊下から愉快そうな笑い声が聞こえた。

＊＊＊

「お待たせしてすみませんでした」

トレッキングシューズを脱ぐと、アオガクは眼鏡《めがね》に浮かんだ水滴を拭った。玄関ホールに荒い息が反響する。

「ワセダさん、また痩せました？」

「うるさいな。ねえ、びっくりしたんだよ。ぺこちゃんがモモヒコたちの首を切って殺したんだ」

「ぺこちゃん？」

「不二井《ふじい》さんのこと」

「ああ、ご友人ですね」アオガクは眼鏡をかけて苦笑した。「中学生のころハセちんに暴行されてたみたいです。殺害動機は復讐《ふくしゅう》でしょうね」

「え？　ハセちんだけ？」

「はい。残りの二人は密室トリックのために殺したんでしょう」

「へえー。やるね」

思わずため息が洩れた。小太りのおじさんを本気で犯人に仕立てるつもりだったのだろう。

アオガクはネクタイを締め直すと、うまそうに水筒の水を飲んだ。

「わたしも驚きましたよ。あなたは旅行中だと聞いてましたから」

「どう見ても旅行でしょ。研修旅行。チャイムが鳴んない生活って最高だよね」

「ここへ来たのは偶然ですか」

「もちろん。あたし、首無館にしほりんがいるなんて聞いてないもん。変な渾名つけられてるせいで、しほりんだって気づかなかったし」

「まずかったですか」

「いいよ。すっかりブタになってたもんね。あれならお父さんも娘とは気づかない」

「お父さん？」アオガクが首を傾げる。

「そう。しほりんのお父さん。あいつ、デブ専なんだよ」

「え？　ワセダさんがやるんじゃないんですか？」

「違う違う。あたしはデブ専じゃないし。やりたくて育ててたんなら、顔を見た時点でしほりんって気づかなきゃ変でしょ。あたし、顔を見たのも初めてだよ」

「そういえばそうですね」

「やるのはしほりんのお父さん。あいつはきっとデブを買いにくるから、出所祝いにプレゼントしてやるんだ。どうなるか分かる？」

　さくらこは頬のにきびを撫でながら言った。あの男を絶望させるためなら、どんな手間も惜しくない。

「どうなるんです？」

「娘を犯すんだよ。自分でも気づかないうちにね」

井上真偽

『四人館の惨劇』

井上真偽（いのうえ・まぎ）

二〇一五年、『恋と禁忌の述語論理《プレディケット》』で第五一回メフィスト賞を受賞しデビュー。続く『その可能性はすでに考えた』『聖女の毒杯その可能性はすでに考えた』は、ともにその年のミステリランキングを席巻した。近著に『探偵が早すぎる』（上・下）がある。

ゴクリと、妹がペットボトルの水を少し飲んだ。

廃屋《はいおく》同然の館《やかた》の大広間。辺りは洞窟《どうくつ》のように暗いが、それでも妹は顔を隠したがるかのように半袖《はんそで》パーカーのフードを深く被《かぶ》ったまま、埃《ほこり》の積もった床にぺたりと尻《しり》をついてただ機械的に水を飲みこむ。ゴクリ。ゴクリ。外の雨音と蛙《かえる》の鳴き声に混じり、妹のか細い嚥下《えんか》の音がかすかに僕の耳に届く。

その様子を間近で見守りながら、僕はそっと妹の名を呼んだ。

「……ちなみ」

返事はない。

「ちなみ。ちなみ……」

繰り返す。が、反応はない。僕は妹の顔の前に手をかざし、試みに左右に振ってみた。

予想通り、妹がそれを目で追う様子はない。ただ光のない瞳《ひとみ》を虚空《こくう》に向けながら、ペットボトルを両手で持ってくわえつつ、無心に喉《のど》だけを動かす——ゴクリ。ゴクリ。

やり場のない悲しみに、僕は思わず妹の頭にそっと手をやった。

すると途端に妹はバネ仕掛けのように身をのけぞらせた。恐怖に顔を引《ひ》き攣《つ》らせて、こちらを見る――いや、何も見ていない。単に触られたことに脊髄《せきずい》反射で応《こた》えただけだ。不意打ちでしっぽを踏まれた猫が毛を逆立《さかだ》てて飛び上がるように。

ちなみ――。

「今は、そっとしておいてあげなさい」

背後から、女性の低めの声が聞こえた。

「事故のショックによる、突発的な解離性障害だと思うから。大丈夫。外傷はないから、本当に目が見えてないわけではないわ。彼女は今、単に自分の世界に閉じこもってるだけ。周りの現実が見えてないの」

僕はもどかしい思いで妹から離れる。捻挫《ねんざ》した足を引《ひ》き摺《ず》りつつ、壊れた椅子《いす》を跨《また》いでバネの飛び出たソファに近寄った。そこに寝そべる年上の女医に向かって問いかける。

「妹は治るんでしょうか?」

「一時的なものなら、たぶん」

「ずっとこのままってことも、あるんですか?」

「さあ……私は心療内科が専門じゃないから、それ以上はなんとも。ところで近くに来たなら、ちょうどいいから少し手伝ってもらえる? 包帯を巻き直したいの」

女性はそう言って身を起こすと、外れかけた腕の包帯を見せてきた。僕は頷《うなず》き、彼女の隣に腰を下ろして巻き直しを手伝う。

「あの、えっと……」

「常盤《ときわ》よ」

「常盤さん。常盤さんは大丈夫なんですか、この怪我《けが》？」

「ああ、これ？　ええ、平気よ。これは事故の前からあった怪我だから。あなたの捻挫のほうは？　もう痛まない？」

「はい。大丈夫です」

「ならよかったわ。ところでええと……佐伯《さえき》くん。妹さんの持っているペットボトルって、あれ一本だけかしら？」

「わかりませんが、たぶん――もしかして飲みたいですか、常盤さんも？」

「いいえ、今は結構。でももし他に飲み物とかがあるなら、なるべくここの皆と共有するか、あるいは徹底的に隠すかしたほうがいいわ。何しろこんな状況だから。もし救助がこれ以上遅れるようなら、食料の奪い合いなども発生するかもしれない。あまり考えたくはないけれど」

「……了解です」

僕はその言葉にまた不安の種を増やしつつ、妹のほうを振り返る。

正気を失っても私物への愛着はあるのだろう、妹は柱時計のそばで体育座りをしながら、愛用のリュックサックを大事そうに胸に抱《かか》えていた。ペットボトルもあの中から出したに違いない。他に菓子などの食料品があるかはわからなかったが、無理やりあれを奪って中身を確認するわけにはいかなそうだった。隙《すき》を狙《ねら》って盗み見るしかない。

常盤さんが妹に、じっと視線を向けた。

「佐伯くん。確認だけど、妹さんの顔のあれは、治療はいらないのね？」

ズキリと僕の胸に痛みが走る。

「はい。あれも事故前からのものですから」

「そう。ならいいけど。もし他に傷など見つかったら早めに言いなさい。ああ、そうだわ。あと、これ……」

常盤さんが自分の膝《ひざ》にかけていたショールを取り、僕に差し出す。

「これを、妹さんの膝にかけてあげて」

最初僕は、それを渡された意図がよくわからなかった。

けれど彼女の含みのある視線に、ハッと気付く。周囲を見回すと、大広間の各所にいた中年男性や少年が数人、僕の動きに気付いて妹からスッと目を逸《そ》らした。

「こんな状況だから、より一層注意しないと。周りに変な気を起こさせないようにね。人間は馬鹿《ばか》だから」

確かにこんな状況だからこそ、配慮が必要なこともあるのだろう。僕は苦々しい思いをかみ殺しながら頷き、借りたショールを持って無防備な妹のもとへと向かう。

その途中、割れた窓ガラスの向こうで、ピカリと稲妻が走った。

続く雷鳴。強まる風。その轟音《ごうおん》に刺激を受けたように一斉に昂《たか》ぶる蛙たちの鳴き声に、割れ窓の隙間から波頭《はとう》のような勢いで吹きこむ雨飛沫《あめしぶき》。

豪雨の館に閉じこめられた、十三人の男女。

それは雪崩《なだれ》を起こす直前の雪山のように、非常に危ういバランスで成り立っているものに違いない。


僕たちの乗ったバスが峠《とうげ》で転落事故を起こしたのは、昨日深夜のことだった。いや。まだおそらく日付までは変わっていないだろうから、今日というべきか。僕が高校生の妹と二人、里帰りのため夜行バスの固いシートを我慢しつつ仮眠をとっていると、突然バスが蛇行《だこう》し始め、直後に衝撃が襲った。悲鳴を上げる間《ま》もなかった。気付くと体が宙に浮き、僕はその後に訪れた落下のショックとともに意識を失った。

次に目を覚ますと空に明け方の星が見えた。体はバスの外に放り出されたが、奇蹟的《きせきてき》に木の茂《しげ》みか何かに落ちて助かったらしい。妹も僕が咄嗟《とっさ》に抱きかかえていたので無事だった。身を起こした僕は、まず目の前の崖下《がけした》に縦半分に圧縮されたバスの残骸《ざんがい》を見て驚愕《きょうがく》し、その車体から果汁を絞ったように流れ出る黒々とした液体に声を失った。

乗客の半数以上は目も当てられない状態だったが、中には僕と同じく無事だった人たちもいた。その辺りは座席の運だろう。しかしその事故のショックも冷めやらないうちに急に雨が降り始め、僕たちは慌てて雨宿りの場所を探し――そしてようやく誰かが見つけて風雨に追われるようにして逃げこんできたのが、この館である。

館。

そう呼ぶしかないだろう。家でもなく、小屋でもなく。明け方の暗さで外観はシルエットしか見えなかったが、建物は三角の屋根や出窓らしき部分を備えていて、玄関の扉には仰々《ぎょうぎょう》しい金属製のノッカーがついていた。

なぜこんな山奥にこのような洋館が、などと考えている余裕は僕たちにはなかった。ただ部屋に明かりはなく、割れた窓には風雨が構わず吹きこんでいたので、空家なのだろうという推測はついた。

鍵も開いていたので僕たちは遠慮なくその館に入り——そこで救助を待つことにした。


雨音に混じり、グワッゲエ、グワッゲエと蛙の鳴き声が響く。

あれからもう半日以上経《た》っただろうか。僕たちには時計がない——電子機器や時計の類は全部、事故で壊れたかバッテリー切れなどで使えなくなってしまった——ため、時間感覚がやや曖昧《あいまい》になっている。唯一の判断基準になる太陽も、今は厚い雨雲に隠されて昼か夜かも定かではない状態だ。

そんな中、僕たちは各自睡眠などを取りつつ大人しく救助を待っていたが、なかなか助けはやってこなかった。不幸中の幸いというべきか、僕たち生存者は誰も生死に関わる大怪我は負っていなかったようなので、それほど切迫感はない。しかしその分、やり場のない不安と苛立《いらだ》ちが、見えない澱《おり》となって僕たちの心に積もっていた。終わりの見えない待ち時間ほど精神を疲弊《ひへい》させるものはない。

窓の外には時折雷光が走る。

その光に照らされ、大広間にいる面々の姿が、その都度《つど》暗がりの中に浮かび上がった。

全員沈痛な面持《おもも》ち。

あのバス事故で生き残った、十三名。

お互い簡単な自己紹介はすませていたが、あれからろくに会話もしていないので名前はもうほとんど覚えていない。まず、大広間の壊れた柱時計のそばにいるのが、僕と妹。そしてその近くのソファで寝そべっているのが、さきほど僕に忠告をくれた女医――常盤さん。

その彼女の向かいには、老齢の女性と幼稚園に通うくらいの男の子が、同じく二人掛けのソファに寄り添うようにして座っていた。お祖母《ばあ》さんとその孫らしい。

広間の中央にある大テーブルには、やや軽薄そうな印象の男子大学生と、ストライプのシャツを着た髪の薄い男性中学校教師。ところどころ崩れた暖炉《だんろ》の前には、会社勤めの小柄な若い女性が気落ちした様子でしゃがみこんでいる。

壁際の長椅子には中学生男子が三人。いかにも素行の悪そうな見た目で、それぞれが個性的で粋《いき》がった髪型をしていた。

そして窓辺に立ってじっと外の雨を見つめる、スーツ姿の職業不詳の男――。

あと一人、眼鏡《めがね》をかけた二十代後半くらいの男がいたはずだが、今その姿は大広間の中に見当たらなかった。どうしたのだろう。トイレだろうか。

「救助、来ませんねえ」

うたた寝する孫の肩を抱きながら、お祖母さんが誰に向けるともなしに言った。

「もしかして、誰も知らないんですかねえ。私たちが、ここで事故に遭ったこと」

「そんな……いくらなんでも、バス会社が気付くはずだわ」

「でも、山奥だから」

「バスのルートは会社が把握してるはずです」

お祖母さんと常盤さんが、どこか気の抜けた会話を交《か》わす。常盤さんの反論は尤《もっと》もだが、しかしそれならなぜ救助が遅れているのだろうという疑問は残った。もしかするとこの豪雨で、土砂《どしゃ》崩れでも起きたのだろうか。それで道路がふさがって——。

「ああ。それなんですがね」

すると大テーブルから、話を聞き付けた中学校教師が口を挟む。

「実は私、乗っている途中で気が付いたんですが。どうやら今回のバスのルート、最初の予定と違っていたみたいなんですよ」

「ルートが予定と違う？」

「ええ。私ね、この長距離バスの常連なんですけども。ふと夜中目を覚ましたら、見覚えのない景色のとこ走ってましてね。あれ、こんな山道あったっけな、と。あの時間帯なら、いつもは高速を走っていたはずなんです」

その発言に、一同に困惑の空気が漂う。

バスのルートが予定と違う――。

それは有り得ないことではなかった。昔ニュースとなったバスの事故でも、運転手が高速の入り口を間違えて通過し、運行計画にない一般道を走っていた。間違い以外にも急な通行止めなどの道路事情もあるだろうし、時間的制約が厳しい長距離バスの運転では、そのようなルート変更は往々にして行われるものなのかもしれない。

「でも、そういう変更って、普通は会社に報告するものじゃないの？」

「私もそう思いますがね。しかし、何かのトラブルで連絡がとれなかったってことも……。あるいは運転手は自分のミスを会社に隠蔽《いんぺい》するつもりで、報告していなかったとか」

だとしたら最悪だ。尤もその真相は今となっては確かめようがない。当の運転手は、あのひしゃげたバスと運命を共にしてしまったのだから。

「……きっとGPSか何かが、あるはずだわ」

常盤さんが呟《つぶや》く。それもまた有り得る話だろう。そうであってほしい。しかし事故で装置は壊れたかもしれないし、この雨雲で電波が遮《さえぎ》られているのかもしれない。

するとそこで、ギィッと大広間の扉が開いた。

場に緊張が走る。扉が軋《きし》みを立ててゆっくり開くと、その向こうには眼鏡をかけた痩《や》せぎすの男が立っていた。周囲の空気が少し弛緩《しかん》する。事故の生存者の一人、眼鏡の二十代男性だ。

彼は首に下げた一眼レフらしきデジタルカメラをしきりにいじくりながら、ずかずかと中に入ってきた。

「いやいや。やばいですよ。これホントやばいですよ」

あの事故でも運よく壊れなかったのだろう、高性能そうなカメラの液晶画面を覗《のぞ》きこみながら、眼鏡男は興奮した口振りで繰り返す。僕は彼のそんな態度になにか場違いなものを覚えた。常盤さんも同じ感想を持ったのか、ソファから首を亀《かめ》のようにもたげ、眼鏡男に向かって訝《いぶか》しげに訊《たず》ねる。

「あなた……今、どこで何をしてたの？」

「え、僕ですか？　写真を撮ってました」

「写真？」

「廃墟《はいきょ》マニアなんですよ。僕」

呆気《あっけ》にとられたような空気が流れた。

「廃墟マニア？」常盤さんの声がやや刺々《とげとげ》しさを帯びる。「もしかしてあなた、この館の撮影をしてたの？　この状況で？」

「はい」

「正気なの？　人が死んでるのよ」

「ええ。知ってますよ。勿論《もちろん》そっちの写真も撮りました。ああ、そうだ。見ます？　さっきの事故現場の写真」

廃墟マニアの眼鏡男はへらへらと笑いながら、常盤さんのほうにカメラの液晶部分を向ける。常盤さんは衝撃を受けたように固まると、「信じられない」と吐《は》き捨《す》てるように呟いて顔を背《そむ》けた。しかしそういった反応に慣れているのか、廃墟マニアは特に気にするふうもなく軽く肩を竦《すく》め、またカメラを手元に戻す。

「そんなことより」

と廃墟マニアは続けた。

「ねえ皆さん。この中に、『囚人館』――って知ってる方、いますか?」

――囚人館?

また奇妙な空気になった。何だそれは。映画かゲームのタイトルっぽいが。というより何よりそれは、今この場で持ち出すような話題なのか?

するとおずおずと、暖炉前にいた女性会社員が手を挙げた。

「あの……それってもしかして、前にネットで話題になっていたものですか?」

「ああ、それですそれ。話題になったといっても、もうかなり古いネタですが」

「あ。なら私、知ってます……」

女性会社員が同意する。廃墟マニアは他にもいないか期待するように一同を見回すが、それ以外に挙がる手はなかった。廃墟マニアは腕を組んで残念そうに言う。

「一人かあ。意外と知名度低いな」

常盤さんがやや苛立ち交じりの声で訊ねた。

「それで、何なのよそれって」

「まあ、都市伝説みたいなものですがね。グーグルマップ、ってありますよね？　地図サイトの。あれって航空写真で地上の様子が確認出来るんですが、一時期それを使って、山奥にある『謎の村』とか『謎の施設』とかを発見する遊びが流行《はや》ったんですよ。

僕の言う『囚人館』も、その一つでして。あるとき話題になったんです。××県の山奥の、道も集落もない森の中に、一軒だけポツンと建っている『館』があるって――」

廃墟マニアは眼鏡を中指で押し上げると、ヒヒッとあまり聞き心地の良くない笑い声を立てる。

「今はもう見えませんがね。グーグルマップの写真が更新されて、森に隠されてしまったみたいで。当時の写真はネット上に幾つか出回ってますが、加工された物も多くて、今となってはどれが本物かわかりません」

「……ここが、その館だっていうの？」

と、常盤さん。

「僕も最初はまさかと思ったんですけどね。ただ待ってください、まだ僕の説明は終わっていません。肝心の『囚人館』の名前の由来について説明しなきゃ」

廃墟マニアは嬉々《きき》として説明を続ける。

「それでですね。まあそれだけなら単に『山奥にある謎の館』なんですが、その当時、当の館が写った写真を事細かに分析した暇人がいましてね。館自体には何の発見もなかったんですが、ただその周辺に……奇妙な『点』が見つかりましてね」

「点？」

「ええ。黒い点と、赤い点」

文字通り、図形的な点のことらしい。

「それが話題になったんです。その点を拡大して補整をかけると――」

廃墟マニアはまた眼鏡を指で押し上げると、少し間を溜《た》めて言う。

「赤い服を着た女性が、斧を持った男に追いかけられてるように見える、って」

その言葉に、少し肌がぞくりと粟立《あわだ》った。

「まあこれも、そんなふうに見えるってだけの話ですけどね。その写真自体が加工されていた可能性もありますし。所詮《しょせん》ネット情報ですから、確かなことなど何一つ言えません。ただ、当時のオカルト系のＳＮＳはそのネタで大層盛り上がりましてね。赤く見えるのは女性の血で、あそこには猟奇殺人鬼に誘拐された女性たちが何人も幽閉されている、とか何とか。赤い点は『赤少女』、黒い点は『斧男爵《おのだんしゃく》』なんて呼ばれてもいました。それでついた名前が『囚人館』――」

廃墟マニアが両手を開き、薄暗い大広間の空間を指し示す。

「ここが、それです」

しばらく、僕たちの間に沈黙が下りた。

この館で、そんな鬼畜のような犯罪が——？

にわかには信じがたい。けれどこんな人も通わぬ山奥に、ぽつんと洋館が一軒建っていること自体は現実だ。それが異常。立地がすでに異常。一体この館の主《あるじ》は、何を目的にこんな土地に館を建てたのか。人目につかない場所を選ぶ、その理由とは——。

するとその沈黙を破るように、はあと重たいため息が聞こえた。常盤さんだ。

「馬鹿らしい。二つの点が、囚《とら》われの女性と殺人鬼の追いかけっこに見える？　そんなの典型的なパレイドリア効果、シミュラクラ現象だわ。点が三つ並べば人の顔に見える。丸が三つ並んだらディ●ニーが著作権侵害で訴えてくる。そんな話と同じよ」

僕もネットで読んだだけのうろ覚えの知識だが、確かパレイドリア効果とは雲などが人や動物などに見えるような錯覚効果、シミュラクラ現象とは点が三つあれば人はそこが顔のように見えてしまうという心理的現象のことだった気がする。ちなみにディ●ニーの例は少し違うのではないかという気もしたが、それを突っこむような空気でもなかった。

「馬鹿らしい……か。確かに」

廃墟マニアは不敵な口調でそう呟き、頷く。

そして中央のテーブルを回り、ソファのほうに移動した。常盤さんのそばに立ち、ソファの背もたれ越しにカメラを彼女へ差し出す。

「でも女医さん。これはさっき僕が、この館を探検中に撮影したものなんですが……はたしてこれを見たあとでも、同じことが言えますかね？」

そのカメラを渋々《しぶしぶ》といった様子で受け取った常盤さんは、液晶画面にちらりと目をやり、直後に口を手で覆《おお》った。

「嘘《うそ》……」

すぐさま僕は常盤さんの近くに移動した。彼女の肩越しに画面を覗きこみ、そこに信じがたい画像を目にして思わず固唾《かたず》を飲む。

地下室らしき、石壁に囲まれた部屋。

石畳に転がる鉄球付きの足枷《あしかせ》に、鉄の首輪。

壁に無数のひっかき傷。

そしてカメラのフラッシュに浮かび上がる、床一面の、白い――人骨のようなもの。

「……ね。やばいでしょう。この館」

廃墟マニアはそう言って、少し得意げに胸を反《そ》らした。

照明もなく、外からの貧弱な薄明かりだけが頼りの大広間に、不気味な沈黙が流れる。

徐々に強くなる外の雨脚。ザザアと風の波に揺れる森の樹木のシルエット。割れた窓からは雨混じりの風が止めどなく吹きこみ、重苦しい空気の館内にさらに不快な湿気《しっけ》と生暖かさを運びこんでくる。

グワッゲエ。グワッゲエ……。

口数の減った僕たちの代わりに、蛙の大合唱が鳴り響いた。カメラはすぐに一人一人に回され、全員が知るところとなる。ほとんどが青い顔をして黙りこんだが、ただ三人、例の素行不良そうな中学生のトリオだけが、その映像に異様な盛り上がりを見せていた。

「おいっ、マジかよこれ！」

「やべえ、やべえよ高木《たかぎ》！　これマジもんなやつだべ！」

「リアル監禁現場。見学マストっしょ」

口々に叫びながら、彼らは大広間を飛び出していく。

僕たちには彼らを不謹慎だとたしなめる気力もなかった。開けっ放しのままで捨て置かれた大広間の扉が、キイと弱々しい音を立てて中途半端《ちゅうとはんぱ》な位置で止まる。

「ええ。嘘でしょ。ええ……」

中学校教師が、髪の薄い頭をがりがり指で掻《か》いた。

「これってつまり、その都市伝説が本当だったってことですか？　それでこの館には、女性を拉致《らち》監禁した殺人鬼がいて——お、おい！　あんたら、何のんびりしてんだ！　早いところここから逃げ出さないと——」

「落ち着け」

これまで沈黙を保《たも》っていた、四十代くらいの職業不詳のスーツ男が、ここにきてようやく口を開いた。

「この館の様子をよく見てみろ。床や家具には埃が積もり、廊下や扉には蜘蛛《くも》の巣《す》が張っている。生活の形跡はない。たとえ仮にその都市伝説が真実だったにしろ、その館の主はもうここにはいない」

バリトン歌手のような、やや低めで落ち着いた太く豊かな声。頼もしい、と表現してもいい。その声に中学校教師も冷静さを取り戻したようで、「あ、ああ……」と決まり悪げにまた頭を掻きつつ椅子に腰を下ろす。

孫を抱いたお祖母さんが、どことなく品を感じさせる口調でスーツの男性に訊ねた。

「あなた、刑事さんか何か？」

職業不詳のスーツ男はフッと微笑する。

「いいや、違う。まあ私のことなどさておき——皆さんここは一つ、理性的に考えてみようではないか。

確かに都市伝説は本物だったかもしれない。我々は雨宿りの場所を求めて、迂闊《うかつ》にもかつての惨劇の現場に飛びこんでしまったのかもしれない。だがそれがなんだ？　そんなものは全て過去の話だ。我々は現在の話をしなければならない。今この場で我々が考えねばならないことはただ二つ。一つはなぜ救助が遅れているのか。そしてもう一つは、この状況下で、私たちが無事助かるためには一体何をしなければならないか、ということだ」

妙に論理立った喋《しゃべ》り方をする人だった。教師か何かだろうか。

「そ、そうだ。あんたの言う通りだ。おいお前！　つまらん怪談話を持ち出して俺たちを怖がらすのはやめろ！」

急に威勢よくなった中学校教師が、廃墟マニアに向かって居丈高《いたけだか》に怒鳴《どな》る。

廃墟マニアは肩を竦めた。

「そこまで怖がってんのは、ロリコンのおっさんだけじゃないですかね」

「だ――」

誰がロリコンだ！　と中学校教師は顔を真っ赤にして再度怒鳴る。だがそこで僕は彼が妹を盗み見ていた連中の一人だったことを思い出し、やや白々《しらじら》しい気持ちになった。

「そうか。だからか」

すると突然、若い女性会社員がぽつりと呟いた。

それほど大きい声ではなかったが、ちょうど会話が途切れたタイミングだったのでその言葉は辺りにやけに反響した。僕たちの視線が自然と彼女に集まる。

「……だからか、とは？」

スーツ男が、探るような口振りで訊ねた。

薄暗い大広間の中、女性会社員はさらに暗がりに身を隠すようにして後ろの壁に寄り掛かる。

「ようやく、わかったんです」暗く重たげな声。「彼女たちが、何を言っているか」

「わかった？　彼女たち？」

「私たち、きっともうこの館から出られないんですね」

「館から出られない？　なぜだ？」

「これはアサギ……アサギなんです」

「アサギ？」

「ああ。そっちの出しますか」

その女性会社員の言葉に反応したのは廃墟マニアだった。さっきと逆の形だ。スーツ男が質問の矛先《ほこさき》を廃墟マニアに変える。

「アサギとは一体何だ？」

「昔あった、ホラー系のテレビドラマに出てくる人物の名前ですよ」

廃墟マニアは無意味にカメラをスーツ男に向けた。

「シリーズものの連続短編ドラマで、その話のタイトルは『アサギの呪《のろ》い』。その中に、同級生の悪戯《いたずら》で体育館の用具室に閉じこめられてしまった女子高生が出てきまして。それが夏休み直前のことだったんで、女子高生はそのまま誰にも発見されず、餓死してしまいます。その少女の名前が『アサギ』。

そして怨霊《おんりょう》となったアサギは、それからしばらくして用具室にやってきた無関係な女子高生たちを、同じように閉じこめて殺してしまいます。その殺し方が結構エグいので、一部ではシリーズ最恐《さいきょう》なんて言われたりもしてますが」

どこかで聞いたような話だった。不幸な死に方をした人間が、その怨《うら》みで無関係な者に取り憑《つ》いて呪い殺す——怪談噺《ばなし》にはよくあるパターンだ。

「ああ、アレっすか。『七人ミサキ』みたいなものっすか」

するると今度は、授業で居眠りするようにテーブルに突っ伏していた大学生が、むくりと顔を起こした。

「七人ミサキ？」とスーツ男。

「ああ、今度はそれか」再び廃墟マニアが代わりに答える。「ええと、そっちは日本の怪談に昔からよくあるやつです。「元は四国のほうの伝承だったかな。事故や災害で死んだ人の霊がその現場で地縛霊となって、その場所に来た人間を呪い殺すという幽霊話。この話の特徴は、その霊の数が常に七人って決まっていることでして。霊の集団は誰か一人を殺すと一人成仏し、今度はその殺された人間の霊が代わりに七人ミサキの一員になります」

これまた聞き覚えのある話だった。貧乏くじを押し付け合うタイプの怪談だ。山奥の洞窟や雪のかまくらに、代わりばんこに閉じこめられるパターンの話も聞いたことがある。

大テーブルにいた中学校教師が、いかにも小馬鹿にしたように鼻を鳴らした。

「フ、フン。つまり何か？　この館で猟奇殺人鬼に殺された被害者たちが、地縛霊となって私らを呼び寄せたと？　それでこれから私らは殺され、身代わりの霊になる――ハッ！　下らん」

教師は腕を組むと、ドスンと乱暴な仕草《しぐさ》でテーブルの上に両足を乗せる。しかし足が震えていたのだろう、すぐに座りの悪いテーブルがガタガタとポルターガイストのように音を立て始めた。教師はその音に自分で驚いたように、即座にテーブルから足を下ろす。

「でもそのアサギって話、怪談噺としても破綻《はたん》してないかしら？　いくら夏休みといっても、体育館の用具室くらい普通に使うでしょう。部活の練習か何かで」

常盤さんが、女医で現実家らしい意見を述べた。

「すみません。場所などの設定は少し違ったかもしれません。まあ所詮は作り話なんで、ディテールの甘さは大目に見てほしいといいますか」

「面白い話だが、今のところその『怨霊説』を支持する確たる証拠はない」

スーツ男がばっさりと切り捨てる。すると女性会社員が、

「ウフフフ」

と突然気味の悪い笑い声を上げた。

どこか壊れたような笑い方だった。スーツ男が女性会社員のほうを向く。

「なぜ笑う?」

「もう、おかしくて」

「私は正論を述べたままでだが」

「あなたじゃなくて……聞こえ、ませんか?」

「聞こえる? 何が?」

「ずっとですよ。この館に来たときから、ずっと。最初は空耳かと思って、私も気にしないようにしていたんですけど。でもこの館の秘密を知って、ああ、やっぱりって——」

「失礼。何が聞こえるって?」

「ああああ!」

突如、女性会社員が奇声を発した。

女性会社員は壁にバンと手をつくと、弾《はじ》かれたように窓辺に駆け寄る。そして窓枠を張り手で突いて押し開け、びゅうびゅうと雨風の吹《ふ》き荒《すさ》ぶ外の森の闇《やみ》に向かって叫んだ。

「うるさい！　うるさいうるさいうるさい！　黙れ！　黙ってよ！　代わらない！　絶対あなたたちとなんか代わらないんだから！」

僕たちは呆気にとられた。

雨に向かって狂ったように叫ぶその女性会社員の姿に、つい背筋がぞっとする。下手《へた》な怪談なんかよりも、今の彼女の振る舞いのほうがよっぽど恐ろしかった。彼女は……正気だろうか？

いつの間にか僕の隣に、スーツ男が立っていた。彼は僕の肩に手を置き、訊ねる。

「君。何か聞こえるか？」

「い、いえ。特には」

「君は？」

「雨の音と、蛙の鳴き声くらいっすかね」

スーツ男はテーブルの大学生にも同様に訊ね、大学生もやや緊張気味の声で答える。

「おばあちゃん」するとそこで、可愛《かわい》らしい子供の声が聞こえた。うたた寝していた男の子だ。今の騒ぎで目を覚ましてしまったらしい。

「なあに、しょうちゃん？」

「僕、聞こえるよ」

「あら。聞こえるって、何が?」

「『代わって』って、言ってる」

「言ってる? 誰が?」

「あそこ」

男の子は小さな手で、暗い窓の外を指差す。

その何気ない仕草に僕はぞくりとした。一瞬、外から誰か覗いているのかという疑念が頭をよぎったが、勿論そこに人影など見当たらない。ミストシャワーのような細かい雨粒が舞いこむ開いた窓の向こうには、薄暗い森の景色が広がっているだけだ。

だがそこで、大学生がちっと舌を鳴らした。

「そうか。そういうことかよ」

そういうこと——?

僕は大学生の顔をまじまじと見る。すると僕の視線に気付いた彼は、おもむろに頬《ほお》の両端をつまみ、「ゲロゲーロ」とおどけるように横に引っ張って見せた。

一瞬馬鹿にされたのかと思ったが、すぐに気付いた。いや待て。ゲロゲーロ——蛙。そうか。この蛙の鳴き声は……。

僕はじっと耳を澄ませる。

グワッゲエ。

グワッゲエ。

ガワッゲエ。

ガワッデエ。

代わって。


蛙鳴《あめい》――。

窓や外壁を打つ雨《あま》だれの音の中に、合いの手のように挟まれる低く濁《にご》ったしゃがれ声。初めこそ周囲の音に力負けしていたが、そのしゃがれ声はこの長引く雨に段々と力を増していったかのように、今やオーケストラ付きの合唱隊さながらの響きで僕の鼓膜を震わせていた。グワッゲエエ……。グワッゲエエ……。その怨み節めいた鳴き声に、僕は束《つか》の間《ま》蛙の集団に取り囲まれたような錯覚に陥《おちい》る。

「……馬鹿らしい。ただの空耳よ」常盤さんが、あらためて現実家らしい解釈を口にした。「専門用語で言うなら錯聴《さくちょう》。そう思いこむから音がそう聞こえるだけよ」

その言葉に、僕に効きかけた呪縛《じゅばく》が解けた。

ああ……それは確かに、その通りだろう。

人間の感覚などあやふやなものだ。枯れ木が幽霊にも見えれば、ラジオの雑音が人の声に聞こえたりもする。ようは気の持ち方次第だ。

だが勿論、中にはそうは考えない人もいる。

「あれ？　皆さんは信じないんですか？　僕は結構信じますけど」

廃墟マニアが、あっけらかんと言った。

「怨霊、上等じゃないですか。メチャクチャ怪奇体験ですよ、コレ。ここから先、カメラを録画モードにして記録に納めたいんで、皆さんももしよかったら協力してください。あくそ、時間表示が狂ってるのが残念だな。昨日バッテリー入れ替えるときに一度リセットしちゃったから——」

そう言ってカメラの液晶を覗きこむ。僕は唖然《あぜん》として彼を見た。この状況を記録するために協力してほしい？　信じられない感性だ。常識のネジが一本外れてしまっている。

常盤さんが呆《あき》れたように言った。

「馬鹿なの？　もし話が本当なら、私たち全員、この館から出られないってことなのよ」

「ますますグッドじゃないですか。呪いの館、脱出ゲームですよ。僕、廃墟とか恐怖動画の配信で生計立ててるんで。これメッチャ再生数いきますよ。くぅ、昂ぶるぅ」

「この手のホラーって、まずそんな発言をする人間から死んでいくんじゃなかったっけ？」

「ですね。フラグ立てちゃいましたね、僕。でもそこから生還したら、それこそヒーローじゃありません？　伝説の男になりません？」

どこまで本気なのだろうか。この廃墟マニアの発言には、終始真剣みというものが感じられない。

スーツ男が窓辺に行き、開いた窓を閉めた。

「皆さん。今はそんなオカルト話に興じている場合ではない。先ほども言った通り、今我々が考えるべきは、救助がいつ来るか、そしてそれまでどうやって凌《しの》ぐかというただその二点だ。もしバス会社が本当にルートを把握していなくて発見が遅れているというなら、我々はあと一日、いや数日ほどこの状況に耐えねばならないかもしれない。ならば今のうちに、せめて飲み水くらいは確保しておく必要がある」

今のうちに、というのは、雨が降っているうちに、ということだろう。僕たちは飲み水の話が出てきたところでひとまず冷静さを取り戻した。確かに現実を見るなら、まず体力的に生き延びる手段を確保せねばならない。

短い話し合いのあと、スーツ男と中学校教師、それと大学生の三人が、ひとまず外に出て雨水を溜めるために、花瓶《かびん》などの容器を持って大広間を出て行った。僕も手伝うかどうか迷ったが、常盤さんに妹のそばにいたほうがいいと忠告を受けてその場にとどまる。カメラが濡《ぬ》れるからと、廃墟マニアが大広間に残っていたことも警戒する理由の一つだ。

三人が出て行ったあと、女性会社員がぽつりと呟いた。

「どうせ出られるわけないのに」

再びソファに寝転ぼうとした常盤さんが、そこで動きを止めて苛立たしげに訊《き》き返す。

「何ですって?」

「霊が、このまま私たちを簡単に逃がしてくれるはずがないんです。館から出ようとしても妨害されるに決まってます。私たちはもっと、霊のことをちゃんと調べなくちゃ。それで彼女たちの怨念《おんねん》と正面から向き合って、正しく呪いを解く方法を見つけなきゃいけないんです」

「だから、そういう非現実的な話は——」

「現実って何ですか？　本当に霊がいるなら、そっちのほうが現実じゃないですか？」

「話にならないわ」

「私、昔から霊感が強いんです」

「そう。私は昔からくじ運が強いけど」

女性会社員がキッと常盤さんを睨《にら》む。さらに言い返すように口を開きかけたが、しかしすぐにその唇《くちびる》を閉じ、代わりにフッと微笑《ほほえ》んで疲労の滲《にじ》んだ声色《こわいろ》で言う。

「貧乏くじに当たらないといいですね」

二人の間に火花が散った。僕はため息をつきつつ外の止まない雨を見る。それからその険悪な空気からの避難場所を探し、柱時計のそばで体育座りをしている妹のもとに近寄り、その膝から落ちかけたショールをそっと掛け直した。


しかしそれからあまり時間をおかずに、外に向かったスーツ男たち三人が戻ってきた。皆一様に困惑の表情を浮かべている。

常盤さんが訊ねた。

「どうしたの？」

「いや、その……ドアが」と、中学校教師。

「ドアが？」

「玄関のドアが、開かなくて。変だなあ。まさか外から鍵《かぎ》をかけられた、なんてことはないでしょうに……」

中学校教師がしきりに首を捻《ひね》る。僕は思わず常盤さんの顔を見た。薄暗がりの下、端整な顔立ちの彼女の表情がわずかに歪《ゆが》む。

「風で木か何かが倒れて、玄関を塞《ふさ》いでしまったのかもしれないわ。だったらこの大広間からはどう？　あそこの窓から出られない？」

「ま、窓からか。わかった、やってみよう」

すると——。

ピシャーン！

稲妻が、窓の外を走った。

途端にヒッ！　と中学校教師が頭を抱えてしゃがみこむ。僕も反射的に身を強張《こわば》らせて窓の外を見た。ゴロゴロと、遠くで銅鑼《どら》を打ち鳴らすような空気の震動が耳を飛び越えて直接腹に響く。

女性会社員の虚ろな声が聞こえた。

「怒ってるんですよ。言ったでしょう。絶対妨害されるって」

「……一万歩譲って、霊の仕業としましょう」常盤さんの低い声。「でもそれで、私たちを閉じこめる目的って何？　私たちを身代わりにしたいなら、とっとと呪い殺せばいいだけの話じゃない」

「何か一定の手順があるのかもしれません。あるいは……選んでいる、とか」

「選ぶ？」

「私たちの中で、誰を生贄《いけにえ》にするか」

暗闇の中に女性会社員の顔が半分溶けこむ。

「私たちは全部で十三名、ですよね？　この館で何人殺されたかわかりませんが、さすがにこの人数では多すぎるのかもしれません。それで、犠牲になる人間をある条件で選別している」

「何よ、その条件って」

「知りませんよ。でも、真っ先にこの館を出ようとした人間から殺していく、とかは、いかにもありそうですよね。ルールとして」

僕たちは互いの顔を見合わせていた。

何かのルールを犯した人間から、殺されていく――。

確かにホラー映画などにはありそうな展開だ。いやしかし、そんな――。

常盤さんがソファに寝転び、ハエでも追い払うような仕草で手をひらひらと泳がせた。

「馬鹿みたい。そんなの全部、あなたの妄想じゃない」

すると、ギィッとまた大広間の扉が開いた。

いや。大広間の扉は開けっ放しになっていたので、正しくは押し開けられた、というべきだろう。その不意打ちの音に驚いた僕たちは、一斉に扉のほうを振り向く。

姿を現したのは、さきほど地下室を見に行った中学生三人組の一人だった。

髪の横を刈り上げ、ギザギザした雷のようなラインの剃《そ》りこみを入れている。粋がった髪型だが顔立ちが幼《おさな》いので、どこか子供が罰で剃られてしまったような印象も受ける。

「あれ？　戻ってねえ……」

剃りこみ少年はそう呟き、首を傾《かし》げた。誰かを探しているようだった。その後ろから、今度は玉ねぎじみたウルフヘアをしたもう一人の中学生が、ひょっこりと顔を出す。

「おい、そこに高木いたか？」

「いや。いねえ。高木まだ戻ってねえ」

「あ？　嘘こけよ」

二人は扉から上下に並んでキリンのように首を出し、キョロキョロと大広間を見回した。ウルフヘアがちっと舌を鳴らす。

「マジかよ。どこ行きやがった、あいつ」

誰かが立ち上がった。スーツ男だった。スーツ男は彼らに歩み寄り、訊く。

「どうした。誰かがいなくなったのか？」

「あ？　知らね」

「高木というのか。そいつがいなくなったんだな。一体どこで？」

「るっせぇよ。知らねえっつってんだろ。関係ねえだろ、引っこめよジジイ」

大人に対して何か不信感でもあるのか、少年たちはやけに反抗的だった。あるいはそれはただ、見ず知らずの他人と仲良くすることに慣れていないだけなのかもしれないが。

「……始まった」

女性会社員が、不気味な声で呟いた。

何が始まったのか、と強《し》いて問い掛ける者はいない。それは十分想像のつくことだったから。中学生二人には今の彼女の声は聞こえていないようで、彼らはしきりに首を動かして大広間の中を確認していた。スーツ男は顎《あご》に手を当てて少し考える様子を見せたあと、きっぱりと言い放つ。

「よし。探しに行こう」

全員がスーツ男に注目した。常盤さんが驚き顔で言う。

「探すって……その中学生を？」

「ああ」

「もしかしてあなた、いい人？」

「そういうわけでもないが……。ここで彼がいなくなった原因をあれこれ邪推するよりは、さっさと状況を明らかにしたほうがよいと判断したまでだ」

スーツ男は廊下に向かって歩き出す。

「まあ大方、ふざけて入った冷蔵庫にでも閉じこめられているといったところだろうが……。ただそちらの『霊感の強い』お嬢さん、一つお願いだ。これ以上我々の不安を煽《あお》るような発言は慎《つつし》んでもらえないか？　ただでさえ我々は事故で疲労困憊《ひろうこんぱい》しているのだ」

女性会社員はハイともイイエとも言わず、ただ黙って微笑む。そのマネキンのような笑い方に、僕は薄ら寒いものを覚えた。もしかしてその精神的な疲労に真っ先にやられてしまっているのは、当の彼女ではないか？

廃墟マニアが頓狂《とんきょう》な声を上げた。

「え？　本気で探しにいくんですか？」

「そうだ。君も手伝ってくれるか？」

「いやいやいや。ないですよ。真っ平ごめんってやつですよ。それ絶対やっちゃダメなやつじゃないですか。完璧《かんぺき》NG行為じゃないですか。ここで広間から出たりしたら、必ず一人ずつ順番に殺されていきますって」

「別に強要するつもりはない。では他に、捜索に協力してくれる者は——」

スーツ男と僕の目が合った。僕が答える前に、スーツ男は気を遣って言う。

「いや、君はいい。ここに残って妹さんの面倒を見てくれ」

スーツ男は僕の肩を軽く拳《こぶし》で小突く。僕は申し訳ない気持ちもあったが、その言葉に素直に甘えることにした。さすがにあの状態の妹を一人残していく気にはなれない。

と、そこで、何気なく柱時計のほうを見やった僕は——。

心臓が、止まりそうになった。

妹の姿が、そこになかった。

「ちな、み……？」

僕はあんぐり口を開け、何もない床を見る。

そこにいるはずの妹がいない。薄暗い床には、まるで蛇か蟬《せみ》の抜け殻のように、常盤さんから借りたショールがふわりと落ちているだけだ。

「ちなみ‼」

叫んだ。柱時計の下に駆け寄り、信じられない思いで辺りを見回す。ダメだ。いない。壊れた棚やカーテンなど死角になるようなところも見るが、どこにも隠れている様子はない。

妹が……消えた？

他の人たちも異変に気付く。常盤さんがソファから立ち上がり、取り乱す僕のもとへやってきて肩を摑《つか》んだ。

「落ち着いて。どうしたの。妹さんは？」

「わ……わかりません！　気が付いたら姿が消えていて——ちなみ！　どこだちなみ！」

常盤さんが皆に向かって訊く。

「誰か、彼女が広間から出て行くところを見た人は？」

答える人はいない。代わりにお祖母さんが、自分の胸元に縋《すが》り付いている孫を見下ろしつつ言った。

「わかりませんが、さっきの雷に驚いたんじゃないかしら。すごく大きかったから……」

「でも扉を開けたんなら、音でわかるんじゃないっすか？」と大学生。

「いや。扉は開けっ放しになっていた。我々の注意は怪談や雷に引きつけられていたし、気付かないうちに出て行った可能性はある」

スーツ男が答える。そうだ。扉は開いていた。妹はいつでも好きに出て行くことが出来たのだ。そんなことに気も回らず、僕は——。

気付くと、僕は広間を飛び出していた。

背後から声が追いすがる。「待て君！　一人では——」「あーあ。また一人、死亡パターン……」しかしそんな言葉に耳を貸している余裕など僕にはなかった。幽霊？　呪い？　冗談、勘弁してくれ！　そんな世迷言《よまいごと》に一時でも気を取られ、結果妹から目を離してしまった自分の不注意が悔《く》やんでも悔やみきれない。僕はまたやった。やってしまった。今度も僕はまた、ちなみを——。

ちなみ。どうか無事でいてくれ。


——妹が顔に癒《い》えない傷を負ったのは、僕の責任だった。

幼いころの話だ。母親が買い物に行き、家の留守番と四歳の妹の面倒をまかされた当時小学生だった僕は、小腹がすいたのでカップラーメンを作ろうと考えた。

両親はインスタント食品を僕たち子供には禁じていたので、このチャンスに食べてしまいたいという願望もあっただろう。しかしまだ幼くて注意力も足りなかった僕は、そのカップラーメンの容器が縦長のコップ形をしていて倒れやすいことも、そのとき妹がテーブルに手を掛けて興味津々で見守っていたことも、ポットから出るお湯がどれくらいの勢いであるかも、まるで考えに入っていなかった。

結果、湯を半分ほど注いだところで容器はバランスを崩して倒れ、その中身が、近くにいた妹の、顔に――。

泣き叫ぶ妹を何とかなだめようと、必死に顔に水を掛けたり、冷凍庫から氷を出して冷やそうとしたことは覚えている。まだ救急車を呼ぶという頭はなかった。そのうちに母親が買い物から帰ってきて、悲鳴を上げ、妹に駆け寄り――その後のことは、もうよく覚えていない。

ただ子供ながらも、自分がとんでもないことをしでかしてしまった、ということはわかった。

勿論母親からは激しく叱《しか》られたが、一番辛い思いをしたのは当の母親だったろう。僕が母親に叱られる以上に、母親は父親や周囲の人間から責め立てられた。しかしそんな離婚寸前まで崩壊しかけた僕たちの家族を救ったのは、他ならない妹だった。勿論包帯が取れた直後の妹はそのあと満足に食事もとれないくらい落ちこんだが、やがて徐々に回復し、小学校に入るころにはまるで火傷《やけど》のことなどないかのように振る舞った。その当時の妹の明るさと優しさに、僕たち家族はどれだけ助けられたことか。

しかし時が経つにつれて、僕は段々と、自分が妹から奪ったものの大きさを自覚していった——それは年頃の少女なら、その後の人生を全て投げ出したくなるほど大きなものだったはずだ。

妹が中学生になったころのある日。僕は洗面所で、鏡の前に立って火傷の跡に手をやりながら涙を流す妹の姿を目撃し、たまらずその場で土下座した。妹は僕に気付くと、慌てた様子でタオルで涙を拭《ぬぐ》い笑顔を作る。

「何やってるの、お兄ちゃん？」

「すまない。本当にすまない」

「いいよ……もう昔の話だよ。お兄ちゃんはそうやって私に永遠に謝り続けるつもり？」

「もしそれで、お前の気が晴れるなら」

妹は苦笑し、また鏡を覗きこむ。

「晴れるわけないじゃん、そんなの……」

それはその通りだろう。当の本人が努《つと》めて何でもないことのように振る舞おうとしているのに、こうして加害者の僕が暗い顔で謝罪し続けても、妹は気が晴れるどころか鬱陶《うっとう》しさが増すだけだ。

だが正直、妹に対して何をどう償えばよいのか僕にはまるでわからなかった。

するとそこで、妹がぽつりと呟いた。

「私ね。今日この火傷のことで、クラスの男子にからかわれちゃった」

言い方は軽かったが、僕は頬を張り飛ばされたような衝撃を受けた。反射的に、カッと熱いものが体の中を駆けめぐる。

「誰だ、そいつは。俺が話をつけてきてやる」

「やめてよ。そんなイジメってほどの話じゃないんだから……。でもね、そのとき私思ったんだ。ああ、私って、やっぱり他の人とは違うんだなあ。こうして一生、変わった人として扱われるんだろうなあ、って……」

その言葉に、僕は火箸《ひばし》で胸をえぐられたような痛みを覚える。

「俺が将来絶対良い医者見つけて、手術代も稼いで手術を受けさせてやるから」

「うん、ありがとう。でも無理しなくていいよ……ここまで範囲が広くて傷が深いと、完全に元通りに治すの難しいってお医者さんも言ってたし。それに色も同じになるかわからないって。だからね、お兄ちゃん……私お兄ちゃんに、一つお願いがあるんだ」

「お願い？」

「うん。だからね。もしこれから先、この火傷のことで私の心がどこかで折れて、私がものすごく暗くて面倒くさい人間になっちゃったとしても……。私が人嫌いになって、毎日誰にも会わずにずっと部屋に引きこもるような性格になっちゃったとしても……」

妹が膝を折り曲げ、土下座する僕の前にしゃがみこむ。そして僕の腕を摑み、すがるような声音《こわね》で言った。

「私のことを、どうか見捨てないで」

――見捨てられるわけ、ないだろう。

僕は暗い廊下を駆けながら、そうあの日の思いを反芻《はんすう》する。

僕のせいで、まったく必要のなかった傷を負ってしまった妹。僕の失敗さえなければ、そんな悩みとは無縁の明るい人生を歩めていたはずの妹。お前は僕より百倍は人生を楽しむ権利がある。

それに僕が焦る理由は、もう一つあった。

先ほど聞いた、中学生三人のうち一人が姿を消した、という情報だ。オカルトマニアなら幽霊が一人ずつ呪い殺している、とでも言い出すところだろうが、僕の解釈は違う。もっと現実的で忌《い》まわしい解釈だ。

もしその中学生が、妹を連れ出したのだとしたら?

正気を失った妹を扉口から何らかの方法で呼び寄せ、連れ出した――有り得る話だ。あるいは妹が廊下に出たところを、たまたま目にした中学生が秘《ひそ》かに連れ去ったということも考えられる。

どちらにしろ、危険極まりない状況だった。早く妹を見つけなくては――。

足の捻挫の痛みなどとっくに忘れていた。僕は思った以上に入り組んだ館の通路を駆けずり回り、目につく扉を手当たり次第開け放つ。しかしどこもかしこも蜘蛛の巣や埃ばかりで、まるで人の入った様子がない。どこだ。一体どこにいるんだ。

結局一階には見つからず、僕は二階に上がった。そして一階よりはやや明るい、大きな窓が並ぶ廊下の右曲がりの角を回ったところで――。

向こうからやってきた妹と、出会いがしらにぶつかりそうになった。

僕は虚を突かれて寸前で足を止める。勢いで前につんのめり、妹を突き飛ばしそうになった。僕の額が妹の鼻と軽く触れ合う。

妹が目を見開き、虚空に向かって呟いた。

「おにい……ちゃん？」

「ちなみ！」

見つけた。

僕は脱力のあまり、その場にくずおれそうになった。

床に片膝をつき、少し呼吸を整える間を置いてから、あらためて妹を見る。大丈夫。無事だ。暗がりではっきりとは見えないが、怪我などはしていないようだった。

すかさず周囲にも目を走らすが、例の中学生が近くにいる気配はない。あの少年は関係ないのか。

さきほど妹が僕のことを呼んだので、さては正気に戻ったかと僕は一瞬期待もした。しかしあらためて見ると妹の視線はいまだ宙をさまよっており、現実世界に帰ってきた様子はない。まだ駄目か。僕は肩を落とすが、しかし今は妹の無事が確認出来ただけでもよしとすべきだろう。本格的な治療は救助後にまたじっくり行えばよい。

そのとき、ピカリと窓の外で雷光が走った。

少し間隔を空けて、雷の轟《とどろ》く音。

しかし僕の目は、その直後に妹の足元に釘付《くぎづ》けになった。

今の光で見えた。妹の足元から……点々と、黒い何かの跡が後ろに向かって延びている。

明らかに足跡だった。僕は廊下にしゃがみこみ、目を眇《すが》めてじっと暗い床の上を見つめる。おぼろげながらやはり足跡が見えた。顔を近づけると、かすかに鉄さびのような匂《にお》いがする。これは……。

血の……匂い？

もう一度妹を確認する。やはり怪我などしている様子はない。もしこれが仮に本当に血だとしても、妹のものではないだろう。

事故のときは妹は僕と一緒に外に放り出されたため、他の乗客の血はほとんど浴びていない。もし仮に浴びたとしても、あれから半日以上経っているのでもうとっくに乾いているはずだ。

だとすれば、この血は——。

嫌な予感がした。その足跡は一旦《いったん》窓に寄るように蛇行しつつ廊下のさらに奥へと続いている。そして廊下の途中で、右手の壁にある半開きの扉へとつながっていた。

あれは——。

トイレ？

僕は怪訝《けげん》に思いながら近づく。扉に打たれた錆《さ》びたプレートは、辛《かろ》うじて「ＴＯＩＬＥＴ」と読めた。妹はトイレに行っていたのか？　だがそれなら、この血の足跡は——。

「……そこにいろ、ちなみ」

僕は形ばかり妹にそう言い聞かせると、ゆっくりトイレの中を覗きこんだ。

中は結構広い。四隅は暗闇に覆われているが、視界の届く範囲にはタイルで覆われた床と壁が見える。

そして正面奥には便座があり、その上に何かが置物のようにちょこんと載せられているのが見えた。何だ？　四角い縦長のクッションのような形。建物の老朽化が進み、地震か何かで天井の建築材でも落ちたのだろうか——そんなふうに想像しながら、僕は便座の上にじっと目を凝《こ》らす。

やがて暗闇に慣れた目に、徐々に見えてきたのは。

頭部と四肢のない、芋虫めいた死体だった。

「……っ！」

僕は反射的に口を押さえた。

こみ上げる悲鳴と吐き気を堪《こら》えつつ、数歩後退《あとずさ》る。死体のＴシャツに見覚えがあった。

あの消えた中学生だ。振り返ると、妹は窓辺に立って外の雨を見ながら、何やらもごもごと一人で口を動かしている。これは……歌？　歌を歌っているのか？

「――何が、あったんだ？」

声を震わせつつ、僕は妹に訊く。当然返事はない。

「殺したのか、お前が？　あの中学生を？　あのトイレで、あんな――形で？」

最後は口にするのもどこか憚《はばか》られた。僕は繰り返し妹に問いかけるが、やはり返事はない。代わりに童謡めいた歌声が返るばかり。

僕は廊下の壁に寄りかかり、頭を抱えた。

ひどく混乱していた。あまりにいろんなことが矢継《やつ》ぎ早《ばや》に起こりすぎて、とてもじゃないが脳内の整理が追いつかない。

落ち着け――。

まず、妹は無事だった。

それはいい。その事実は朗報だ。グッドニュースだ。

その代わりに、中学生の一人が死んでいた。

これはバッドニュース。重大なアクシデントだ。

あのバス事故でさんざん悲惨な人の死を目の当《ま》たりにしてきたので、今さら死体の一つや二つ見てもそれほど驚かない。けれど事故ではなく、この館で新たに死体が見つかったというなら話は別だ――それは明らかに、ここで誰かに殺されたということなのだから。

では一体、誰が——。

妹か？

妹が、あの中学生を殺した？

その考えは僕をさらなる混乱へと追いやる。そんなことが有り得るだろうか？　しかし確かに、例えば妹が急にあの中学生に襲われ、身を守ろうと抵抗した弾みで殺してしまった——といった状況は考えられる。だが、ならあの首から上が吹き飛んだ頭部はなんだ？　あの昆虫のように引き千切られた手足は？　あれも妹がやったというのか？　あの非力な女子高生にすぎない妹の細腕で、一体どうやって？

「……なあ、ちなみ。お前、本当にどうしちまったんだ？　あれはやっぱりお前の仕業なのか？　お前があの中学生に襲われ、正当防衛で殺した。そういうことなのか？　なあ、ちなみ……教えてくれよ。これじゃあ俺も、皆に何て説明したらいいか……」

「——何の話？」

その声に、僕は心臓が破裂せんばかりになった。

廊下の曲がり角から、誰かが覗きこむようにしてこちらを見ていた。腕に包帯。見知った顔——女医の常盤さんだ。口の中で僕の舌がこんがらがる。

「と、常盤さん——どうしてここに？」

「トイレに来たのよ。それよりえっと……佐伯くん。今君、何て言った？　妹さんが、正当防衛で殺した？」

「え、あ、いや……」

最悪だ。発言の決定的な部分を聞かれてしまった。もはや誤魔化しが利く状況でもなかったが、それでも僕は見苦しく言い訳を探してさらにしどろもどろになる。

「あ、あの、これはその……」

しかしその時点で、もう常盤さんは僕の話など聞いていなかった。彼女は曲がり角から出てくると、すぐに廊下の足跡に気付き、スタスタとトイレに向かってしまう。

止める間もなかった。常盤さんは無造作にトイレの前に立つと、目を丸くし、無言で口を押さえて数秒ほど固まる。

僕は額に手をやった。次にどんな言葉が常盤さんの口から出るか戦々恐々としたが、僕が思った以上に常盤さんは冷静で、やがて彼女は僕を振り返ると静かに訊ねてきた。

「これを……妹さんが？」

「わ、わかりません。僕が来たときには、もうこうなっていたんです」

「これって正当防衛……なのかしら」

「そう思いたいですが」

常盤さんはそれ以上特に騒ぐこともせず、もう一度トイレの奥に目をやる。それから扉口でしゃがみこみ、トイレの床に手で軽く触れた。何かを確認しているようだった。僕はそんな彼女の反応にやや戸惑いながらもその挙動を見守る。

やがて彼女は立ち上がると、言った。

「方法はわからないけど、妹さんがやった可能性は高いみたいね」

「え……どうして、それが……」

「トイレの床を見て」

促《うなが》され、僕ももう一度トイレを覗いてみた。最初見たときは気付かなかったが、床の表面が全体的に濡れて光っている。

「床に水が溜まっているでしょう？　たぶんどこかで雨漏りしてるんでしょうけど、中に入れば必ず足裏は濡れる。だから妹さん以外にもトイレから出てきた人間がいれば、その人の足跡も廊下に残っているはずなのよ。でも、それがないってことは――」

「トイレから出てきたのは、ちなみだけってことですか」

僕は常盤さんの言葉を引き取りながら、床を見て少し考えこむ。

「でも、水なら乾いてしまう……ってことは」

「乾くまで時間はかかるでしょうし、混じった遺体の血の跡も残ると思うわ」

「じゃあ何か飛び石のようなものを置いて、その上を渡ったとか」

「そんな不安定な足場で、こんなふうに人を殺せるかしら？　それに床が濡れてるかどうかはかなり注意して見ないとわからないから、中に入ってから気付く場合が大半だと思う。妹さんに返り血はないけど、そこはシーツを使うとか回避する方法は色々あっただろうし。といってもまあ、あの遺体の状態までは私も上手《うま》く説明出来ないけれど……」

僕たちは揃《そろ》って足跡を見下ろす。そうか……。やっぱりこれは、ちなみの仕業なのか。

僕はもう一度トイレの中を見やった。その遺体の見るも無残《むざん》な姿に、僕は吐き気を通り越してもはや憐《あわれ》みさえ覚えてしまう。あまり繰り返し確認したくもないが、頭部は何かで吹き飛ばされたように首から上が消失し、手足は四つ裂きの刑にあったように根元からブツリと切れていた。刃物で切られたというよりまさに「引き千切られた」といった感じだ。

トイレに残っているのは胴体だけで、その頭部や手足は見当たらなかった。遺体が上半身に着ているTシャツが、辛うじてあの中学生三人組の一人だと示していた。

「本当に、どうやって遺体をこんな状態にしたのかしらね」

常盤さんが唇に人差し指を当てて、ぶつぶつと呟く。

「頭を大砲か重い凶器の一撃で吹き飛ばし、手足は引き千切った。そして凶器と体の各部分は窓から遠くに投げ捨てた……と考えれば、一応説明はつくけれど。足跡も窓辺に寄っているしね。でも妹さんに、そんな怪力があるとはとても思えないし……」

「もしこれが、本当に妹の犯行だったとして」僕はつい不安に駆られて訊ねた。「僕たちが救出されたあと、妹は殺人罪で捕まりますか？」

常盤さんは少し難しい顔をした。窓辺に立つ妹に近づき、その顔の前で軽く手を振ってから思案顔で首を捻る。

「百パーセント断言は出来ないけど、たぶん有罪は免《まぬが》れると思うわ。まず正当防衛。それと心神喪失もしくは心神耗弱《こうじゃく》を訴える線もある。妹さんが正常な状態じゃなかったことは私が証言してもいい。ただ……」

常盤さんが僕の目を見て言う。

「佐伯くん。私が今一番心配しているのは、そんなことじゃないのよ」

「え？」

「私が恐れるのは、心理的パニック……集団ヒステリーよ」

「集団ヒステリー？」

僕はキョトンとした。彼女の言いたいことが即座に理解出来ない。

「大広間での会話を思い出しなさい。私たちはこの館の亡霊話をしていた。一人ずつ身代わりに殺されていくというね。そして今、その筋書きの通り、一人が死体となって発見された。となれば――」

ああ、と僕は相槌《あいづち》を打つ。

「呪いが始まった、と誰かが考えるってことですね」

「ええ。でも、それだけならまだいい。見えない幽霊の影に怯《おび》えて、皆で大広間に閉じこもっていればいいだけだから。私が恐れるのは、その先――もし恐怖のあまり、皆が霊を退治しよう、霊に取り憑かれた人間を真っ先に排除しよう、なんて考え出したとしたら――」

僕はようやく、常盤さんが言わんとすることがわかった。

「誰かが、ちなみが霊に取り憑かれた、だから殺してしまおう、って言い出しかねないってことですか」

「状況から見てそうなる見こみは高いわ」常盤さんの声が曇る。「特にこの遺体の状態がよくない。何だか化け物じみた力で殺されたみたいじゃない。霊に取り憑かれた者が、人間離れした怪力で人を殺す――いかにも怪談噺にありそうな話だわ。あの廃墟マニアなんて真っ先に飛びつくんじゃない？」

僕の顔からさあっと血の気が引いた。なんてことだ。妹は加害者から一転、いつでも被害者になりうる危うい境界線上にある。

「なら……どう、すれば……」

常盤さんはしばらく考えたあと、言った。

「だったら、話に乗るしかないわね」

「話に、乗る？」

「来て」

常盤さんが再びトイレに向かう。濡れた床の上に何のためらいもなくズカズカと踏みこんだ。靴が濡れるのも構わず遺体に近づき、その体の一部を注意深く持つ。

「そっち。持って。ただし遺体の血は体につけないように」

僕も慌てて中に入った。「せーの」という彼女の掛け声に合わせて遺体を持ち上げ、二人で協力してトイレから出す。常盤さんは遺体を一旦うつぶせに床に置くと、前に回り、今度は遺体の服を摑んで廊下の上を引き摺り始めた。僕は後ろから押すのを手伝い、窓辺に寄るように蛇行しつつ今妹が立っている手前辺りまで遺体を運ぶ。

「これは……」

「遺体の血で、足跡を上書きしたのよ。あとは窓を開けて雨でも吹きこませれば、妹さんや私たちの足が濡れている理由も誤魔化せる。遺体がここにある理由は適当に解釈させればいいわ。まずはとにかく、妹さんが犯人となるような証拠を消しておかないと」

「妹が犯人となる証拠を消す……ってことは……」

「ええ。殺した人間はいないってことになるわね」

涼しい顔で常盤さんは言う。

「なら結果的に、この殺人は霊の仕業、ってことになる。私たちが強いて主張しなくても、たぶん誰かがそんなことを言い出すと思うわ。でもそのほうがいい。下手に私たちの間で犯人探しが始まるより、まだ霊の存在に怯えてくれていたほうがマシだから」

僕は常盤さんの意図を理解した。彼女はこの殺人を霊の仕業に見せかけて、妹から嫌疑を逸らそうというつもりなのだ。

「大丈夫よ。騙《だま》すと言っても、救助が来るまでの間だけだから。ここに鑑識のプロがいるわけでもないし、この程度の細工でも十分通用するでしょう」

「あの」僕はつい訊かずにはいられなかった。「常盤さんは何で、僕たちのためにそこまでしてくれるんですか？」

「何で、って……」常盤さんは逆に驚いた顔をする。「じゃあ訊くけど、佐伯くんは平気なの？　妹さんが『魔女狩り』にあっても」

「いや、それは……」

「でしょう？」

常盤さんがつかつかと窓辺に寄り、窓を幾つか開け放った。

途端に雨風がわっと吹きこみ、みるみるうちに廊下を濡らす。窓際で小声で歌っていた妹が、急に開かれた窓を驚き顔で見つめた。

それからすぐに、廊下の曲がり角の向こうが騒がしくなった。階下から人が近づく気配がする。「いたか？」「いない」「二階は？」「まだ見ていない――」

来た。僕の体が強張る。常盤さんは僕の後ろに立つと、こちらの緊張を解きほぐすように肩に手を置いて指で軽く揉《も》んだ。

「医療に従事する者として、これ以上新たな犠牲者が出ることを避けたいだけよ。さあ――誤魔化すわよ、お兄さん」


「畜生ォ……。高木ィ……、高木ィ――」

埃とカビ臭い廊下に、湿っぽい声が響き渡る。

「ざけんな。何勝手に死んでんだよ。三人で金貯《た》めて店始めて、ガンガン稼いで親ァ見返してやるっつってたじゃんかよォ――」

口調こそ荒いが、まだどこか幼さを残す声。剃りこみ少年が、変わり果てた仲間の遺体に縋り付いて泣いていた。その台詞に僕はちくりと胸に痛みを覚える。彼らは彼らなりに、きっと夢があったのだ。

もう一人の中学生、ウルフヘアの少年は、立ったまま拳を握ってじっと遺体を見下ろしていた。

だがやがて急に顔を上げると、肩をいからせてつかつかと彼らを取り巻く僕たちのほうへ向かってくる。

中学校教師に目をつけ、いきなりその胸倉を掴んだ。

「おい。てめえだろ。てめえが高木殺《や》ったんだろ。ずっと俺たちにガン飛ばしてたもんなア、ああ?!」

「な、何を言いがかりを……」

自分の子供でもおかしくないくらいの歳の中学生に凄《すご》まれ、教師はオドオドと左右に目を泳がせる。だがウルフヘアはすぐに、その教師の背後でデジタルカメラを構えている廃墟マニアに気付いた。「おいてめえ。何撮ってんだよ」ウルフヘアが手を伸ばすと、廃墟マニアは「おお、怖《こわ》」とへらへら笑って後ろに逃げる。

「霊よ。霊がやったの」

女性会社員が不気味な声で呟く。

お祖母さんと孫の二人連れを除く全員が、この二階の廊下に集まっていた。遺体発見のニュースはすぐ広まったのだ。僕と常盤さんは、妹を探す途中で偶然この遺体を見つけた第一発見者ということになっていた。勿論多少は怪しまれただろうが、胴体だけの遺体のインパクトが強かったためか、その点を問題視する者は今の段階では特にいない。

さきほど常盤さんが開けた窓はすでに閉められ、もう廊下に雨風は入ってきていなかった。しかしその短い間に廊下は十分濡れていて、多少遺体を引き摺った跡は残っているものの、そこから妹や僕たちの足跡が見つかる心配はなさそうだ。

しかし一つ気になったのは、さきほどからスーツ男が床にしゃがみこみ、何か調べものをしている点――現場検証のつもりだろうか。職業不詳の彼の行動が若干気にかかるが、隣の常盤さんが何も言わないので僕もひとまず沈黙を貫《つらぬ》く。

やがてスーツ男は立ち上がると、ぽつりと呟いた。

「おかしい」

僕の心臓がドキリと鳴った。

常盤さんは顔色一つ変えずに、腕を組んで立っていた。だがすぐにふらりと前に出ると、スーツ男の脇《わき》に立つ。

「何かあった？」

「遺体の動かし方が不自然だ」

「不自然？　単にトイレから引き摺ってきただけじゃないの？」

「ただ遺体をここまで引き摺ってくるのが目的なら、もっと廊下を最短距離で通ってくるだろう。だがこの引き摺った跡は、なぜか一度窓際近くまで寄っている。勿論遺体をなぜここまで運んだか、というのも大きな疑問だが、問題はそれだけじゃない――」

スーツ男がもう一度下を向く。

「この引き摺った経路にも、意味があるのだ」

僕の息が、止まった。

つい常盤さんの顔を確認してしまう。常盤さんは無言で腕を組んでいた。やがて彼女は窓側に足を向けると、その引き摺った跡の近くに先ほどの探偵と同じようにしゃがみこむ。

「それはさすがに考え過ぎじゃない？」

「いや。私はそうは思わない。そもそも窓が開けられていたことが不可解だ。この窓に絡みついていたツタの切れ口は新しかったので、犯人は最初は閉まっていた窓を開けて逃げたと推測出来る。この開いた窓と窓際近くの床に、何か隠れた意味があるのだ」

「犯人は窓から外に逃げた、ってことかしら？」

「窓枠に足を掛けた痕跡はないし、この暗闇の中、二階の窓から飛び降りるのは相当勇気が要ることだろう。壁のツタを伝って下りたような形跡もない」

「なら、窓から外に何かを投げ捨てた――」

「だったら開けっ放しにしておく理由がない。窓から何かを捨てたという事実を隠したいなら、元通り閉め戻しておくはずだ」

スーツ男が顎を撫《な》でる。僕の胸がバクバクと心拍数を上げ始めた。なんなんだ……。一体急になんなんだ、この男？

「なるほど。そう言われてみれば、確かに色々と不自然かもしれないわね」

常盤さんはまったく表情を変えずに同意する。そして立ち上がると、あらためて興味を持ったようにスーツ男のほうを向いた。

「ところであなた、何者？」

スーツ男はしばらく考えこむように顎を撫でていたが、やがて懐《ふところ》から一枚の名刺を取り出す。

「別に職業を隠していたわけではないが、ことさら言う必要性も感じなかったのでな。私の名前は富士見樹生《ふじみたつき》――私立探偵だ」

割れ窓から時折雨の吹きこむ大広間を、まるで深海のような沈黙が包みこむ。

灰暗《ほのぐら》い廃墟の空間。二階から戻った僕たちは、半壊した家具が雑然と散らばるその中で、互いにろくに目も合わせずに思い思いの場所に分かれて座りこんでいた。誰もが疲れ切っていた。無理もない。ただでさえ事故で疲弊しているところに――こんな事件だ。もはや思考が現実に追いついていかない。

そんな重苦しい雰囲気の中、まだ事情をよく知らないお祖母さんが、孫を膝に乗せつつ困惑気味に周囲に訊ねる。

「あのう……。一体さきほど二階で、何が……？」

進んで答えようとする者はいなかった。だがやがて常盤さんがため息をつき、おばあさんに近づいて耳打ちする。

「え？　あらまあ、そんな……」

お祖母さんの反応は、まるで日常会話の延長のように平板だった。驚いていないというより、実感が湧かないのだろう。尤も僕たちはすでに何十人も犠牲になった事故を経験しているので、今さら人が一人くらい死んでも驚かない——いや、驚けない。そのくらい感覚が麻痺《まひ》しているのかもしれないが。

「少し、考えたんだが」

ややあって、窓辺に立っていたスーツ男——富士見が口を開いた。

「この殺人、容疑者はかなり絞れるな」

「容疑者？」と常盤さん。

「ああ。被害者の中学生が地下室に向かってから遺体で発見されるまで、この大広間を出た人間は限定される。まず仲間の中学生二人。そして外に雨水を溜めに行こうとした、私とそこの大学生、及び中学校教師の三人。その直後に広間から姿を消した、そこにいる兄《きょう》妹《だい》の妹。容疑者はその六名だ。遺体の第一発見者の兄と女医も含めれば、計八名になるが」

そう。この状況にくわえて、僕にはさらに頭の痛い問題があった。

探偵の存在だ。

まさかあのバスに、そんな職種の人間が乗り合わせていようとは。いや、そりゃあ勿論、探偵だってバスくらい乗るだろうが——ちなみに富士見本人の説明によれば、彼は死んだバスの乗客の一人の素行調査中だったらしい——しかしそれにしたって、この巡り合わせは今の僕には最悪というほかない。

「私たち第一発見者は、容疑者から外してもいいんじゃないかしら」ソファに寝そべりながら、常盤さんが口を挟む。「遺体は死後結構時間が経っていたわ」

富士見が彼女を振り返って反論する。

「そうか？　私には死亡時刻を推定する術《すべ》がなかったが」

「そんなの見ればだいたいわかるでしょう」

「あの雨に濡れた、頭部と四肢の無い遺体の状態でか？　死後硬直などは確認しづらかったと思うが」

「医者の勘よ」

「君は監察医か？」

「いいえ。内科医よ」

「なら、専門外だな」富士見はにべもなく言う。「そもそも容疑者である君自身の証言に、あまり信用性はない。自分が容疑から外れるための詭弁《きべん》とも受け取れるからな」

——手強《てごわ》い。まずそう感じた。この探偵の存在さえなければ、医者の常盤さんの発言力はもっと大きかったはずだ。それならもう少し簡単に誤魔化せた——しかし今はそのことを嘆いていても仕方ない。

「おいオッサン。何で俺らが容疑者に入ってんだよ。俺らが高木殺したっつうのかよ」

するとと壁際の長椅子にいた中学生の一人が、早速探偵の意見に噛《か》みついた。雷の剃りこみを入れた少年のほうだ。富士見は今度はそちらを向く。

「あくまで蓋然性《がいぜんせい》の話だ」

「はあ？　ガイゼン？　意味わかんねえよ、日本語で話せよ」

「では逆に訊こう。被害者の彼は、何で君たち二人から離れた？」

「ああッー!?　だから俺ら、高木を殺《や》ってなんかいねえって——」

さらに食ってかかろうとする剃りこみ少年を、隣にいたウルフヘアが肩に手を置き制した。代わりに答える。

「地下室によ、行ったじゃん、俺ら。そしたらマジで骨とかあって、テンションバリ上がりだったんだけどよ——そしたらよ。高木が急に、クソしてえとか言い出しやがって。あいつここでするとかバカ言いやがったから、さすがにそいつはやべえだろって俺らで止めて、それで便所に行かせたわけよ。

でもよ。俺らてっきり、一階のほうの便所に行ったのかと思ってよ——二階にもあるなんて知らなかったんだよ、俺ら——けどよ、そのあと行ってみたら、その一階の便所は壊れてて、高木もいなくて。で、あいつが勝手に一人で大広間に戻ったのかと思って、それで俺らも戻ったってわけ。おわかり？　オッサン」

言葉は終始喧嘩腰《けんかごし》だが、そこに安っぽい虚勢も感じる。無意味に強がろうとするあたりはやはりまだ中学生だ。

常盤さんがまた富士見に向かって言った。

「なら、こっちも逆に訊くけれど――あなたたち玄関に向かった三人は、互いにアリバイは証明出来るの？」

富士見は少し黙る。

「玄関までは確かに三人で行った。だが玄関の扉が開かないとわかったあと、他に出口がないか三人が分かれて探した時間があった。その間は証明出来ない」

意外にも、三人にもアリバイの穴があったようだ。僕はそのことにやや希望を持つ。

中学校教師が青い顔で反論した。

「で、でもそんなの、ほんの五分かそこらのことでしょう。さっきのトイレは二階にありましたし、そんな短い時間で行って帰って、しかもあんなことまで出来ませんよ、この私にゃあ！」

五分。微妙だ。あの遺体の状態からは、さすがに彼らの犯行だと主張するのは難しいかもしれない。が、少なくとも議論をかき回すネタにはなる。

富士見が今度は僕に注意を向けた。

「君は妹を、どこで発見したんだ？」

――来た。

「あの遺体のあった廊下の、曲がり角です」

「向かいからきた妹と、そこで鉢合わせた？」

「はい」

「とすれば、君の妹は遺体のあった場所を通過してきた――ということになるが？」

「……はい。たぶん通ったんだと思います」

「ふうむ……」

富士見がまた顎に手をやって考えこむ。

僕は言い訳したくなる気持ちを必死にこらえた。ここで下手な嘘をつくのはかえって逆効果だろう。大丈夫、あの足跡さえなければ妹と犯行を直接結ぶ証拠はない。それに――。

「でも……そもそもあの遺体を、犯人はどうやってあんな状態にしたのかしら？」

富士見が黙りこむタイミングを待っていたかのように、常盤さんが口を挟んだ。

「とてもあれ、人間の力で出来るとは思えないのだけれど」

上手い。僕は内心で手を叩《たた》いた。さりげなく疑問を口にすることで、暗に人間以外の犯行の可能性をほのめかしている。

「ああ。問題はそこだ。逆にその方法がわかれば、犯人が絞れる気もするんだが……」

「あ、あの」

中学校教師が、おそるおそるといった様子で手を挙げる。

「私考えたんですが、あれ、外部の人間の仕業ってことは、ないですかねえ？」

富士見が教師をちらりと見る。

「いや、それはない。バスの乗客に我々以外に無事な者はいなかったし、ここは人里離れた山奥の崖下だ。館に生活の形跡もない。この周辺に我々以外の誰かがいるというのは考えにくい」

「なら、動物は？　クマとか」

「動物？」

――なるほど。

その発想もあったか。確かに森にいる野生の大型動物なら、アリバイもないしあの遺体の凄惨《せいさん》な状態も説明出来る。それならわざわざ霊なんて持ち出すまでもない。もしこの主張が通れば――。

しかし富士見は、その動物犯人説もあっさりと否定した。

「いいや。だったらもう少しその痕跡が残っているだろう。窓や扉が壊されているとか、爪《つめ》跡とか足跡とか。大型動物にはあのトイレの入り口は狭すぎるし、小動物ではあの手足を引き千切ったりするほどのパワーは――」

そこでふと、富士見が言葉を止める。

「足跡？」

自分で自分の台詞に反応した。

「そうか。あの遺体を引き摺った目的は、足跡を消すため？　とすれば、犯人がそうしなければならなかった理由は――」

――まずい！

僕の心臓がドキンと跳ね上がった。予想外の助け舟が来たと思ったら、逆にその舟で敵に塩を送り返す結果になってしまった。

このまま探偵に思考を続けさせてはならない。何とか話を逸らそうと僕が必死に言葉を探していると、また思いがけないところから援護の矢が飛んできた。

「遺体が引き摺られた理由なんて、一つに決まっているじゃないですか」

女性会社員だった。暖炉のそばにある肘掛《ひじか》け椅子に、まるで人形になる呪いでもかけられたように身じろぎ一つせず座っている。探偵は彼女に視線を移した。

「その理由とは？」

「腹いせですよ」

女性会社員が虚空を見つめながら言う。

「昔、この館で殺人鬼に殺された女の子の霊が、怨みにまかせて遺体をあそこまで引き摺り回したんです。きっとその女の子も、殺人鬼から同じように手荒い扱いを受けたんでしょう。それで自分がやられたことを、また誰かにやり返した。ただそれだけ。因果律《いんがりつ》」

見てきたような言い方だった。勿論全てはただの彼女の妄想だろうが、それを鼻で笑い飛ばせない空気が今の僕たちにはある。

探偵が肩を竦めた。

「霊などと――」

「だとしたら、相当厄介《やっかい》なシニマブイっすね」

するとまた他から声が上がった。自分の台詞を邪魔された探偵はややしかめっ面をする。今度発言したのは、テーブルに突っ伏していた大学生だった。さきほどまで腕を枕《まくら》にして寝ていたが、今は身を起こして探偵たちに顔を向けている。

「シニマブイ?」

その語に反応した常盤さんが訊き返すと、大学生はああ、と頭を掻いて答えた。

「シニマブイってのは、沖縄の言葉で、死んだ人の魂って意味で――あ。俺、ひいばあちゃんがウガンサーなんすよ」

「ウガンサー?」

「沖縄の……祈禱師《きとうし》? 霊媒師? ユタ、って知らないっすか。あれっす。ただユタ、って呼ぶと、ひいばあちゃんいい顔しないんすけど。何か悪いイメージがあるらしくて」

ユタ。聞いたことがある。沖縄の民間信仰で、葬儀や死者の口寄せなどを執り行う神職だ。こちらで言う巫女《みこ》……あるいはお坊さんみたいなものだろうか。

常盤さんが重ねて訊ねる。

「あなた、沖縄出身なの?」

「いや、俺は関東の生まれっす。ひいばあちゃんが沖縄の人《ウチナーンチュ》ってだけで。どうやらその下のうちのばあちゃんの代で、本土に渡ってきたらしくって」

するとと女性会社員が、少し意気込んで言った。

「あなたってもしかして、霊能者ですか？」

「あ、いや……俺はそのへんの能力はまったく。ただ俺、よくひいばあちゃんとこに遊びに行ってて、ひいばあちゃんにはすごく可愛がってもらってて。でも何か、ユタってあっちでも一部で偏見があるみたいで、馬鹿にする人もいるんすよね。何で俺、こういうのって心理学的に説明できねえのかなって、大学じゃ心理学を専攻してるんすが……」

それは意外だった。つい見た目で軽薄そうな印象を持ってしまっていたが、根は結構真面目《まじめ》な大学生だったらしい。

常盤さんも驚いた顔をする。

「ごめんなさいね。私あなたのこと、ただのモラトリアムを満喫しているだけの浮かれ大学生かと思っていたわ」

「いや、いいすよ……実際週の半分は飲んで遊んでますし」

常盤さんの歯に衣着せぬ物言いにも驚かされるが、それより今考えねばならないのはこの大学生への対応だった。魂、ユタといった心霊寄りのキーワードが出てきたことは僕たち的には好ましいが、気になるのは彼の最後の発言。心理学的に説明する——ということは、やはり彼は科学的な見方をするタイプだろうか？　つまり、富士見側だと？

当の富士見は、大学生の話には冷笑を見せた。

「沖縄の宗教観が、本土の魂に通用するのか？」

「……？　何でつっかかってくんのかよくわかんないすが、そういうのって別に場所とか関係ないんじゃないっすか。物理法則は月でも地球でも変わらないっすよね。それと同じで、この世には何か霊魂的と呼べる存在があって、それを沖縄じゃイチマブイとかシニマブイとか呼びますし、仏教だと仏さんとかお精霊《しょらい》さんとか呼ぶ。勿論霊魂が存在する、と仮定した場合の話っすけど……」

――微妙だ。霊魂の存在を信じているようでもあり、そうでないようでもあり。ひとまず彼は中立と考えたほうがいいだろう。あまり突っこんだ話をして立場を明確にさせないほうがいい。

「……やっぱ、霊なのかよ」

絞り出すような声がした。中学生たちからだった。ウルフヘアが長椅子に胡坐《あぐら》をかき、親の仇《かたき》のようにこちらを睨んでいる。

「これって悪霊の仕業なのかよ。高木は悪霊にやられたのかよ！」

語気こそ荒いが、若干声の芯《しん》が震えている。怒りに震えるというより、自分の弱気を隠そうとして必死な印象だ。

怖がっている――のだろうか。

これも意外と言えば意外な反応だ。あの地下室に行ったときの様子からは、もっと霊とかを小馬鹿にするタイプかと思っていたが。だがよく考えれば無理もない、悪ぶっていると言っても所詮はまだ中学生だし、あれだけ悲惨なバス事故を経験したあとだ。しかも不気味な館でいつ来るかもわからない救助を待つ中で、身近な友達が死んだ——それも恐ろしいくらい異常な死に方で。これで平常な精神を保てるほうがおかしいだろう。

だからこそ、怖い。

もしこれが妹の犯行とばれたとき——どんな混乱が、この場に訪れるか。

「ちなみに……なんですがね」

するとそこで、場違いに飄《ひょう》々《ひょう》とした声が上がった。廃墟マニアだった。眼鏡の男は妹のややそば、柱時計の近くに座りこんでカメラを構えながら、軽い調子で言う。

「その、ユタ流っていうか、沖縄流の悪霊祓《ばら》いの方法ってあるんですかね？　いや、あるなら一応やっといたほうがいいじゃないですか。霊がいてもいなくても」

どこか茶化《ちゃか》すような感じ。おそらくそのお祓いの儀式の様子でも記録に収めたいのだろう。この廃墟マニアは口ではさも幽霊を信じるようなことを言っているが、きっと本心は違う。だからこそこうして茶化せる——だがその本音がどうであろうと、表向き怪談噺に乗ってくれるならこちらの「味方」だ。彼は利用出来る。

大学生が首を傾げる。

「特に悪霊を祓う、っていうやり方は聞いたことないっすね。ただ、基本この世に残って悪さする魂《マブイ》ってのは、まず間違いなくこの世に未練を残しているもんなんで。だから解決策としては、そのマブイの未練が何かを聞き出し、その未練を解消してやる——あるいは未練を諦《あきら》めさせる。あと死者ってのは、たいてい自分が死んだことに気付いてないらしくて。何で、あなたは死んだのですよ、ってことを自覚させてやるのも有効っす。故人の遺品で直接霊体に触るとかもアリですね。物と記憶は密接につながっているんで。死者のマブイを生者の世界から別れさせる……『魂分かし《マブイワカシ》』、っつうんですが」

　大学生はことさら大げさに言葉を飾らず、淡々と喋った。そのためその話は言っている内容はともかく、全体的に信憑性《しんぴょうせい》のある印象を与えた。これは僕らにとってはありがたいことだった。ここで大学生にいかにも嘘くさい除霊の話をされたら、かえって逆風になる。

　女性会社員が確認するように言った。

「つまり、この館の亡霊と会って話して、未練を解消させる——あるいは死んだことを自覚させればいい、ってことですか？」

「はい、そうっす。ただ……」

「ただ？」

「それをやるには、霊と交信出来ないと。霊との交信の仕方はウガンサーによって違うんすが、ひいばあちゃんは塩《マース》を一つまみ入れた裏の川の水を飲んでました。それを飲むと、しばらくして少しだけ霊が視《み》えるようになるらしいっす」

「えっ！」

　そこで女性会社員が大きな声を出し、それに自分でも驚いたように両手で口を押さえた。周囲を見回し、恥ずかしそうにうつむく。

「す、すみません。私、そういう能力にちょっと憧《あこが》れていて……」

「そうっすか。でもあまりいいもんじゃないみたいっすよ。初めは皆生前の姿で現れるんすが、説得が終わったあとは死後の姿に還《かえ》るらしくって。ひいばあちゃんはそれを見るのが辛いって、いつもマブイワカシするたびに泣いちゃって泣いちゃって……」

どれも若干、ホラー映画にでもあるようなディテールだった。けれど歴史的なことを考えたら、むしろこういったユタなどの古来の伝承が巡り巡って、現代の怪談噺に影響を与えているということなのかもしれない。

富士見がわざとらしく咳《せき》ばらいをした。

「皆、冷静になってくれ。霊などいない。ここに殺人を犯した人間がいるだけだ」

「それはそれで、十分怖いっすけどね」と、大学生。

「人間の力じゃ、遺体はあんな状態にならないと思います」

「うん。無理無理。絶対霊の仕業ですよ」

女性会社員と廃墟マニアは完全に霊肯定派だった。廃墟マニアのほうはからかい半分といった感じだが。

「く、下らない。霊などそんな非科学的な存在、いるわけがない」

中学校教師が強い口調で否定する。だがその否定的な言葉とは裏腹に、彼の様子は霊の存在を信じて恐れているようでもあった。

ソファでは男の子が、お祖母さんに怯えた様子でしがみついていた。僕と常盤さんは表面上は態度を保留。以上——ざっと見たところ、現段階で本音と建前ともに完全に霊の存在を否定しているのは、探偵ただ一人のようだ。

こちらにとってはやや優位な状況にある。だがそれも危うい綱渡りだ。もしあの殺人が妹の犯行とばれ、そして誰かが「妹は霊に取り憑かれている」などと言い出したら——霊を信じる彼らはたちまち暴徒化し、妹を血祭りに上げてしまうかもしれない。

その考えに、体がかすかにぶるっと震えた。

あーあ、と大学生が場の空気を和ませるように大きく欠伸《あくび》をした。

「まあ犯人が霊にしろ人間にしろ、無事ここから生きて帰りたいっすよね。全滅だけは避けたいっす。来週、俺の彼女の誕生日なんすよ。まだちょっとここでは死ねないっすね」

まあ、とお祖母さんが驚く声を上げた。

「偶然ですねえ。この子もね、来週お誕生日なんですよ」

「え、そうなんすか？」

「おばあちゃんがね、プレゼント買ってくれるの。ゲームソフト」

男の子がそこでやや元気を出し、ニコニコと明るい声で言う。お祖母さんは微笑み、男の子の頭を撫でてつつしみじみと言った。

「しょうちゃんは半年前から、楽しみにしてたもんねえ……。本当に、この子をちゃんと家に帰してあげなきゃ、私は娘に合わせる顔がありませんよ。私の命なんてもうどうでもいいことですが、この子だけは絶対に、ねえ……」

そのときだった。

ガシャーン‼　と、突然辺りに大音響が鳴り響いた。

僕は思わず足を浮かす。音がしたのは窓からだった。そちらを向くと、黒く太い影が、外から窓ガラスを突き破って何本もこちら側に向かって突き出ている。

木だ。

外の大木が倒れて、窓を突き破った？

衝撃で近くの窓も割れたり、あるいは窓枠ごと落ちてしまっていた。そうして空いた隙間からは雨という雨、風という風が吹きこみ、もはや大広間の中は吹きさらしも同然だ。

「まいったな。この大広間はもう使えない」

富士見が苦々しい口調で言う。

僕たちは相談の末、大広間から奥の食堂に移ることに決めた。早速富士見を先頭に、中にいた面々がぞろぞろと扉から出て行く。

ただ、僕は妹が今いる場所からなかなか動こうとしなかったため、ひとまずその場にとどまった。大広間から他の人の姿が消えたあと、僕は出入り口から柱時計のそばで立ち尽くす妹を眺《なが》め、さてどうしようか、と考える。

あの妹をどうやって食堂まで誘導しようか。下手に逃げられてまた館の中を探し回るのはごめんだ。うまいこと妹の注意を引けるものがあるといいが――。

と、そこで。

僕は妹が、じっと床を見下ろしていることに気付いた。

柱時計の手前辺りだ。その辺りは先ほど倒れた大木の影が出来ていて闇が濃く、この扉口からは様子がよく見えない。

何だろう。僕は不思議に思って近づいた。妹の真横に立ち、うっすらとは見えるようになった暗がりに目を凝らす。

そして僕は見た。

頭蓋骨《ずがいこつ》をU字状に陥没させて床に倒れている、廃墟マニアの死体を。


僕はその光景を、信じられない思いで眺めた。

雨模様の窓からかすかに差しこむ、薄青い光の中。チェス盤のようなタイル張りの床の上に、さきほどまで調子よく喋っていた男が行き倒れの旅人のように伏している。

トレードマークだった眼鏡は床の少し離れた位置まで飛び、今はもう眼鏡の男とは呼べない。瞼《まぶた》がぴくりとも動かない一重の目が、じっと妹のつま先に向けられていた。その顔に黒いペンキのように塗られた、何かの影。大量の血。

腰から下は、影に飲まれてよく見えなかった。けれどその粘土のように陥没した頭部の傷を見ただけで、それが致命傷だとわかった。

僕は唇を戦慄《わなな》かせながら、隣の妹を見る。

妹の顔は相変わらず無表情――むしろ穏《おだ》やかにさえ見えた。その手には何かが握られていた。黒光りする太い円筒状のもので、一部が破損している。あれは……カメラの望遠レンズ？　あの望遠レンズで、この廃墟マニアの頭を殴ったのか？

僕の――妹が？

妹は、何かの歌を口ずさんでいた。

僕は顔を両手で覆う。

「どうしたの？」

扉口から声がかかった。常盤さんだ。僕たちが遅いので様子を見に戻ってきたのだろう。僕にはもはや驚くという感情もなく、ただ力ない眼差《まなざ》しを彼女に投げかける。

彼女は訝しげにこちらに近寄ってきて、そして足を止めて凍《こお》り付いた。

常盤さんの視線が、妹の手に握られた望遠レンズに向けられる。

「もしかして、また？」

その瞬間、僕は弾かれるように妹に駆け寄った。

その手から強引に望遠レンズをもぎ取る。妹が握っていた辺りを服の袖でごしごし拭《ふ》いてから、窓に駆け寄ってそれを思い切り外に投げ捨てた。

妹はキョトンとした顔で自分の手を見る。それから窓に駆け寄り、「アーー」と幼児のような声を上げた。それから手のひらを合わせ、祈りを捧《ささ》げるように両目を閉じる。

僕は柱時計のそばまで戻ると、そこに座りこんで深く頭を抱える。

なぜ——なぜ——なぜ！

一瞬だった。妹から目を離したのはほんの一分もないだろう。しかしその間に、行為は起こってしまった。廃墟マニアの近くにいたのは妹だけだから、廃墟マニア当人が自分で自分の頭を殴ったのでない限り、犯人は妹以外に有り得ない。——しかしなぜ？

「落ち着いて。気をしっかり持って」

「でも常盤さん。さっきのは正当防衛という可能性もありました。でも今度のは。これは——」

「結論を急がないで。今回のだって、きっと何か理由があったはずよ」

「ちなみが殺人鬼になった、という以外にですか？　あるいは——あるいはちなみは、本当に霊に取り憑かれて——」

「まさか」

常盤さんが遺体に歩み寄る。カメラを拾い上げ、液晶画面を覗きこんだ。ううんと唸《うな》って眉《まゆ》を顰《ひそ》める。

「液晶が割れている。落とした拍子《ひょうし》に壊れたようね。中が確認出来ないから推測しか出来ないけれど、例えばこの中に、妹さんが嫌がるような写真があったのかもしれない」

「ちなみが盗撮されてた、ってことですか？」

「だからまだ推測よ。ただ、もしそうなら——例えば妹さんがその写真を撮られたことを覚えていて、それが無意識下で殺人の衝動とつながった、といった理由は考えられるわ。

彼女は今、夢と現実の区別がつかないような状態だから」

「それは……罪になるんでしょうか？」

「どうかしらね。でも妹さんは明らかに判断能力が著《いちじる》しくかけた状態だし、その場合なら相手にも過失があるから、情状酌量《しゃくりょう》の余地はあると思うけど……」

するとそこで、妹が急にふらりと動いた。

夢遊病患者のような足取りで、大広間の扉口に向かっていく。僕は慌てて妹を捕まえようとし、摑み損《そこ》ねて、さらに勢い余って前につんのめった。無理な体勢で足をからませ、グキリと捻って転倒してしまう。

すぐに起きようとして、足首に走る激痛に呻《うめ》いた。

――しまった。捻挫を悪化させてしまった。

妹はそのまま食堂と逆方向に廊下を走って行く。さらに間の悪いことに、食堂のほうからはこちらに呼びかける声があった。「おい、何をしている？　何かトラブルでもあったか――」富士見の声だ。なかなか僕たちが食堂にやってこないので、痺《しび》れを切らしたらしい。

僕は常盤さんと顔を見合わせた。常盤さんはクッと親指の爪を噛んだあと、言う。

「仕方ない。妹さんは私が追うわ。あなたはここに残って事情を説明して」

「事情って……言うんですか？　妹が殺したって……」

「馬鹿ね。それじゃ元も子もないでしょう。適当に言い繕《つくろ》いなさい。何かあるでしょう。

倒れた木が当たったとか何とか……」

常盤さんは廊下に出ると、最後にちらりと振り返る。

「いい？　何とか誤魔化すのよ。もし妹さんの犯行だと発覚すれば、間違いなくパニックになる……頑張りなさい、お兄さん」

そして常盤さんは姿を消した。僕はただ呆然《ぼうぜん》として足首を押さえながら、遠ざかる足音に耳を傾ける。

やがて大広間の出入り口に、誰かが立つ気配がした。


「これは――」

大広間に入ってきた富士見は、廃墟マニアの遺体を目にして絶句した。

僕はごくりと喉を鳴らす。様子を見にやってきたのは彼一人のみ。その事実ははたしてこちら側に有利なのか不利なのか。

相手が一人なら対応もしやすいが、もっと他の霊肯定派の人たちが大勢来てくれたほうが、話を煙《けむ》に巻《ま》くという意味では都合が良かったかもしれない。この唯一の霊否定派で弁の立つ探偵相手では、生半可な言い訳は通用しない。

出来るのか――僕に。

「……状況を、説明してくれないか」

早速遺体の傍《かたわ》らにしゃがみこんで検分を始めながら、富士見が僕に訊く。

僕は再度生唾《なまつば》を飲みこみつつ、適当に話をでっちあげた。

「あ、その……皆が食堂に向かったあと、僕と妹も一緒に大広間を出たんです。だけど妹が、急に駆け出して反対方向に逃げてしまって……それで僕と、たまたま心配して戻ってきてくれた常盤さんとで、一緒にあとを追ったんですが。その途中、僕がへまして足をまた挫《くじ》いてしまいまして。それでとりあえず、誰か助けを呼ぼうと食堂に行こうとしたんですが。でもこの大広間の前を通るときに、中で倒れている人を発見して、近寄ってみたら、驚いて腰を抜かしてしまって……」

腰を抜かして、という部分が我ながら言っていて情けないが、今はそんな体裁《ていさい》を気にしている場合ではない。富士見は視線をじっと遺体に向けたまま僕の下手な説明を聞いていたが、やがておもむろに口を開く。

「つまり君は、そこの廊下の扉のところから、ここに倒れた遺体を発見した……というわけだな？」

「は、はい」

「おかしいな」

富士見が鋭く疑問を挟む。

「この暗さでは、あの位置からはここの遺体は見えないはずなんだが。現に私には見えなかった」

僕は一瞬言葉を失った。

相手にこちらの表情が見えなかったのがせめてもの救いだ。だが……早速甘さが露呈《ろてい》した。なんという不注意だ。僕自身、廊下から遺体は見えないことは経験していたというのに。

「ひ、光が……」

「光？」

「何かの光が……きらりと……見えて……それで、何だろうって……」

富士見は遺体近くの床に顔を向ける。そしてやがて納得したように頷いた。

「なるほど。床に落ちた眼鏡のレンズが反射した、か……」

僕はひとまず胸を撫で下ろす。咄嗟の言い訳だったが、頭より先に口が動いた。妹を助けたいと思う一心だろう。

富士見の質問は続く。

「遺体に死後硬直はなく、体温も残っている。まだ殺されてまもない状態だろう……君が妹と大広間を出たときは、まだここに遺体はなかったんだな？」

「はい、たぶん……」

「声や物音は？」

「特に聞いてません」

「そうか。まあ外の雨や風の音にかき消された、というのもあるだろう。それで逃げた君の妹のほうは？　見つかったのか？」

「いえ、まだ……。常盤さんが、あとを追っていると思いますが……」

「そうか」

富士見が立ち上がる。ゆっくり周囲を歩き始めた。一歩一歩時間を掛けて進みながら、舐《な》めるように床や家具を観察していく。

その無言が恐ろしかった。この状況から、食堂に来なかった僕や妹、そして常盤さんが彼の中で犯人候補なのはまず間違いないだろう。しかしそれを口に出さず、黙々と現場検証を行っている——はたして彼は内心、何をどう考えているのか。

「……富士見さんは、やっぱり疑っているんですか？　妹が犯人なんじゃないかって」

やや冒険だが、僕はその質問を自分から口にした。ここでその点に触れないのも兄の立場として逆に不自然かもしれないし、相手の腹の内を探りたいという思いもある。

富士見は、つと遺体に目を向けた。

「同じだ」

「え？」

「今度も同じ状況だ。遺体の死因は明らかに頭部の挫傷《ざしょう》だが。この傷の陥没具合を見るに、そこに加えられた力は生半可なものじゃない。仮にこれが鈍器で殴ったのだとすると、それこそ人外の力で殴りつけたとしか思えない——君の妹どころか、人間にこの犯行は不可能だ」

富士見はまた僕を向くと、ニッと笑う。

「ここに来たのが私一人だけでよかった。もし他の連中がいたら口々に叫ぶだろうな。『ほら、やっぱり霊の仕業だ』と」

僕は曖昧に頷く。むしろそのほうがこちらとしては願ってもない展開だが、その思いは気取《けど》られてはならない。

だが、傷の点は確かに不可解だった。妹は一体どうやって遺体にあんな傷を負わせたのだろうか？　手に持っていたのはカメラの望遠レンズだったが、はたしてそれで殴ってあそこまでの損傷を負わせられるものか？　もしかして凶器は別にあったのだろうか？

富士見は腰をかがめて柱時計の中を覗く。

「まあ私は、それこそが犯人の狙《ねら》いだと思っているがな。この殺人を霊の仕業に見せかけるために、おそらく何らかのトリックを使ったのだ。それを突き止められれば私の勝ちだ」

僕は彼の執念深さに恐れに近いものを感じた。彼はなぜ真相を暴《あば》くことにここまで偏執的なのだろうか。探偵という職業柄、真相究明にこだわるのかもしれないが——。

「不思議か？」

すると富士見が、僕の心を読んだように訊ねた。

「こんな遭難寸前の状況の中で、犯人探しにこだわるこの私が？」

「あ、いえ。別にそんな……」

「取り繕うな。顔に書いてある」

僕はつい顔に手をやった。だがこの暗闇では細かい表情までは見えないと気付き、苦笑する。一杯喰《く》わされた。

暖炉のそばに立つシルエットから、ふふっと、笑い声のような息遣いが聞こえた。

「正直に言えば、私がこだわるのは犯人探しではない。安易に心霊話などに飛びついてしまう人間心理の否定だ。実は昔、私の両親が宗教にはまってね。それで一家は崩壊したのだが、それ以来私は非科学的な思考を憎むようになった」

シルエットが窓辺に向かって動く。

「私の人生の目的は、その両親を嵌《は》めた宗教家を徹底的に追い詰め、正体を白日の下に晒《さら》してやることにある。それまでは私はどんなことがあっても死ねないし、こんなところで躓《つまず》いているわけにもいかないのだ」

これはまた不意打ちの告白だった。僕は想像以上に重かった彼の事情に、返す言葉を失う。いよいよとなったら彼に真相を告げて協力を仰ぐ奥の手も考えてはいたが、それもかなり分《ぶ》の悪い賭《か》けだと悟った。こちら側の要求は、あまりに彼の信念と対立してしまう。

「でも……そもそも犯人はなぜ、そんな手を使ってまで殺人を犯すのでしょうか」

「動機か。それは私にもまだよくわからない。ここに集まった人間の詳細な素性までは知らないからな。だが調べてみれば、思わぬ怨恨《えんこん》関係が見つかるかもしれない。それでこの事故のどさくさに紛《まぎ》れ、殺してしまおうと考えた——といった線は十分考えられる」

「皆、初対面のようですが」

「初対面を装っているだけかもしれない」

探偵が腰をかがめ、窓から突き出た大木の下を潜《くぐ》り抜《ぬ》ける。

「あとは何かの強迫観念に駆られた異常者や、単純に殺戮《さつりく》が目的の猟奇殺人鬼の犯行なども考えられるがな。これもちょっとした怪談じゃないか？ もしもこの中に、その例の『斧男爵』本人が紛れこんでいたとしたら――」

その考えには少しぞっとなった。窓からの雨風に当たりつつ、富士見がニッと破顔したのが見える。

「冗談だ」

悪戯っぽく肩を竦める。

「そういった無意味な不安を一掃するため、私はこの殺人の真相を突き止めたい。だから君にも協力してほしい。先ほども言った通り、私は犯行方法の点から、君の妹が犯人だとは今は考えていない。しかし他の連中も同じように考えてくれる保証はないぞ。なにせ君の妹は、今あんな状態だ」

富士見の囁《ささや》きに、僕の心がすっと冷える。

それは彼にしては僕と妹の身を案じた言葉のつもりだったかもしれないが、僕の耳には脅しに等しく聞こえた。つまり……犯人探しに協力しなければ、いずれ誰かが、妹が霊に取り憑かれたなどと言い出しかねないぞ、と。

真相を明らかにしてもしなくても、妹の立場は――非常に、危うい。

富士見がまた僕に訊ねた。

「ところで君はどう思う？　遺体がこんな深い傷を負った理由や方法について」

僕は常盤さんの台詞を思い出しながら、即興で答える。

「大木が倒れたとき、窓から突き出た枝の一部がぶつかった……。あるいは窓から風で飛んできた何かが、頭部を直撃したとか？」

富士見は腕を組んで窓の外を眺めた。

「事故説か。しかしそうであれば、そういった証拠物が近くに残っているはずだろう。しかし見たところ大木の枝は遺体に届く位置にはないし、石などの飛来物も落ちていない。むしろ逆のほうがありそうだぞ。窓から何か飛んできたというより、犯人は犯行後、凶器を窓の外に投げ捨てた、とか――」

僕の肌がぞわっと粟立つ。――しまった！　また迂闊にヒントを与えてしまった。

まるで地雷原を歩く思いだ。僕の心中の焦りには気付かず、富士見は窓に顔を向けるとじっと外の暗闇に目を凝らす。雨の森は暗く、風も暴れているのがせめてもの救いだ。仮に外に凶器を探しに出るにしても、この悪天候の中では見つけにくいに違いない。救助隊が来るまで何とかこの嵐《あらし》が続いてくれますようにと、天に祈るしかない。

ピカッと、外で稲光が走った。

続く雷鳴。一層騒がしく鳴き始める蛙たち。ゴロゴロと耳鳴りのように残るその音に束の間気を取られていると、僕はふと、富士見がこちらを見つめていることに気付いた。何だ。僕は内心の警戒を強める。

「なあ」

彼が口を開く。

「君の袖、何だか汚れてないか?」

僕の呼吸が、一瞬止まった。

——そうか! あのレンズを投げたときか。僕はてっきり妹の持つ望遠レンズが凶器だと思って、それに付いた妹の指紋を消そうと咄嗟に服の袖で拭った。そのときレンズに付いていた血か何かが、きっと袖に付着したのだ。

「え? そ、そうですか? まあたぶん、事故のときにでも汚れたんだと思いますが——」

「いや。前回の稲光のとき、ちょうど私の位置から君の姿が見えた。私の記憶では、そのとき君の袖の内側はそこまで汚れていなかったんだ。——ああ、私は職業柄、見たものの詳細を記憶に留《とど》める訓練をしていてね。便利なんだよ。この手のスキルを鍛《きた》えておくと」

——あの稲光の一瞬でか!

「じゃ、じゃあ、さっき足を挫いたときですかね。痛くて足を押さえて転げ回ったんです。それで床の汚れでも袖に付いたんじゃないでしょうか。よくわかりませんが——」

まったく予想だにしていなかった方向からの追及に、僕はつい答えがしどろもどろになる。まずい。怪しまれただろうか。

富士見はこちらをじっと見る。薄明かりの中に、探偵の双眸《そうぼう》が猫の目のように光った。

つい視線を逸らしたい衝動に駆られるが、そんなあからさまに不審な態度はとれない。僕は辛うじて富士見の眼差しに耐える。

しばらくそのままの状態が続き、やがて富士見はふうと小さく息を吐いた。

「そうか。まあいい。現場検証も済んだことだし、ひとまず食堂に戻ろう。――ああ、君には逃げた妹がいたんだっけな。どうする？　探しに行くか？　その足で？」

「あ――は、はい。痛みも治まったみたいなんで……」

「わかった。では私は先に食堂に戻って、皆に事情を説明しておこう。なるべく早く見つけて来てくれ。あまり君たちがやってくるのが遅いと、誰かが要らないことを言い出しそうだからな」

そして富士見は速やかに広間から出て行った。彼の姿が廊下の向こうに消えたあと、僕は脱力して床にへたりこむ。

善戦――したほうだろうか。

とりあえずこの場は誤魔化せた。が、最後の質問で、相手に若干の不信感を与えてしまったのは確かだ。今頃彼の頭の中では、いろんな仮説が検証されているに違いない。

こちらも早急に対策を練る必要がある。僕はすぐさま立ち上がり、片足を引き摺りながらも急ぎ足で大広間の扉口に向かう。

廊下に出ると、食堂と逆方向の通路の途中にある扉がぱたんと開いた。

ぎょっとしてそちらを向く。すると中から、ふらりとした足取りのミニスカートの人影が出てきた。

妹だ。

簡単に妹が見つかったことにやや拍子抜けしてしまった。僕は足を引き摺りつつ走り寄り、ひとまずその無事を確かめてほっとする。

それから常盤さんの姿を探した。近くにはいない。追いかける途中ではぐれてしまったのだろうか。

そのとき。

僕の耳に、何かの歌が聞こえた。

妹だ。また妹が歌を口ずさんでいる。

英語の歌だった。バラードだろうか。その子守唄《こもりうた》のように安らかなメロディに、僕は逆に不穏なものを感じて体の動きを止める。

まさか――。

僕は妹が出てきた扉のほうを向く。

またあの嫌な感覚がした。扉は半開きで、その先は洞穴のような闇の幕が下りていた。

が、その暗闇に顔を近づけると、中にぼんやりとオレンジ色に輝く光の円が見える。

あれは……ロウソクの火？

この館のどこかに残っていたのか。僕は不吉な予感に襲われながらも、意を決して扉を押し開ける。そのロウソクの仄《ほの》かな明かりにぼんやりと浮かび上がるのは、簡素な小部屋だった。木製の机に、同じく木製のシンプルなベッド。どちらもひどく朽ち果てた状態。奥にはもう一つ扉があり、きっと妹はそちらから入ってきたのだろう。

この部屋は使用人用の寝室だろうか。当のロウソクはその机の上に、献灯のように小皿に載せて置かれてあった。そしてその弱々しい光が照らす、ベッドの上では――。

常盤さんが、首を直角に曲げて死んでいた。

あ――。

僕は顔を押さえ、ダン、と部屋の壁に背中をぶつけた。

あ……ああああああ！

脳内で、無言の絶叫が木霊《こだま》する。辛うじて声を抑えたのは最後の理性だ。僕はぐらつく体を机で支えると、背後を振り向き、廊下に立つ妹の後ろ姿に目をやった。妹は何もない廊下の天井を見上げ、僕には意味のよく取れない英語の歌を歌い続けている。

「何を……やっているんだ」

僕は歯の間から、呻き声のような言葉を漏らした。

「一体何をやっているんだ、お前は！」

がっくりと膝をつく。僕の肩が扉の一部にぶつかり、ギィッと音を立てて扉がさらに開いた。その音に反応したように妹が振り返り、あさっての方向を見つめて呟く。

「おにい……ちゃん？」

——ああ、そうだよ。

お前のお兄ちゃんだ。

僕は床にうずくまり、息を押し殺して泣き出したくなる気持ちを堪える。

どうすれば。一体どうすればいいのだろう。

事故のショックで精神をやられてしまった妹が、誰彼見境なく殺してしまう殺人鬼と成り果ててしまった。おそらくそれは事実だ。それは目を背けることの出来ない事実。

解離性障害——妄想の世界に逃げこんだ妹に、この現実が一体どう視えているのかは僕らには推し量りようがない。もしかしたらそれは、妹の世界の中では何も問題のない行いなのかもしれない。正当な行為なのかもしれない。けれどそれは、その行為は、外の現実世界に生きる、僕たちにとっては——。

妹がこちらに、すっと足を踏み出してきた。

まるで灯火に誘われる羽虫のように、一歩一歩、おぼつかない足取りで再び小部屋の中に入ってくる。

その視線は常に真《ま》っ直《す》ぐ前を向いていて、足元の僕のことなどまるで視界に入っていないかのようだった。妹の足とぶつかりそうになり、僕は少し身を引く。妹は中に入ると机に片手を置き、僕には見えない何かを目で追うようにしてぐるりと部屋の中を見渡した。

ロウソクの明かりに、妹の顔が明々《あかあか》と照らしだされる。

そこに走る、痛々しい火傷の跡。

その色違いの肌は、乏《とぼ》しい明かりの下でもくっきりと見えた。妹の顔に刻まれた、僕の罪のしるし。僕の過《あやま》ちの記録。その傷跡を見るたび、僕の胸に火箸でえぐられたような罪悪感の熱い痛みが走る。

――私のことを、どうか見捨てないで。

そうだな。

どんなときでも、僕だけはお前の味方でいてやらなきゃな。

かつての妹との約束に、僕はそう心の中で答えた。一度腹を決めると肝《きも》が据《す》わった。僕は身を起こすと、まずベッドに近寄り、常盤さんの遺体に向かって手を合わせる。

倒れるとき首から外れたのか、その枕元にはハート形のロケットペンダントが開いて落ちていた。中に笑顔の男性の写真が見える。たぶん恋人だろう。僕は心の中で何度も「すみません」と謝罪しつつ、彼女の両瞼を手で覆って閉じさせた。――それにしても、妹は一体どうやって彼女の首の骨を折ったのだろう？　絞め殺すというよりまさに「へし折った」という感じだが。

すると食堂のほうから、またギィッと扉が開く音が聞こえた。

今度は続いてギシギシと、朽ちた床板を鳴らす複数の足音が響く。来た。僕は身を強張らせた。ついに痺れを切らしたのだろう。もはやこの状況は隠しようがない。妹と僕、そして被害者の三人以外は皆食堂にいたのだから。

だがそれでも……何とか誤魔化すしかない。

ギッと小部屋の扉が開けられた。ロウソクの橙色《だいだいいろ》の光に、彫りの深い顔立ちが浮かび上がる。最初に顔を出したのはやはり富士見だ。そしてその後ろに、他の人たちの顔ぶれも——もしかして、全員でやってきたのか？

富士見はちらりとベッドのほうを見た。そして一瞬目を見開き、やがて苦渋に満ちた顔つきをする。

「遅かったか。ついに三人目が出てしまった」

「あ、あの。これは——」

慌てて釈明しようとする僕を、富士見が手で制した。

「いや。もういいんだ、君」

……もういい？

「もう下手な誤魔化しはしなくていい。先ほど食堂で皆と議論し、犯人がわかった。この一連の事件の犯人は——君の妹だ」

——泣きっ面に蜂《はち》、という言葉がある。

あるいは踏んだり蹴《け》ったり。弱り目に祟《たた》り目。今僕はまさにそんな心境だった。親身になってくれた常盤さんという女性の死に直面し、それを妹が行ったという事実を何とか飲みこみ、いざ妹を守るため、一世一代の大芝居を打とうと奮起した直後に——探偵の「犯人がわかった」宣言だ。息つく間もない。

僕の表情は当然、引き攣った。

「な……何をいきなり言い出すんですか、富士見さん。犯人が僕の妹って――」

「言葉の通りだ。一件目の中学生と二件目の廃墟マニアの殺人、やはり君の妹以外に、犯行可能な人物はいない」

「ど、どうしてそんな、言い切ることが……」

「理由を聞きたいか？」

富士見が顎を撫でつつ僕を見る。

「では、順を追って説明しよう」

富士見が部屋に入り、常盤さんの遺体が横たわるベッドの脇に立つ。しばらくその痛ましい亡骸《なきがら》を見下ろした。

「まず一件目。第一発見者を除く容疑者は前も言った通り六名だが、うち仲間の中学生二人はトイレの位置を知らず、また私の記憶によれば、玄関に向かった我々三人は、大広間に戻ったとき誰も靴が濡れていなかった。私の記憶力の確かさは君も知るところだろう。あのトイレの床には血を含んだ水が溜まっていたので、あそこに入った者がいれば必ず靴のどこかが濡れていたはず――よって残りは君の妹しかいない。

そして二件目。君は袖の汚れを『足首を押さえて転げ回ったため』と説明したが、それはおかしい。私が見たのは袖の内側の汚れだ。足首を押さえた体勢で汚れるならそれは袖の外側、これまた理屈に合わない。よって私は君が嘘の証言をしていると考えた。君が嘘をついてまで庇《かば》いたい人物——つまり君の妹だ。

くわえてダメ押しは、この三件目だ。この状況では、もはや何の言い逃れも出来まい」

富士見が目で常盤さんの遺体を指し示す。その圧倒的に理路整然とした彼の話しぶりに、僕は異議を挟むタイミングさえ見つけられなかった。僕は焦る。駄目だ、このまま話を終わらせては。何とか食い下がらなくては。

「——そんなの、まだ全然納得いきませんよ」

僕はあえて挑戦的に、そして感情的になって富士見に食って掛かる。

「そんなのどれもただ『理屈に合わない』ってだけで、いくらでも理由は考えられるじゃないですか。中学生二人の証言は嘘かもしれないし、靴は富士見さんの見間違いか、濡れないよう何かを足場にしたのかもしれない。袖の汚れはもっと違う理由でついたのかもしれない。第一それじゃ、あの遺体の状態はどう説明するんです？　妹みたいな非力な女子高生の力で、あんな化け物じみた傷は負わせられませんよ。

それに……そこまで言うならもう一人、犯行可能な人物を忘れてやしませんか？」

僕は親指を自分に向け、挑発するように口を歪めて笑って見せる。

「この僕ですよ。犯行可能性で言えば、僕だって十分容疑者に入る。最初の事件もその次も、そしてこの常盤さんの事件だって、妹を除けば第一発見者はこの僕だ。第一発見者を疑う。捜査の鉄則ってやつじゃないですか？」

そう啖呵《たんか》を切った。一歩間違えば自分が彼らの槍玉《やりだま》に上がりかねない捨て身の戦略だが、この際手段は選んでいられない。とにかく今は議論をかき回すしかないのだ。

富士見がフッと笑った。

「君が犯人だという主張は面白い。勿論その仮説も考慮しなかったわけではないが、しかし却下だ。君の犯行可能性は低い」

「……なぜ、低いと？」

「では逆に訊くが、君はどうやって遺体をあのような形にした？」

うっと言葉に詰まる。それはさきほど自分が投げつけた質問だった。こちらが射掛けた矢を、そのまま拾って射返された。

「どうした？　そこがこの事件の一番の疑問だろう。その説明をしてもらわないことには話が進まないが」

「それは……言いたくありません」

「言いたくない？　言えない、の間違いだろう。君はこの問いに答えることは出来ない。なぜなら君自身、あれがどんな方法で行われたかまるで見当がつかないからだ」

「こう見えても力持ちなんですよ、僕」

「なら、そこのベッドを片手で持ち上げて見せろ」

軽くいなされた。僕はぐっと歯噛みすると、立ち上がって部屋の隅にいる妹を背中に庇う。

「……確かに僕には、あの遺体の状態は説明出来ない」僕は静かに口を開く。「でも富士見さん、それはあなたも同じはずだ。大した腕力もない普通の女子高生の妹に、あんな怪物じみた力で殺人を犯せるわけがないんだ。その説明が出来ない限り、あなただって――」

「説明は出来る」

富士見が強引に僕の発言に割りこむ。

「フローだよ」

……フロー？

「フロー体験。アメリカの心理学者、チクセントミハイが提唱した概念だ。ゾーン、というのは聞いたことがないか？　ある種の集中状態に入った人間は、自分でも驚くほどの潜在能力を発揮することが出来る。ピーク・エクスペリエンス。スポーツ界などではよく話題になるが――」

富士見が僕の背後にいる妹を見やる。

「通常人間は、その出す力を最大筋力の七割から九割くらいに抑えているという。筋肉や骨に過剰な負荷をかけないよう、無意識レベルで身体の動きにブレーキをかけているのだ。だがフローに入った人間はその制約を取っ払い、持てる力を際限なく引き出せる。いわゆる『火事場の馬鹿力』というものだ。

精神がフローの状態に入る条件には幾つかあるが、その一つが『自己に対する意識が薄れ、活動と精神が一体化すること』。つまり忘我状態だ。そして見ての通り、君の妹はまさにそのフローに入りやすい状態にある――」

富士見の説明に、僕はぽっかり口を開けた。

「……はあ？」

思わず声が裏返る。

火事場の……馬鹿力だって？

そ、そんなの――。

「ただのこじつけだ！」

怒鳴った。

「フロー？　集中状態？　何わけのわからないこと言ってるんですか。何ですか、つまり富士見さんは、正気を失った妹が、そのせいで火事場の馬鹿力を発揮して、遺体をあんな状態にしたって言うんですか？　ハッ！　馬鹿らしい。有り得ない。説明にもなってないですよ。そんなのはただのこじつけ、単に専門知識を持ち出して現象を尤もらしく説明しているだけだ！」

「こじつけ？　違うな……これは科学的解釈だよ」

富士見はあくまで冷静な口調を崩さず、顎を撫でつつ僕を見つめる。

こちらを凝視《ぎょうし》する富士見の瞳に、ロウソクの炎が反射していた。そのオレンジの瞳をした富士見の顔こそどこか人外めいていて、僕は胃の辺りを鷲掴《わしづか》みにされたようなぞわりとした悪寒を覚える。

怖い——と正直思った。

一見尤もらしい理屈を述べているようにも聞こえるが、その中身は何も言っていないに等しい。これなら単に、「妹は幽霊に取り憑かれて馬鹿力を発揮した」と説明しても一緒だ。

だが、その主張にまともに反論することは出来ない。

なぜなら富士見の説明は、その説明の中で話が閉じてしまっているからだ。

霊の存在を明確に否定する手段がないように、目に見えず確認も出来ない心理学的な話はどこまでいっても水掛け論だ。それは正しいとか間違っているとかではなく、ただ聞く者がその説明を受け入れるかどうかだけの話。これが何かの物理法則に基づくような説明であれば、僕も同じ物理法則を元に屁理屈《へりくつ》で対抗することも出来ただろう。だがこれでは無理だ。これでは相手を同じ議論の土俵に立たせることすら出来ない。

勿論ここに妹の筋力を測定出来る機械などがあれば、その測定データなどで反論も出来た。しかしそんな悠長な検証の機会などとても望めないこの状況下では、事実上、今の富士見の主張に抗《あらが》う術はない。

反証可能性、という語がふと頭に浮かんだ。

大学の講義でおぼろげに聞いた言葉。科学論だっただろうか。英国の科学哲学者、カール・ポパーによる科学性の定義。

反証や検証する手段のない科学は、科学ではない――。

それは単なる、疑似科学。

「……納得したか？　では悪いが、君の妹の身柄はひとまずこちらで預からせてもらう。これ以上事を起こされても困るのでな――」

富士見が片手を出し、一歩、こちらに向かってにじり寄った。

僕は妹を背に、逆に一歩後退る。どうする？　このままでは妹は殺人鬼確定だ。いや――確かに妹の犯行である可能性は高いのだが、けれどこのまま無条件で妹を向こうに引き渡すことは絶対に出来ない。それでは妹の身の安全が――。

「――違う」

するとそこで、廊下から声が飛びこんだ。

「違います、富士見さん。あなたの説明は間違っています」

女性会社員だった。僕は意外な人物の介入に驚く。まさかここで、彼女が助け舟を出してくれるのか？　この探偵の主張を引っくり返してくれるというのか？

女性会社員は人の壁を押しのけて部屋に入ってくると、富士見の真横に立った。

そして妹をびしりと指差す。

「その女の子は――霊に取り憑かれてるのよ！　この館に巣食う亡霊に！」

僕ははっきりと、足の力が抜けていくのを感じた。

「いい加減にしてくれ。そういう人を惑わすような言動は慎んでくれと、食堂で何度もお願いしただろう」

「あなたこそ、何で現実を見ようとしないんですか？　こんなのが人間の仕業のはずないのに！　火事場の馬鹿力なんて嘘です！　絶対に霊が乗り移ったんです！」

「私が幽霊話を信じないのは、それでは何も解決しないからだ。迷信に惑わされず、きちんと理性的な原因究明と解決策を――」

「いや。霊ならマブイワカシが出来るっす。もし本当に悪い魂が彼女に入っているなら、正しい手順で出て行ってもらわないと――」

「れ、霊なんているわけないだろう！　フ、フローだ！　そのフローなんちゃらがその娘の怪力の原因なんだよ！」

富士見の発言についに我慢が爆発したように、女性会社員、大学生、中学校教師たちがそれぞれ好き勝手なことを主張し始める。僕は急に貧血のような目眩《めまい》に襲われ、足をもつれさせてドスンとベッドに尻もちをついた。ギシッとベッドと常盤さんの遺体が揺れる。

「もう、どっちでも構わねえよ。そいつが高木を殺《や》ったんだろ？　だったら殺らせろ。俺らに高木の復讐《ふくしゅう》させろよ！」

前の人を押しのけて部屋に入ってこようとする中学生二人を、富士見たちが慌てて羽交《はが》い絞めにして取り押さえる。その騒ぎに混じり、子供の泣き声も聞こえていた。おそらくあのお祖母さんと一緒にいた男の子だろう。

金切り声。絶叫。怒号。

ああ――。

なんなんだ、これは。

一体なんなんだ、この状況は。

どこに理性があるというんだ。どこに叡智《えいち》があるというんだ。そこにはただ剝き出しの感情、制御を失った恐怖、動物的で原始的な衝動に突き動かされた他者攻撃性と自己防衛本能があるだけだ。誰もがもう、他人の言葉など聞かない。誰とも意見など交わそうとはしない。バス事故に遭遇した直後の、互いに協力して雨宿りの場所を探した僕たちの人間性など見る影もない。今はただ僕たちは感情の赴くままに叫び、罵《のの》り合い、否定し、そして――。

そのときだった。

僕はふとそこで、何か引っ掛かりを覚えた。

待て。

事故？

「――待ってください！」

腹の底から叫ぶ。その自分でも驚くほどの大声に、部屋の中の騒音が一瞬で静まった。

「……どうした？」

富士見が、やや冷静さを取り戻した口調で僕に訊ねる。

僕はすぐには答えず、口に手を当てて何度も今浮かんだ仮説を反芻する。これか？ もしかしてこれが真相なのか？

「一つ……見落としてました」

僕は顔を上げ、富士見の目を見て言う。

「何も火事場の馬鹿力や悪霊の力を持ち出してまで、新しく死体を作る必要はなかった。僕たちの周囲には……人外の力で破壊された死体が、もうすでにたくさんあったんです」

富士見が片眉を吊《つ》り上《あ》げる。

「——と、いうと？」

「バス事故の遺体です」

僕は答える。富士見は一瞬顎に手をやったあと、その両目を大きく見開いた。

「おい待て。まさか——」

「二つ目までの遺体の状態を思い出してください。一つ目の遺体は頭を吹き飛ばされ、四肢を切断されていました。それが本人かどうかは服装くらいでしか判断出来ません。また二つ目の遺体は頭部がへこみ、眼鏡が外れた状態で見つかった——眼鏡を外すと人は印象が変わります。それにこの館の中は常に薄暗く、ましてや僕らは皆初対面だ。顔の印象など正確に覚えているはずがない。つまり——」

僕は自分の胸の前で手を交差させる。

「身体の入れ替えが、考えられませんか？」

富士見がトントンと、落ち着かなそうに靴底で床を蹴り始めた。

「我々が発見した遺体は本人のものではなく、事故の遺体で偽装したものだと言いたいのか？　そして当人たちはまだ隠れて生きていると？　――いや、それはない。一つ目はともかく、二つ目の遺体はまだ死後硬直もなく、体温も奪われていなかった。バスの事故からすでに半日くらいは経っていた。事故の遺体がそんな新鮮な状態のままのはずがない」

「そうとも……限りません」

僕は胸にこみ上げる不快感をこらえて言う。

「頭蓋骨が陥没するほどの怪我を負っても、命が助かった例はあります。あの遺体は事故直後すぐに絶命したわけではなく、脳死状態か何かだったとすれば……」

富士見がまた目を大きく開ける。

「あの状態で、直前まで生きていたというのか!?」

「少なくとも、死後硬直が生じない程度には。そして犯人は、あの現場に運んだあとであらためて殺した。一つ目に四肢のない遺体を選んだのもたぶん同じ理由。手足の死後硬直などから、簡単に死亡時刻を推定されないためです」

「だが……その高木という中学生と廃墟マニアの男は、一体何のためにそんなことを？自分たちが死んだと見せかけて、一体彼らに何の得があるんだ？」

「そのヒントもすでにあります。廃墟マニアの彼が、自分で言った言葉の中に」

「廃墟マニアの言葉の中に？」

富士見の目が一瞬宙を泳ぎ、すぐに焦点を取り戻す。

「動画配信、か」

「はい。廃墟マニアの男は動画配信で生計を立てていると言っていました。このバス事故に遭遇したこと自体は勿論偶然でしょうが、彼はこれを絶好の機会と捉《とら》えたはずです。違法すれすれの刺激的な動画で視聴者を集めようとする動画配信者は、今の世の中腐るほどいます。それで中学生の一人を金か何かで釣って協力者に仕立て上げ、今回の事件を演出した――この一連の騒動自体が、彼の書いた脚本だったんです」

富士見はベッドに寝かされた常盤さんの遺体に目を向ける。

「では、彼女が殺されたのは――」

「これは憶測にすぎませんが、おそらく常盤さんが妹を探して館を徘徊《はいかい》中、偶然隠れていた彼らと出くわしてしまったんじゃないでしょうか。それで口封じか何かで殺された」

「なるほど。男二人がかりなら、女性の細首を折るのは容易《たやす》いな」

「はい。だからこの事件の本当の被害者は、常盤さんただ一人。彼らも実際に殺人まで犯すつもりはなかったんだと思います。でもこうなると危険だ。現実に罪を犯してしまった彼らは、さらにその事実を隠すために――」

「我々全員を殺そうとするかもしれない、というわけか」

富士見の表情が変わる。

「わかった。まずはその女医の遺体を検《あらた》めさせてくれ。爪に犯人の皮膚などが残っていれば、君の仮説の正しさを証明出来る。それが確認出来たら一旦食堂に戻ろう。そこでまずはバリケードを築き、今後の対策を練る」

富士見が僕の腰掛けているベッドにやってくる。僕は彼が自分の推理を聞き入れてくれたことにひとまず安堵《あんど》した。こんな下らない目的のために常盤さんが犠牲になったという事の真相には失意と怒りが治まらないが、しかしただ、これで一筋の光明のようなものが見えた。絶望の井戸の底にいた僕たち兄妹を救う希望の縄梯子。

そう。つまり、この一連の事件の中で、僕の妹は――。

何一つ、罪を犯してはいない！

そう僕が、沸き起こる喜びの気持ちを噛みしめた瞬間。

すっと妹が横から出てきて、探偵の目にぶすりと何かを突き刺した。

静寂が、辺りを包んだ。

いや。無音ではない。開いたドアの向こうから聞こえる風の音。窓ガラスを叩く雨だれ。断末魔《だんまつま》のような蛙鳴。その雑多な物音を意識の遠くで聞きながら、それでも僕は、どこかまるで時が止まってしまったような静謐《せいひつ》さを感じつつ、その場面を注視する。

「こ……は……」

富士見が片目を押さえ、数歩後退った。

そして片膝をつき、横向きに倒れる。その際に机のロウソクの火が服をかすめたのか、次の瞬間、ぼっと富士見の衣服が燃え上がった。

僕は消火に動くことも出来なかった。目の傷が致命傷に達したのか、富士見は全身を炎に包まれながらも身動き一つしない。

妹がだらりと片手を下げた。その手には、キャップの外れた万年筆が握られていた。

妹は燃え盛る富士見の体の真正面に立ち、また何かの歌を口ずさむ。まるでキャンプファイヤーの前でキャンプソングでも歌うように。僕が言葉もなくそんな妹の姿を見守っていると、妹はふと顔を上げ、今度は扉口に立つ他の面々のほうを向いた。

まるで迷子の最中に家路を見つけたような、安堵に満ちた声がする。

「みんな……いる」

みんな?

妹が背負っていたリュックを下ろし、何かを取り出した。

Tの字形に見える、何かの道具。バイオリンくらいの大きさだが楽器ではない。木製の台座に弦《つる》の張られた弓が直角にすえつけられ、持ち手には引き金が付いていた。妹は袋からさらに短い矢を取り出すと、その矢を弓にセットする。

あれは——クロスボウ?

何であんなものが?　この館に置いてあったのか?　僕の混乱をよそに妹はクロスボウの台尻を鎖骨の辺りに当てて構えると、前方に狙いを定めた。その照準は、先頭のウルフヘアの中学生にぴたりと向けられている。

ウルフヘアの口から、当惑の呟きが漏れた。

「……は？」

妹が引き金を引いた。

矢が、ウルフヘアの胸元に突き刺さる。一瞬の間のあと、絶叫が上がった。ウルフヘアが膝をつき、手で胸を押さえて獣のような咆哮《ほうこう》を上げる。

「あっ……があああ！」

妹はその悲鳴にも臆《おく》することなく、クロスボウをセットし直して二の矢、三の矢を放った。

刺さる。

刺さる。

刺さる。

妹の放った矢は次々とウルフヘアの少年の体を貫いた。そして途中で仲間を助けようとして間に飛びこんだ、剃りこみ少年のこめかみにも。

二人の少年が、どさり、と折り重なるようにして床に倒れた。

富士見の体を薪《たきぎ》にして燃え続ける火の明かりに、まだあどけない少年二人の死に顔が明々と照らしだされる。

「うっ……わあああああ！」

誰かの絶叫。

次の瞬間、扉口に集まっていた面々は脱兎《だっと》のごとく逃げ出した。

ただ僕だけが一人、部屋に取り残された。妹以外の生きている人間として、は。妹は少し不思議そうに人の消えた扉口を眺めたあと、それからゆっくりとクロスボウを机に置いた。リュックを背負い直し、逃げた彼らのあとを追うように部屋を出て行く。

篝火《かがりび》のようにメラメラと燃える富士見の遺体を、僕は声もなく見つめた。

やがて廊下の向こうから、悲痛な叫び声が聞こえてくる。

「ひ……ひいいいいっ‼　た、たすけっ——私にはまだ、幼稚園の娘が——」

ズダン！　と何か重い物を壁に投げつけるような音。

やめろ——。

「何人よ！　何人生贄にすれば気が済むのよ！　やめてよ！　やるならせめて私は最後にして！　私まだ、お母さんと仲直りしてないの！　喧嘩別れしたままなの！　だからお母さんに、何か——」

ブシッと、何か液体でも入った袋を押し潰すような音。

もう……やめてくれ！

僕はたまらず立ち上がった。篝火となった探偵の脇を抜け、ハリネズミにされた少年たちの遺体を飛び越え、廊下に出る。

薄暗がりの中を、人の声がするほうにただひたすら走った。廊下を少し進んだところで、頭を万力《まんりき》で潰されたような中学校教師の遺体と遭遇した。そこからさらに先には、まるでサメの集団にでも食いちぎられたかのような女性会社員の亡骸が。

僕にはもう、妹がどんな方法で殺しているかなど頭になかった。ただ妹のあとを追わねばならないという強迫観念に駆られ、足を前に動かし、遺体を障害物のように機械的に避け、進む。

大広間に入ると、妹が窓を向きつつ歌を歌っていた。

外に吹き荒れるは嵐。大木に突き破られた窓からは激しい雨風が吹きこみ、妹の髪と服を弄《もてあそ》ぶようにはためかす。ごうごう。ごうごう。まるで自然の怒りを体現したような天然のオーケストラ。その轟音を背景に、そんな自然の脅しになど屈せぬといわんばかりに高らかに響く、子守唄のような優しい歌声――。

嵐が丘。そんなフレーズが、意味もなく頭に浮かんだ。

ふと、風の音が小さくなった。あたかも妹の歌声に自然が怒りを和らげたかのように。雨脚が弱まり、窓の外で激しく揺れていた樹木の影も動きを止める。

雲間から、青白い月の光が覗いた。

もう空には月が浮かぶ頃合だったらしい。広間が静謐な青色で満たされる。暗闇に慣れた目には、そこはまるで昼間のように明るかった。キラキラと、床に散ったガラスの破片が宝石のように夜空からの光を反射する。

その穏やかな光の下で、僕は見た。

無表情に長椅子に腰掛けた、腹に大穴を開けた大学生。

揃って首から上のない祖母と孫。

死者の部屋。この納骨堂のように静まり返った死の香り高き館の大広間で、もはや生者と呼べるものはいない——ただ二人、僕と妹の罪深き兄妹を除いては。

全員……殺された。

僕はがっくりと、その場に跪《ひざまず》いて子供のようにうずくまった。

頭上から聞こえる妹の歌声に耳を澄ませながら、僕はぼんやりと考える。

えっと——。

なんだっけ。

そうだそうだ。霊だ。

やはり館の亡霊は、存在したのだ。

妹は悪霊に取り憑かれていたのだ。

だってそうだろう。それ以外、説明のしようがないじゃないか。でなければなぜ、妹が皆を殺す。あの明るく優しい妹が、どうして誰彼見境なく殺戮する猟奇殺人鬼などになる。

スタートから間違っていたのだ。僕たちがこの世の何を知っているというのだろう。最初の妹の殺人に遭遇したとき僕たちがすべきだったのは、小賢《こざか》しい科学知識など振りかざして「現実的に」解釈することではなく、ただ有り得ない事実を有り得ないものとして謙虚に受け止め、その不可解さに怯えることだった。僕たちは人知を超えた何者かに正しい畏怖《いふ》と敬意を払うべきだった。世界への畏敬《いけい》が必要だったのだ。

僕たちは霊を——鎮《しず》めるべきだったのだ。

あの大学生は、それを何と言っていたのだったか。確か……マブイワカシ？　きっとそれだ。僕たちはそれをすべきだった。この館に取り憑く悪意ある存在を認め、彼女たちと正面から対峙《たいじ》し、対話し、その未練がどこにあるかを聞き出し——。

おそらく彼女たちが生前受けたであろう、苦しみを。

その悲しみを。そのやりきれなさを。

わかってあげなくちゃ、いけなかった。

罰。

これはそんな彼女たちの苦しみを無視し、ただ口先だけの議論の応酬に明け暮れた、僕たちへの、罰——。

「お兄……ちゃん？」

そのときだった。妹が僕に呼びかける声がした。身を起こすと、妹がこちらを振り向いて真っ直ぐ僕を見つめている。視線が僕の目に合っていた。僕は驚いた。ここにきて正気を取り戻したのか。

「お兄ちゃん、そこにいるの？」

いや……違う。目はたまたま合っただけだ。その証拠に、僕が立ち上がってもその視線は僕の腰の辺りに留《とど》まっている。妹の精神は、いまだ何かの世界に閉じこめられたままだ。

「ああ……いるよ。僕はここだ」

僕は妹に届かないのを承知の上で、胸が詰まる思いで答える。

だが予想外にも、妹はその僕の言葉にびくりと反応した。きょろきょろと左右を見回したあと、また僕のほうを向く。やはり目の焦点はあっていないが、それは明らかに僕の存在を認識しているような振る舞いだった。

妹はこちらに向かって一歩踏み出すと、感極まったような表情であさっての方向に手を伸ばす。

「よかった。やっと会えた」

霊の呪縛が解けつつあるのだろうか。しかし次の瞬間、僕は伸ばされた妹の手に一本の刃物が握られていることに気付いた。

月明かりに鈍《にぶ》い輝きを放つ、銀色の刃物。

僕の私物の包丁だ。料理好きな僕は、里帰りした田舎《いなか》で祖父母に料理でもふるまってやろうと持ってきた。バスの中に置いてきたと思ったが、いつの間に拾っていたのか。

妹が前に踏み出し、さらに一歩近づいてきた。その包丁の凶悪な輝きを見ても、僕は不思議と逃げたいという気は起こらなかった。きっと妹に取り憑いた霊は、最後の一人まで許す気はないのだろう。

ただ僕は、どうにかしてその霊の呪いを解きたいと思った。何とかして赦《ゆる》しを乞《こ》いたいと思った。せめて妹は。妹だけは、その霊から、恩情を――。

妹は僕の手前で立ち止まると、包丁を両手で捧げ持つようにして見せた。

「ほら、見て。これがお兄ちゃんの……遺品だよ」

……遺品？

妹は包丁を下ろすと、その目に急に涙をドッと溢《あふ》れさせる。

「ありがとう――ありがとう、ありがとう、ありがとう。ありがとうお兄ちゃん。あのとき私を助けてくれてありがとう。私の身代わりになってくれてありがとう。痛かったよね。苦しかったよね。ごめんね、下敷きなんかにしちゃって。でもお兄ちゃんが、犠牲になって私を救ってくれたから――身を挺《てい》して私を守ってくれたから、私は奇蹟的に助かったんだよ。本当に。奇蹟だったって。助けてくれた人皆言ってる。だってあんな高さからバスが落ちて――他の乗客は皆死んじゃったのに、私一人だけが無傷で助かったんだもん」

他の乗客は――。

皆死んだ？

「それでね。お兄ちゃんたちのお葬式のあと、警察を通じて沖縄から手紙が届いて。その同じ事故にあった人たちの遺族にね、その、ユタ？　っていうの？　そういうちょっと不思議な力を持った、霊感の強いお婆《ばあ》さんがいて。そのお婆さんがね、自分のひ孫が、まだ成仏出来てないって。誰も知らない山奥の館に閉じこめられてるって。そのひ孫の魂を、誰か助けてくださいって。そんな感じの内容で――」

――あ。俺、ひいばあちゃんがウガンサーなんすよ。

――ユタ、って知らないっすか。あれっす。

「その手紙は私だけじゃなくて他の遺族の人にも送られたみたいだけど、でも誰も相手にする人はいなくって。そりゃそうだよね。いきなり魂だなんていわれても信じる人いないよ。

でも私、ちょっと気になって調べてみたら、ネットロアっていうの？　お兄ちゃんたちが事故に遭ったあのへんに、昔本当に噂《うわさ》になった館があったらしくって――それで気になって、もう少しお婆さんの話を詳しく聞きに、沖縄まで行った。そしたらびっくりだよ。お婆さん、お兄ちゃんの魂まで囚われてるっていうんだもん」

――これはアサギ……アサギなんです。

――霊の集団は誰か一人を殺すと一人成仏し、今度はその殺された人間の霊が代わりに七人ミサキの一員になります。

「何だかね。昔その館で、ひどい男に攫《さら》われて殺された女性が何人もいたらしくて。その人たちのシニマブイ――あ、これは沖縄の言葉で、死んだ人の魂ってことなんだけど――はこの世を怨むあまり、館から出られなくなった。それでたまたま近くで事故を起こして死んじゃったお兄ちゃんたちのマブイが彼女たちに囚われて、身代わりに館に閉じこめられちゃったんだって。

ひどい話だよね。勿論そんな話、普通なら私だって信じない。でもそのとき私、お婆さんが嘘を言ってないってわかったから——昔から私、人の嘘はだいたい声聞くとわかるんだよ——だから私、どうやったらお兄ちゃんのマブイを助けられますか、って訊いたの。

そうしたらお婆さんは、ひ孫たちはまだ自分が死んだことに気付いてないから、マブイワカシをしなきゃ駄目だって。ああ、これもあっちの言葉で、魂をこの世から分ける、お葬式みたいな意味らしいんだけど——」

——あと死者ってのは、たいてい自分が死んだことに気付いてないらしくて。

——死者のマブイを生者の世界から別れさせる……『魂分かし《マブィワカシ》』、っつうんですが。

「でもお婆さんはもう高齢で、さすがにこっちまで来るのは無理で。だから私、自分がやります、やり方教えてくださいって立候補したの。すごい儀式を想像してたけど、意外と方法は簡単だった。まずお婆さんが用意してくれた霊水を飲んで、そうすると少しの間だけ霊が視える時間が来るから、そのときを狙って死んだ人の遺品を触らせて——本当は言葉で説得するのが一番いいらしいんだけど、ユタでもない限り、故人と関係ない人が直接霊と話すのは難しいんだって。だから私、お婆さんに館に囚われている人たちの名前を全員分聞いたあと、その人たちの遺族を回って、遺品を集めて——」

——ひいばあちゃんは塩《マース》を一つまみ入れた裏の川の水を飲んでました。

——それを飲むと、しばらくして少しだけ霊が視えるようになるらしいっす。

――故人の遺品で直接霊体に触るとかもアリですね。

「最初は変な顔されたけどね。それでも何とかペンダントとか、事故でキャップの壊れた万年筆とか望遠レンズとか、集めた遺品をリュックの中に詰めこんで。それから一人でこの館にやってきたの。褒めてくれる？　女子高生がたった一人で、重いリュック担いでこんな山奥の不気味な洋館までやってきたんだよ？　霊を視るために下手にライトも付けられないし。そりゃ怖かったけど、でも私、絶対やらなきゃって。だって私が約束させちゃったから。私がお兄ちゃんに、私を見捨てないって約束させちゃったから。だからきっとそれでお兄ちゃんは、この世に未練が残って、亡霊に――」

――ただ、基本この世に残って悪さする魂《マブイ》ってのは、まず間違いなくこの世に未練を残しているもんなんで。

――だから解決策としては、そのマブイの未練が何かを聞き出し、その未練を解消してやる――あるいは未練を諦めさせる。

そうか。

お前は僕のために。

こんな恐ろしい館に――たった一人で。

「でもね。成仏させるって言っても、それは純粋にいいことだけじゃなくて。死を自覚させるってことは、自分が死んだ瞬間をもう一回思い出させるってことだから。お婆さんが言うには、死者は自分が死んだと自覚するとき、もう一度同じ痛みを味わうんだって。見た目もまんま死んだときに戻っちゃうって。私にはよく視えないんだけど。だからそれは、特に事故などで死んだ人には、辛くて、苦しくって、耐えがたいほどの痛みを伴って――」

――初めは皆生前の姿で現れるんすが、説得が終わったあとは死後の姿に還るらしくって。

――ひいばあちゃんはそれを見るのが辛いって、いつもマブイワカシするたびに泣いちゃって泣いちゃって……。

妹の話を聞くうちに、僕の中で段々と符牒《ふちょう》が合っていった。最初妹が何も反応しなかったのは、もとより僕たちの姿が視えていなかったからだ。僕が触ると異常に怯えたが、暗闇で視えない何かを感じて恐怖するのは当然だろう。そして妹があのとき飲んでいたのがきっと例の霊水。その力で視えるようになった霊から、妹は一人一人順番に「マブイワカシ」をしていったのだ。

それで霊は事故後の遺体の姿に変わった。館の玄関が開かなかったのは、まさに僕たちがこの館に囚われの身だったから。時間感覚が曖昧なのは胡乱《うろん》な死後の世界を漂泊していたからだろう。そこに妹の存在が割り込み、辻褄《つじつま》合わせのため僕たちの意識は再構成され、事故直後に巻き戻り――その僕たちの霊としての認識がどこまで現実と嚙み合っていたかは定かではないが、例えば扉や窓の開閉の一部は風の力だったかもしれないし、第一の事件の妹の足跡はただの鉄さび混じりの雨水だったのかもしれない。ショールやカメラなどの生前の持ち物は僕たちのみが認識できるもので、足音などはポルターガイスト現象に類するものだったかもしれない。

妹は嗚咽《おえつ》で声を詰まらせながら、それでも何とか喋ろうとする。

「だからね、私……せめて皆に、歌を歌ってあげることにしたんだ」

……歌？

「うん。思い出の歌とか、歌ってあげると霊が少し楽そうな顔をするって、お婆ちゃんが。だから遺品を預かるとき、亡くなった人たちの好きだった歌もついでに教えてもらったの。全部で十二曲、カラオケでこっそり練習した。ラップとかはちょっと苦手だったけど——ねえ、お兄ちゃん。知ってる？　実は私、歌には少し自信があるんだ。お兄ちゃんには聞かせたことなかったけど」

……教えてくれればよかったのに。

「言えないよ……お兄ちゃん、私に何でも甘いから。もし私が歌が得意って知ったら、きっとお兄ちゃん、何も考えなしに『歌手になれよ』とかいうでしょ？　でもそのあとすぐに、私の火傷のことを思い出して自己嫌悪に陥る。そこまでワンセットで想像出来るよ。でも、少し意地悪もしたけどね。事故に遭った中学生たち、クロスボウで鳩《はと》を撃つ悪戯をしてたみたいなの。だからどうせ死んじゃうなら、鳩の気持ちも味わえ！　って——」

僕は思わず笑った。そういうところは確かにうちの妹らしい。

そこで妹は、ふっと言葉を止めて悲痛な顔をした。

「ああ……駄目だ。もうぼやけてきちゃった」

気付くと妹の目は明後日《あさって》のほうを向いていた。青白い月明かりに浮かぶ妹の頬に、涙がぼろぼろと零《こぼ》れる。

「ごめんね。ごめんねお兄ちゃん。私にあのお婆ちゃんみたいな力があれば、きっともっと話せるんだろうけど。でも私、あの霊水の力で今ようやく話せてるだけだから。もう少ししたら、もうお兄ちゃんのことは視ることも出来なくなっちゃうと思う――だからお兄ちゃん。嫌だけど、今のうちに――私にお兄ちゃんの姿が視えている、今のうちに――」

……お前は……。

……助かったんダな？

「うん。私は無事だよ。この通りピンピンしてるよ、お兄ちゃん」

……そうカ。

なら、よかった――。

妹が自分の顔に片手を当てる。

「お兄ちゃん。私、この傷」

……ナんダ？

「もしかしたら、ずっと治さないかも」

……どうしテ？

「だってこれは、お兄ちゃんとの思い出だから」

……イイからナオせよ。

「うん、そうだね。やっぱり治すかも。もう少し大人になってから考える……でもね、これだけは約束する。お兄ちゃんに助けてもらった命、絶対大切にするよ……火傷のことなんか関係なく、私は必ず幸せになる」

妹が泣き笑いの顔を見せる。

「だから、お兄ちゃん……。私のことは、もう、心配、せずに……」

妹の言葉が嗚咽に飲みこまれる。こらえきれなくなったのか、膝を折ってその場にしゃがみこんだ。その華奢《きゃしゃ》な肩が細かく震えるのを見つつ、僕は徐々に自分の中のわだかまりが解《ほど》けていくのを感じた。そうか。妹がこの先幸せになれるかどうか……それが僕の、「未練」だったのか。

そこで僕は静かに思い出す。

そういえばここにいた人たちも、それぞれ何かしら生きたがっていたなあ、と。

「わた……だか……ら……おに……………の……」

段々と、妹の声が聞き取りづらくなってきた。妹の目が明らかに宙を泳いでいる。その今にも過呼吸でも起こしそうな苦しげな表情に、僕は悟った。もうそろそろお別れの時間らしい。

僕は微笑むと、その包丁の刃先に向かい、自らゆっくり手のひらを押し当てた。

「ああ……あああ……お兄ちゃん……お兄ちゃん……！」

包丁を通じて感触が伝わるのだろう。妹の包丁を握る手がぶるぶると震える。手のひらに鋭い痛みが走ったと感じた瞬間、脳の中で爆発するように死の瞬間の記憶が蘇《よみがえ》った。蛇行するバス――急カーブ――ブレーキ音――車体に伝わる激しい衝撃。そして僕は妹とともに窓を突き破って外に投げ出され、頭上には、黒い――。

そして背中に走る激痛。ボキボキと体中の骨が折れる感覚。潰れる内臓。口から噴水のように吹き上げる鮮血。

だがおそらく、僕は即死ではなかったのだろう。その文字通り死ぬほどの痛みは、ピークを過ぎたあとも残響のように続いた。僕は波のように繰り返し訪れる痛みに絶句し、かといって指一つ動かせない体に悶《もだ》え、空気を吸えども吸えない息苦しさに喘《あえ》ぎ――。

その僕の苦痛を、和らげるように。

優しい歌声が、僕の体を包んだ。

妹が泣きながら歌を口ずさんでいた。何の……歌だったっけか。もう曲名すら思い出せないが、その穏やかな旋律は僕の中に確かに何か懐《なつ》かしい感情を呼び起こした。その温かい記憶に押しやられるように、僕を支配していた痛みの感覚がまるで潮が引くように遠のいていく。

そうか。お前はこんなに……綺麗《きれい》な声をしていたのか。

そりゃあ言うだろう。身内びいきでも何でもなく、歌手になれと。僕は素直に羨《うらや》ましかった。あまたの理屈を尽くさずとも、まるで猫が不意打ちで膝に乗ってくるかのように人の心に言葉を届かせる術をお前は持っている。それは千人の弁舌家たちを並べて語らせるより正しくて雄弁だ。死者をも思いやるお前のその優しさを併《あわ》せれば、きっとその力はお前のまわりに味方を集め、いろんな人を救い、そしてお前自身も幸福にするだろう。ありがとう、ちなみ。幸せにおなり。

本書に収録された作品は、すべて書き下ろしです。

〈著者紹介〉
はやみねかおる
恩田 陸（おんだ・りく）
高田崇史（たかだ・たかふみ）
綾崎 隼（あやさき・しゅん）
白井智之（しらい・ともゆき）
井上真偽（いのうえ・まぎ）
新本格ミステリを愛する作家として本アンソロジーに寄稿。

謎《なぞ》の館《やかた》へようこそ　黒《くろ》
新本格《しんほんかく》30周年《しゅうねん》記念《きねん》アンソロジー

2017年10月18日　第1刷発行　　定価はカバーに表示してあります

編者……………………文芸第三出版部《ぶんげいだいさんしゅっぱんぶ》

発行者……………………鈴木　哲
発行所……………………株式会社 講談社
〒112-8001 東京都文京区音羽2-12-21
編集 03-5395-3506
販売 03-5395-5817
業務 03-5395-3615

本文データ制作…………講談社デジタル製作
印刷……………………豊国印刷株式会社
製本……………………株式会社国宝社
カバー印刷………………慶昌堂印刷株式会社
装丁フォーマット…………ムシカゴグラフィクス
本文フォーマット…………next door design

ISBN978-4-06-294094-8　N.D.C.913　406p　15cm

講談社
タイガ

君と時計シリーズ

綾崎 隼

君と時計と嘘の塔

第一幕

イラスト
pomodorosa

大好きな女の子が死んでしまった——という悪夢を見た朝から、すべては始まった。高校の教室に入った綜士《そうし》は、ある違和感を覚える。唯一の親友がこの世界から消え、その事実に誰ひとり気付いていなかったのだ。綜士の異変を察知したのは『時計部』なる部活を作り時空の歪みを追いかける先輩・草薙千歳《くさなぎちとせ》と、破天荒な同級生・鈴鹿雛美《すずかひなみ》。新時代の青春タイムリープ・ミステリ、開幕！

講談社タイガ

井上真偽

探偵が早すぎる（上）

イラスト
uki

父の死により莫大《ばくだい》な遺産を相続した女子高生の一華《いちか》。その遺産を狙《ねら》い、一族は彼女を事故に見せかけ殺害しようと試みる。一華が唯一信頼する使用人の橋田《はしだ》は、命を救うためにある人物を雇った。それは事件が起こる前にトリックを看破、犯人(未遂)を特定してしまう究極の探偵！　完全犯罪かと思われた計画はなぜ露見した⁉史上最速で事件を解決、探偵が「人を殺させない」ミステリ誕生！

講談社
タイガ

臨床真実士《ヴェリティエ》ユイカシリーズ

古野まほろ

臨床真実士《ヴェリティエ》ユイカの論理

文渡家の一族

イラスト
浅見なつ

　言葉の真偽、虚実を瞬時に判別できてしまう。それが臨床真実士《ヴェリティエ》と呼ばれる本多唯花《ほんだゆいか》の持つ障害。大学で心理学を学ぶ彼女のもとに旧家の跡取り息子、文渡英佐《あやわたりえいすけ》から依頼が持ち込まれる。「一族のなかで嘘をついているのが誰か鑑定してください」外界から隔絶された天空の村で、英佐の弟・慶佐《けいすけ》が殺された。財閥の継承権も絡んだ複雑な一族の因縁をユイカの知と論理が解き明かす！

講談社
タイガ

失覚探偵シリーズ

周木律

LOST
失覚探偵（上）

イラスト
鈴木康士

破格の推理力を持ち、その名を轟かせた美貌《びぼう》の名探偵・六元十五《ろくもとじゅうご》。だが、戦火の気配漂う中、突如として探偵は表舞台から姿を消した。あれから七年——。助手として、数多《あまた》の難事件をともに解決に導いた三田村《みたむら》は、荒廃した東京で六元に再会した。探偵は、告白する。推理に集中すると、感覚を失う「失覚《しっかく》の病」に冒されていることを。しかし、不可解な連続殺人が発生し、再び二人を事件に呼び戻す！

講談社
タイガ

Wシリーズ

森 博嗣

彼女は一人で歩くのか？
Does She Walk Alone?

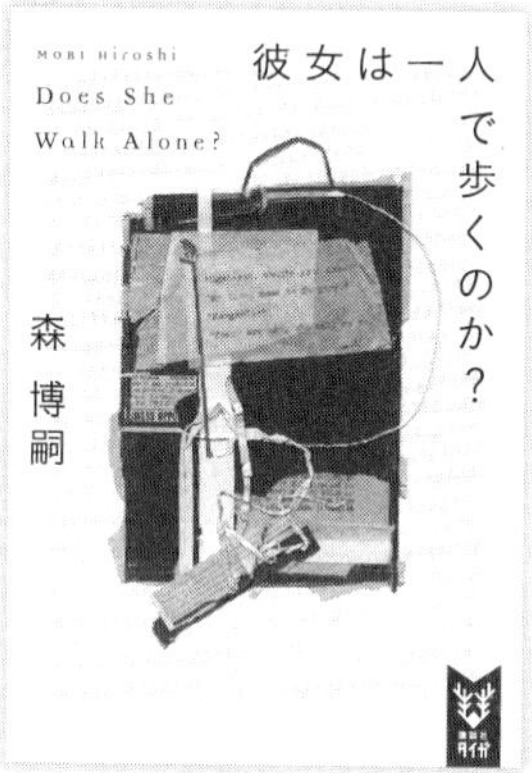

イラスト
引地 渉

ウォーカロン《walk-alone》。「単独歩行者」と呼ばれる、人工細胞で作られた生命体。人間との差はほとんどなく、容易に違いは識別できない。

研究者のハギリは、何者かに命を狙われた。心当たりはなかった。彼を保護しに来たウグイによると、ウォーカロンと人間を識別するためのハギリの研究成果が襲撃理由ではないかとのことだが。

人間性とは命とは何か問いかける、知性が予見する未来の物語。